小学館文庫

警視庁殺人犯捜査第五係

# 少女たちの戒律

穂高和季

小学館

# 警視庁殺人犯捜査第五係　少女たちの戒律

# 目次

# 一章

## 1

背後で騒ぎが起きたのは、辻岡朋泰が駅前のファッションビルを出ようとしたときだった。

足を止めて振り返ると、エスカレーターの前辺りで揉み合う人影があった。

「何の騒ぎですかね」

佐上も振り返って言った。

しばらく眺めるうち、どうやら逃げようとしている若い女を、男が懸命に取り押さえようとしているのだと分かった。

「辻岡さん、どうします？」

「行こう。下手に関わり合いになると面倒だ」

何が原因のトラブルか知らないが、これだけ賑わったビルの中だ。すぐに警備員が駆けつけてくるだろう。

辻岡が踵を返し、足早にその場を去ろうとしたところで、

「ちょっとちょっと、そこの人！」

と呼びかける声がした。

まさか自分とは思わず、辻岡は構わず歩き続けたが、

「そこの紺色のスーツの人！」

と重ねて呼ばれて、

(何だ？)

と振り返った。

周囲にいるのは華やかな衣装の若者ばかりで、紺色のスーツ姿といえば辻岡くらいなものだった。

見ると、辻岡を指差しながら叫んでいるのは、揉み合いをしている女だった。男に襟首と左腕を摑まれ、今にも床に引き倒されそうになっている。

「あの女、どうして辻岡さんを？」

佐上が戸惑ったように言う。

「知らないよ」

ともかく、こうなったからには知らん顔をして立ち去るわけにもいかない。

佐上と共にエスカレーター前まで引き返すと、男が顔を上げ、

「なんだよ、お前らは」

と睨みつけてきた。三十代半ばくらいの、いかにもアパレル店員といった風貌だ。女との取っ組み合いでかなり息が上がっている。

「いや、何と言えばいいのか……君、どうして僕を呼んだんだい？」

辻岡は女に尋ねた。

「だって、あなたたち刑事さんなんでしょ？　なんで助けてくれないの？」

大きな声に、辻岡はちらりと周囲を見回した。大勢の客が遠巻きに見守っている。立場上、このような形で注目を浴びるのは避けたかった。

「なぜ、我々が刑事だと？」

「さっき、店で事件の聞き込みをしてたじゃない。それが聞こえたの」

確かに、辻岡たちはビルに入ったテナントを一軒一軒回って、先日起きた事件の聞き込みをしていた。

「おたくら、本当に刑事さん？」

男は一瞬、怯みの色を見せたが、すぐに気を取り直したように、

「だったらこっちこそ助かった。刑事さん、この女は万引き犯なんだ。さっさと逮捕してくれよ」

「だから、万引きは誤解だって言ってるでしょ。品物だってすぐに返したじゃない」

「馬鹿野郎、捕まってから返したって、それで帳消しになるわけないだろうが！」

（困ったな）

万引き騒ぎなどに関わっている場合ではなかったが、かといって市民の注目を集める中でいい加減な対応をすれば、ネット上でどんな警察批判を浴びるか分からないご時世だ。

ともかく、通行の妨げにならないよう二人をフロアの隅へ誘導してから、

「じっくり君たちの言い分を聞きたいところなんだけど、我々も忙しくてね。すぐに他の警官を呼ぶから、続きは彼らに聞かせてやってくれないか」

「ちょ、ちょっと待ってよ。私が万引きに間違えられたのは、そもそも刑事さんたちのせいなんだから、どうにかしてくれなきゃ」

「我々のせい？」

「そうだよ。私、事件について大きな手がかりを知ってるから、刑事さんたちに教えてあげようと思って、急いで後を追ったの。そのとき、手に持ってた商品を無意識にバッグへ入れちゃったせいで、万引きに間違えられたんだよ」

「おいおい、そんな言い訳を誰が信じるんだ」

佐上が呆れたように言った。

「本当だってば！」

悔しそうに叫ぶ女を、辻岡はじっと観察した。

年は二十七、八といったところか、化粧は厚めだが、顔立ちは整っているようだ。ややや露出の多い華やかな服装で、染めた髪もネイルアートも手入れが行き届いている。少なくとも金に困っている様子はない。ただし、社長夫人がストレス解消に万引きに手を出すというケースだってあるから、それが女の無実の根拠とはならなかった。

「辻岡さん、さっさと応援を呼びましょう。駅前の交番に連絡をつければ、三分とかからず駆けつけてきますよ」

佐上は去年まで地域課で交番勤務をしていたから、よく知った警官も多いだろう。事情を話せば、面倒なく女の身柄を引き取ってくれるに違いない。

しかし、辻岡には迷いがあった。

女の目には憤りの色があるだけで、どうにか逃げ道を探そうとするような小狡さは感じられなかったからだ。

「一応、確認しておくけど、君が言っている事件というのは、どの事件のことだい？」

辻岡が尋ねると、女は迷いなく、

「もちろん、四日前に起きた殺人事件に決まってるじゃない。刑事さんたち、その事件の捜査をしてるんでしょ？」

「ああ、そうだ」

少なくとも女はとっさの思いつきで嘘を口にした、というわけではなさそうだ。

そのとき、五十年配のスーツ姿の男が近づいてきた。背後には警備員が二人従っている。

「何か問題でもございましたか？」

男は丁重な姿勢で声をかけてくる。胸の名札にフロアマネージャーの肩書きがついていた。

辻岡は自分たちの身分を名乗り、騒動について簡単に説明した。

「……ははあ、なるほど。では、こちらの女性の方をどう扱われるつもりですか？」

そう聞かれたときには、辻岡はもう腹を決めていた。

「もしよろしければ、身柄を我々に預けていただけないでしょうか」

「えっ、辻岡さん、本気ですか？」

佐上が少し呆れたように言う。

「ああ、もう少し彼女の話を聞いてみたいんだ」

「止めておいた方がいいと思いますよ。どうせ、その場しのぎのでたらめに決まってます」

「しかし、万が一ってこともあるからね」

もしその気があれば、「黙って俺に従え」と辻岡はぴしゃりと命じることもできた。

辻岡は捜査一課所属の三十二歳の警部補で、佐上は二十八歳の所轄署巡査だ。それくらいの立場の差はある。

しかし、辻岡としては佐上に実地訓練をしているようなつもりで、疑問や意見にいちいち付き合っていた。

「はあ、まあ辻岡さんがそこまで言うなら……」

不承不承といった顔で佐上は引き下がる。

辻岡からしても、これは一つの賭けだった。

女が本当に何か手がかりを知っていればいいが、佐上の言うように全ては嘘という可能性もあった。そのときは、捜査一課の刑事ともあろう者が、手柄を焦って万引き犯の虚言に踊らされたということになる。当分はいい笑いものになるだろう。

「そうですか、我々としてもそうしていただけると助かります」

フロアマネージャーはほっとした表情を見せた。

アパレル店員の男も、女の話が嘘と分かれば窃盗犯として逮捕する、という説明を聞いて、納得してくれた。

「それと、彼女から事情聴取できる部屋をお借りできれば、ありがたいんですが」

辻岡が頼むと、フロアマネージャーは快く事務室の一つを貸してくれた。

部屋に向かう途中、女が逃げる気配を見せないかと、辻岡はずっと神経を尖らせていた。しかし、女はアパレル店員にべえっと舌を出しただけで、素直に辻岡たちに付いてきた。

「さて、まずは君の名前を聞かせてもらおうか」

部屋に入り、女を適当な椅子に座らせると、辻岡はさっそく質問を始めた。

「内村幸恵」

「何か身分を証明するものは持ってないか？」

「そんなもの、持ってないよ」

「じゃあ、住所と職業を言ってくれ」

「ねえ、なんでこんな取り調べみたいなことされなきゃいけないの？　私はただ、捜査に協力してあげようとしてるだけなのに」

「悪いが、これは取り調べそのものなんだ。今の段階では、君はまだ窃盗の容疑者だからね。もう少し話を聞かせてもらって、君への疑いが晴れれば、そのときは扱いを改めるよ」

「ふぅーん」

幸恵は不服そうな顔をしていたが、それ以上は逆らわなかった。

自己申告によると、幸恵はこの付近のアパートで一人暮らしをしていて、ガールズバーに勤務しているらしい。佐上がそれを手帳に書き留める。

「それで、君は事件について何を知っているんだ？」

「私、見たんだよ。事件の犯人を」

「えっ？」

思いがけない一言に、辻岡は耳を疑った。

「犯人を見た、と言ったのかい？」

「そうだよ」

辻岡は思わず佐上と顔を見合わせてから、

「……よし、詳しく聞かせてくれ。いつ、どこで、何を目撃したのかを」

と言った。幸恵の話が本当なら、停滞していた捜査を一気に打開する特A級のネタとなるだろう。


二十歳前後と見られる若い女性の死体が発見されたのは、今から四日前の二月二十七日のことだった。吉祥寺（きちじょうじ）駅からそう離れていない静かな住宅街の中で、長らく空き家になっていた民家の庭に死体は転がっていた。

発見したのは早朝に散歩をしていた近所の住人だった。連れていた犬がふいに庭に飛び込んでいき、慌てて後を追ったところで死体を見つけ、一一〇番通報したそうだ。

司法解剖の結果、死因は頸部（けいぶ）圧迫による窒息死と判明した。死亡推定時刻は二十六日の午後九時半から午後十時半頃だ。

死体の衣服は乱れ、下着やストッキングは引き裂かれていた。ただし、肉体に性的暴行を受けた痕跡はなかった。このことから、犯人は強姦目的で被害者を襲ったが、強い抵抗を受けたため、目的を果たす前に殺害したものと見られた。

状況からしてごく単純な図式の事件に思え、辻岡も初めのうちは楽観視していた。

ところが、事件が発生して四日が過ぎても、被害者の身元は判明しなかった。

被害者の所持品は犯人が全て持ち去ったらしく、身元を示すものは何も見つかっていない。また、近隣住人に情報提供を呼びかけても、関係者として名乗り出る者はいなかった。

白骨化した死体でもあるまいし、なぜ被害者の身元が割れないのか、捜査本部の幹部たちも首を傾げていた。

ともかく最も重要な情報が欠けているとなれば、捜査は停滞せざるを得なかった。初動捜査で大きくつまずけば、事件が解決する確率は一気に低下してしまう。

まだ焦りを覚えるような時期ではないとはいえ、ベテランの捜査員の間では、捜査の難航を予感するような声が出始めていた。

「私が殺された女の子を見かけたのは、二十六日の午後十時頃だったかな」

記憶を探る様子を見せながら、幸恵が語り出した。

「そのとき、私は駅から歩いて帰る途中だったんだけど、駅前通りから小道に入り込んだところで、暗がりに若い女の子がしゃがみ込んでるのを見かけたの。その辺って、よく駅前で飲んできた酔っぱらいがうろついていて、結構危ないんだよね。私も何度か絡まれたことがあるし。あの子、見た目は真面目な学生って感じだったから、もし合コンとかで酔い潰れて動けなくなってるんならヤバイなって思って、つい『大丈夫？』って声をかけちゃったの。そしたら、あの子、私のことを睨んで『うるせえババア』とか言うんだもん。私、腹が立つよりびっくりしちゃって、急いでその場を離れたんだ」

「どうしてその女の子が被害者だと分かった？」

「ニュースで言ってた服装と一緒だったから。ベージュ色のコートに白のワンピース、黒のストッキングでしょ。それに、髪は茶色く染めたストレートで、肩まで伸ばしてた」

「なるほど……それからどうした？」

「しばらく道を進んで、角を曲がるときに、もう一度だけ女の子の方を振り返ってみたの。そしたら、いつの間にか男が現れてて、女の子と話をしてたんだ。遠くて話の内容までは聞き取れなかったけど、女の子が愛想良くしてたのは分かった。私のときとは違ってね」

「その後は？」

「知らないよ。私はそのまま角を曲がって家に帰ったんだから。……でも、その男は警察に名乗り出てないんでしょ？　もし名乗り出てればとっくにニュースで話題になってるはずだし」

「ああ、そうだ」

「じゃあ、やっぱりその男が犯人なんだよ。違う？」

「今の段階じゃまだ断言はできないが、その可能性は高いかもしれない」

「君、その男の顔や特徴を覚えているかな？」

我慢できなくなったように佐上が口を挟んできた。

「実は……もしかしたらその男、私の知ってる人かもしれないんだ」

「本当か？」

佐上は興奮を抑えきれなくなったように、前のめりになる。

（まあ落ち着けって）

辻岡は佐上の肩をぽんと叩いてから、

「それが誰なのか、教えてくれるかい？」

「船田って人。私が働いてる店に、何回か飲みに来たことがあるんだ。私はその人に一度も付いてないから、ほとんど話したことないんだけど、見た感じかなり似てたと思う」

「その船田という男の住所は分かるか？」

「店の子に聞いてみたら、『メゾン甲田(こうだ)』ってマンションに住んでるって言ってたらしいよ」

辻岡がちらりと目を向けると、佐上は小さく頷(うなず)いた。そのマンションを知っているらしい。

「ね、船田さんを逮捕するの？」

「いや、いきなりは無理だ。しかし、重要参考人として話を聞いてみることにするよ」

「できるだけ早くお願いね。店に来てる客が殺人犯かもしれないなんて、ぞっとするもん」

「捜査に進展があれば連絡するよ。君に証人になってもらう必要があるかもしれないしね」

「分かった」

それから、辻岡たちは幸恵をビルの出口まで送り、路上で別れた。

去っていく幸恵の後ろ姿を眺めながら、

「辻岡さん、この前言ってた読みが当たったたんじゃないですか？」

と佐上が声を弾ませて言った。

「読み？」

「ほら、被害者は地方から出てきた家出娘で、ネットの掲示板か何かで知り合った相手の部屋を転々と泊まり歩いてたんじゃないか、って推測してたじゃないですか。だから、簡単には身元が割れないんだって」

「そんな可能性もあるんじゃないか、ってだけの話だよ」

「ともかく、それならあの女の話とぴたりと一致すると思いません？　船田という男が、部屋に泊めてやると約束して被害者と待ち合わせし、案内するふりをして空き家へ連れ込んだんですよ。そこで強姦しようとしたが、抵抗されて殺害した」

「だけど、そういう娘なら、部屋に泊めてもらう代わりに身を任せる覚悟はあっただろう。わざわざ空き家へ連れ込んで強姦する必要なんてあったかな？」

「だったら、船田は初めから殺すのが目的だったのかもしれません。そういう異常者もいるじゃないですか」

そこで、幸恵が向こうの交差点を曲がって姿を消した。

「よし、行こう」

辻岡が歩き出すと、佐上が慌てて、

「船田のマンションに行くつもりなら、逆方向ですよ」

「いや、船田は後回しだ。まずはあの女を尾行しよう」

「俺たちに教えた名前や住所がでたらめかもしれないからさ」

「どうしてです?」

## 2

足を速めた辻岡に、佐上は小走りで追いついてから、

「それじゃあ、あの女の話は全部嘘だったと?」

「いや、俺たちを追いかけようとして万引きに間違えられた、というところまでは本当だろう。あの女の目撃証言に、明らかに事実と矛盾しているような箇所はなかった。万引きで捕まってからとっさに作った嘘とは思えないな」

「だったら、事件当夜の話だって本当のことなんじゃないですか? どうしてそっちは作り話だと思うんです?」

「話がうますぎるからだよ。たまたま路上で犯人を見かけた、というだけならともかく、それがまた偶然知っている人間だった、なんてのは幾らなんでも出来すぎだ。うますぎる話は嘘だという前提で動く、というのが俺のやり方なんだ」

「しかし、そうなると、あの女はわざわざ捜査中の刑事を捕まえて、嘘を吹き込もうとしたことになりますよ。何のためにそんなことを?」

「それが知りたくて、後を尾けてるんだよ」

本来なら、たった二人で相手に気付かれず尾行をするのには無理があった。しかも、直前に言葉を交わした相手となればなおさらだ。

だが、去年まで交番勤務をしていた佐上は、この辺りの地理に精通していた。常に裏道を使って先回りする形で、幸恵に気取られることなく行き先を突き止めることができた。

幸恵が入っていったのはマンションだった。まだ新しい、七階建てのなかなか高級そうな物件だ。

「さっき聞いた住所とは違うよな？」

「ええ、全然違ってます。……くそ、あの女め」

念のため、マンションのエントランスに入り、管理人室にいた男に警察手帳を見せて確認を取ってみた。

「ええ、さっき入ってきた方なら、ここの住人ですよ」

管理人の説明によれば、女の本当の名前は高瀬忍で、三〇八号室で一人暮らしをしているそうだ。住人のプライバシーに配慮し、それ以上の詳しいことは管理人も把握していないという。

「どうします。さっそく部屋へ上がってあの女を締め上げますか？」

佐上が勢い込んで言う。

「そうだな……」

辻岡は少し考えてから、

「いや、その前に、船田のマンションの方も見ておこう」

「どうせそっちも嘘に決まってますよ」

「だとしても、先に確認して白黒はっきりさせておいた方が、あの女を問い詰めやすいだろ？」

「まあ、確かにそうですが」

辻岡は佐上の案内でメゾン甲田に向かった。そう離れてはおらず、徒歩でも十分とかからなかった。

メゾン甲田は建てられて半世紀は経っているように見えた。ひび割れた壁を補修した痕が目立つ、いかにも陰気くさい建物だった。

集合ポストを確認すると、二〇七号室に『船田』と名札が出ていた。

「少なくとも船田って男が存在するのは確かみたいですね」

「どうせなら、全部作り話だった方が面倒がなくて良かったんだけどな」

「で、どうしますか？」

辻岡は煤けた天井を見上げてしばらく思案した。

まさか船田が犯人だとは思えなかった。もしかしたら、高瀬忍は過去に船田といざこざを起こしていて、嫌がらせのために警察へ嘘の証言をした、などという可能性も考えられる。

しかし、いずれにしても、一度は話を聞いておいた方がよさそうだ。

「この時間、部屋にいるかな」

腕時計を確認すると、午後三時を過ぎたところだった。まともな勤め人ならもちろん不在だろう。しかし、誰か家族はいるかもしれない。

二人は階段で二階へ上がった。

二〇七号室に着き、チャイムを鳴らしてみたが、返事はなかった。

しかし、通路に面した小窓が少し開いていて、中からテレビの音が漏れ聞こえてくる。どうせ勧誘か何かだろうと思って居留守を使っているのだろう。

「船田さーん、いらっしゃいますか？　警察です」

そう呼びかけながらドアを強めに叩いた。これなら昼寝をしていても目を覚ますはずだ。

だが、相変わらず奥の部屋からは何の反応も返ってこなかった。

（妙だな）

そこで辻岡は初めて船田という男に不審を抱いた。警察と聞いても居留守を通すなど、滅多にないことだ。

　辻岡は一度ドアの前を離れ、通路の端からマンションの裏手を覗き込んだ。そこにはスーパーらしき建物があり、マンションとの境には高いフェンスが巡らされている。ベランダから飛び降りて逃げようとしても、フェンスを乗り越えるのは容易ではないだろう。

「どうしたんです？」

「いや、万が一の場合に備えて、逃亡ルートの確認をしたんだ」

「えっ、船田が逃げるんですか？」

「そうと決まったわけじゃないさ、もちろん。どうして船田が居留守を使い続けてるのか、まだ理由も分からないんだからね。ただ、少しでも嫌な予感を覚えたときは、備えをすることにしてるんだ。ほとんどの場合は無駄に終わるとしても」

「はあ」

　佐上はぴんとこない顔をしていた。

（変わった人だ）

　と思っているのかもしれない。

　それならそれでよかった。辻岡は自分なりに刑事の心得を伝えているつもりだが、その言葉をどう受け止めるかは佐上の自由だ。

ドアの前に戻り、またチャイムをしつこく鳴らしてみる。

どうあっても船田が出てくる気がないことが分かると、辻岡は声を張り上げ、

「もしかしたら中で倒れてるのかもしれない。レスキューを呼んで、ドアをこじ開けてもらおう」

と言った。

それを聞いて、さすがに船田も根負けしたようだった。みしりと廊下がきしむ音がして、玄関まで出てくる気配が伝わってきた。

「……おい、こっちは仕事帰りでやっと寝付いたところだったんだぜ。いい加減にしてくれよ」

ドア越しに、苛立(いらだ)った声がした。

「船田さんですか？　お休み中でしたか、どうも申し訳ありません」

「警察が何の用？」

「実は、先日この付近で起きた殺人事件の聞き込みをしておりまして。このマンションの住人の方にも、ご協力をお願いしているんです」

「ああ、女の死体が見つかったってやつか。悪いけど、俺は何も知らないよ」

船田の声に動揺は感じられず、むしろほっとしたような気配さえあった。

「申し訳ないんですけど、ドアを開けてもらえませんかね？」

「勘弁してくれよ。シャワーも浴びずに寝てたから、人前に出られる格好じゃないんだ。聞き込みならドア越しだっていいだろ」

（さて、どうするかな）

無理にドアを開けさせるほど、差し迫った状況にあるわけではなかった。もし船田が犯人なら、こうも平然と警察に対応できるはずがない。やはり高瀬忍の話はただのガセネタだったと判断して引き上げるのが一番穏当だろう。

だが、それとは別に、

（こいつはどうして、事件の聞き込みと分かってほっとしたんだ？）

という疑問が頭から離れなかった。居留守を使っていたことといい、何か隠し事があるのは間違いない。

捜査中に謎にぶつかれば、それが事件とは一見無関係に思えても、分からないままにはしておかない、というのが辻岡のやり方だった。

「無理を言って申し訳ないんですが、見ていただきたい写真があるんです。被害者のものなんですけど。事件の夜、このマンションの前の道で目撃したという証言がありましてね。それが確かかどうか、住人の方に聞いて回ってるんです」

辻岡はとっさに口実を作り、低姿勢で頼み込んだ。被害者の遺体写真は実際に持ち歩いている。

「いやあ、俺は何も見てないよ。その日も確か遅番で、七時から店に行ってたし」

「だとしても、写真を見るだけ見てはもらえませんか。形だけでも写真を確認してもらわなければ、我々も次へ移れないんですよ。上司のチェックがうるさいもので」

「役所の人間みたいなことを言うんだな」

「我々だって公務員ですから」

「……その写真、一目見れば帰ってくれるのかい？」

「ええ」

「分かった、見るよ。さっさと済ませちまおう」

かちゃりと鍵の外れる音がした。

船田はわずかにドアを開け、顔だけを突き出してきた。

頭は金髪で、顎先に髭を生やしている。痩せて頬骨が突き出ており、不規則な生活のせいか目の下のむくみがひどく、人相を悪く見せていた。

「早く写真をよこせよ」

船田が腕を突き出して催促する。スウェットの袖口からタトゥーがちらりと覗いていた。

「これです」

辻岡が取り出した写真を、船田はひったくるようにして手に取った。

「……やっぱり見たことねえよ、こんな女」

ちらっと一瞥しただけで、船田は写真を突き返してくる。全身をドアの隙間に寄せて視界を遮っているので、部屋の様子は全く見えなかった。

辻岡は写真を受け取ろうとして、わざと摘み損ねた。

「あっ」

船田は声を上げ、ひらひらと靴脱ぎに舞い落ちた写真を拾おうとした。船田が腰を屈めたお陰で、玄関と廊下の様子が目に入る。

廊下の壁際にはビールの空き缶がずらりと並び、ゴミ袋も積まれて、荒廃した光景だった。ふっと漂ってきた空気には、生ゴミだけでなく、なにか動物の糞尿のような臭気も混じっていた。

「おい、何やってんだよ」

船田が体を起こして再び視界を遮るのと、廊下の奥の半開きのドアの向こうに大きな檻がちらりと見えたのが、ほとんど同時だった。

その一瞬の光景の中に、何か生白い小動物のような姿を見た気がした。

（いや、あれは人間の足だ）

次の瞬間、辻岡はドアの隙間に靴先を突っ込んだ。

「てめえ！」

慌てて船田はドアを閉めようとしたが、もう遅い。

「船田さん、申し訳ないが、ちょっと部屋の中を見せてもらうよ」

「ふざけんな。部屋の中を見たけりゃな、令状を持ってこい、令状を」

構わず辻岡がドアを引き開けようとすると、船田が手で突き飛ばそうとしてきた。その手を、わざと避けずに顔で受ける。鼻を手のひらで叩かれる形になり、衝撃と同時につんとした痛みが頭まで走った。

「佐上くん、公務執行妨害の現行犯だ。身柄を確保しろ」

「は、はい！」

佐上はことの成り行きに戸惑っている様子だったが、さすがに行動は早かった。辻岡と一緒にドアを開け、船田の腕を摑んで通路へ引っ張り出すと、壁に押しつけた。後ろ手に捻り上げて手錠をかける。

「おい、てめえら、ぶっ殺すぞ！」

わめき散らす船田を佐上に任せ、辻岡は靴を脱いで部屋に上がり込んだ。

廊下を通り抜けて奥の部屋のドアを開ける。

そこにあったのは、フェンスを組み合わせて自作したような大型のケージだ。そして、中で横たわっているのは裸の幼児だった。四、五歳くらいの男の子だ。

「おい、ぼうや、大丈夫か？」

辻岡は片膝をつき、フェンスを摑んで呼びかけた。

男の子は頭だけをめぐらせ、ぼんやりとした顔で辻岡を眺める。かなり衰弱した様子で、全身に痣や傷があった。ケージの中にはペット用の皿と、おまるが置かれていた。先ほど嗅いだ異臭は、男の子の体から漂ってきていたようだ。

あまりに無惨な光景に、辻岡は気分が悪くなった。男の子が船田に虐待を受けていたのは間違いない。

ケージの入り口には南京錠がかけられていた。

辻岡は玄関まで取って返すと、まだ暴れていた船田の胸ぐらを摑んだ。

「おい、子供を閉じこめたケージの鍵はどこだ？」

「へっ、てめえの知ったことか」

「いいか、これは緊急事態なんだ。自主的に差し出さないなら、強制的に調べるぞ」

「好きにしな」

船田がそう答えた瞬間、辻岡は思い切り足払いをかけた。船田はくるりと半回転するように転倒した。

その背中にのしかかり、膝で首を押さえながら、船田のスウェットのポケットを探った。顔面を床に押しつけられた船田は、呻き声しか上げられない。

南京錠の鍵を発見すると、辻岡は急いで部屋に駆け戻った。

鍵を外し、ケージを開ける。男の子はぐったりと横になったままだ。

「よし、ぼうや、すぐに病院に連れて行ってやるからな」

辻岡はケージの中に這い入って、男の子を抱き起こした。その体のあまりの軽さに、辻岡は思わず身震いした。

ケージを出ると、辻岡は男の子を抱きかかえたまま携帯電話を取り出し、救急車を呼んだ。

## 3

辻岡たちが高瀬忍の部屋を訪問したのは、翌日の正午頃だった。

インターホンのボタンを押しても反応はなかった。しかし、二度、三度としつこく押すうちに、

「うるさいわね。何なのよ」

と苛立った声が聞こえてきた。

「昨日、駅前のビルで、殺人事件について情報提供してもらった警察の者だけど、覚えているかな？」

忍がはっと息を呑む気配が伝わってきた。

「……もちろん覚えてるよ。今、起きたばっかりで、着替えとかしたいから、ちょっと待っててくれる？」

観念した口調で忍が言った。

五分ほど待つうちに、玄関のドアが開いた。

「お待たせ。さ、上がってよ」

忍は部屋着姿で素顔のままだった。昨日より二つ三つ若く見える。

辻岡たちは広々としたリビングに通された。出窓にぬいぐるみを並べたりして、やや少女趣味なところが見られたが、きれいに片付いた居心地のよさそうな部屋だった。

「コーヒーでもいる？」

「いや、お構いなく」

辻岡は断ったが、結局、忍は自分のコーヒーを入れるついでに、辻岡と佐上のカップも運んできてくれた。

「高瀬さん、今日はどんな用件か、もちろん分かってるね？」

「……うん」

忍はタバコをくわえて火をつけ、煙を吐いてから、

「船田の部屋は調べたの？」

「ああ」

「子供はいた？」

「我々で保護したよ。船田は児童虐待の容疑で逮捕した」

「そうなの、よかった……」

忍はほっとしたように表情を緩めた。

「君は船田と子供のことを知っていた。そして、我々に部屋を調べさせるために、虚偽の証言をした。そういうことだな？」

「うん、そうだよ。騙して悪いとは思ったけど、他に方法がなくて」

「どうして児童相談所や交番に届け出なかったんだ？」

「届けたよ、もちろん。だけど、どっちも役立たずでね。児相の方は、部屋までは行ったけど、船田に立ち入り調査を拒否されてそれっきり。あいつって半グレっぽい感じだし、きっと職員は脅されて逃げ帰ったんだろうね。警察の方は、被害届やはっきりした虐待の証拠がなければ動けない、って言うだけだった。ほんと、頭にきたよ」

「そうか……」

恐らく、児相と警察が一緒に部屋を訪れていれば、とっくにあの男の子は保護されていたはずだ。だが、両者の連絡の悪さは、未だに解決されない問題の一つだった。

「元々は、捜査本部の方に電話するつもりだったの。ほら、どんな情報でもお寄せ下さい、って番号があるでしょ？　殺人事件の捜査をしてる刑事なら、容疑者と聞けばすぐに飛びつくだろうと思ってね。でも、いざとなると、嘘なんて簡単に見抜かれるような気がして、なかなか電話できなかったんだよ」

「そんなとき、我々を見かけたというわけか」

「うん。刑事なんて恐(こわ)そうなオッサンばかりだと思ってたけど、意外に若くて優しそうだったから、この人にしちゃえ、と思って、急いで後を追いかけたの。……実際は大して優しくもなかったけど」

　忍の言葉を聞いて、辻岡は苦笑しながら、

「その辺りの事情はよく分かった。しかし、君はどうしてあの子供のことを知っていたんだ？」

「あの子、ケンタくんだっけ？　そのお母さんが、私と同じ店で働いてたんだよ。ガールズバーっていうのは嘘で、本当はキャバクラなんだけど。で、ケンタくんのお母さんとはけっこう仲が良くて、ときどき仕事上がりにご飯食べに行ったりしたときに、よく愚痴を聞かされてたの。一緒に暮らしてる男が子供を苛(いじ)めるから困ってる、って。その男が、船田だったってわけ」

　忍の話を辻岡は手帳に書き留めた。

　船田は署で取り調べを受けているが、当然、非協力的でまともな供述はしていないようだ。この話を担当者に伝えれば、捜査の役に立つだろう。

「私も何回かケンタくんに会ったことがあるんだけど、目が大きくてくりっとした、可愛い男の子でしょ？　あんな子を苛めるなんて、ほんと信じられないよ」

「それで、ケンタくんの母親は今どこに？」

「新しい男ができて、どこかへ逃げちゃったみたい。そうなるとケンタくんを連れて行ったとは思えないし、もし船田のところへ残されてたら、虐待はもっとひどくなるはずでしょ？　私も心配で、一回様子を見に行ったことがあるんだけど、ガキなんて知るか、って船田に追い返されたの。でも、近所の人に聞いてみたら、よく船田が誰かを怒鳴っている声がする、なんて話だったし」

忍はそう言ってから、

「ね、ケンタくんの様子はどうだった？　元気なの？」

「元気とは言えないな。ろくに食事も与えられていなかったようで、衰弱し切って今は病院で点滴を受けている。ただ、診察した先生の話では、何か障害が残るようなことはないだろう、とのことだった」

「そうなの。あー、良かった」

「発見があと十日も遅かったらどうなっていたか分からない、とも先生は言っていたよ」

そう言って辻岡は手帳を閉じると、温(ぬる)くなったコーヒーを一口飲んでから、

「それじゃ、高瀬さん、そろそろ……」

「あ、ちょっと待って。その前に、三十分くらい時間をくれない？」

「どうして？」

「お店のマネージャーに連絡しときたいの。私が急に店に来なくなったら、困っちゃうだろうからね。こう見えても、仕事に関しては真面目なんだよ、私。それと、弟にもこのことを知らせておかなきゃ。うちの親、二人とも気が弱いから、いきなり警察から連絡があったりしたらショックで倒れちゃうかも」

「いや、しかし……」

「変なことを企(たくら)んでるわけじゃないから心配しないで。私だって、こうなったときの覚悟はしてたんだから。ただ、逮捕されるにしても、周りの人にできるだけ迷惑をかけたくないの」

　それを聞いて、辻岡はまた苦笑した。

「何か勘違いしてるみたいだな」

「え？」

「我々は君を逮捕するつもりはないよ」

「でも、嘘の証言をすれば罪に問われるんじゃ……」

「もちろん虚偽告訴罪というのはあるが、今回はまあ、船田が実際に児童虐待をしていたという事実もあるし、結果として子供を保護できたからね。上とも相談した結果、君の偽証には目をつむる、という結論になったんだよ」

「そうだったんだ……」

忍は気が抜けた顔になり、ソファの背もたれに体を預けた。

「今回、こうしてお邪魔したのは、詳しい事情を聞きたかったからさ。それと、やむを得なかったとはいえ、今後は警察を騙して動かすような真似は止めてもらいたい、という警告のためだ」

「分かってるって。もう二度とやらないって誓うよ」

忍は元気を取り戻して言うと、ソファから立ち上がり、

「ああ、ほっとしたらビールを飲みたくなっちゃった。いいかな？」

「どうぞご自由に」

冷蔵庫から缶ビールを取ってきた忍は、美味そうに喉を鳴らして飲んだ。

「これで用件は済んだし、我々はそろそろ失礼するよ」

「もう帰っちゃうの？　ゆっくりしていけばいいのに」

「本来の殺人事件の捜査に戻らなきゃならないものでね」

一人の子供を助けられたのだから文句は言えないが、この二日間、聞き込みが止ま

っていたことに辻岡は焦りを覚えていた。未だに被害者の身元は割れておらず、捜査本部の幹部からすれば、何を余計なことに首を突っ込んでいるんだ、と叱りつけたいところだろう。

「あ、そうだ。殺人事件といえば、私も一つ伝えておきたい話があるの」

「……どんな話だ？」

「もう、そんな胡散臭（うさんくさ）そうな顔しないでよ。今度こそ本当なんだから」

「ともかく、聞いておこうか」

「被害者が殺されたのは、二十六日の夜だったよね？　私、その日は早めに仕事を上がって帰ってきたんだけど、そこのところの道路で変わった車を見たの。この辺じゃ初めて見る車だったな」

「変わった車というと、どんな？」

「丸っこい形の軽自動車だよ。私の乗ったタクシーが、狭い道ですれ違うのに苦労してたんだけど、運転手さんも『珍しい車ですね』って言ってたもん」

「それは何時頃だった？」

「ええと……家に着いたときは二時十分だったから、まあ二時過ぎくらいじゃないの」

「日付が変わった午前二時、ということだね？」

被害者の死亡推定時刻は遅くとも午後十時半だ。事件に関係していると見るには、あまりに時間が空きすぎている。

それでも、車の色や形など、分かる範囲のことを聞き出しておくことにした。運転手の姿までは見なかったそうだ。後で必要になった場合に備えて、乗っていたタクシーの会社名も控えておいた。

「どう、役に立ちそう？」

「ああ、貴重な情報だよ」

そう答えると、忍は満足そうな顔になった。

改めて辻岡たちが引き上げるときには、忍は玄関まで見送ってくれた。

「ほんと、色々と迷惑をかけてごめんなさい。お詫びに、もしうちの店に遊びに来てくれたら、ただで飲ませてあげるから」

そう言いながら、店の名刺を渡してくる。辻岡は断ろうとしたが、強引に上着のポケットへねじ込まれてしまった。

忍の部屋を後にして、エレベーターに乗り込むと、

「はあ、とんだ道草を食うことになりましたね」

と佐上がうんざりしたように言った。

「うん……そうだな」

曖昧に頷きながら、辻岡はあのケンタという男の子を抱き上げたときのことを思い返していた。

救急車の到着を待つ間、あの子は雛がようやく親鳥を探し当てたかのように、ぎゅっと首にしがみついていた。

辻岡はまだ独身で、特に子供が好きというわけではない。それでも、胸が押し潰されるような憐憫を覚え、やがて到着した救急隊員へ預けるために引き離したときには、

(ずっと一緒にいてやれなくてごめんな)

と心の中で謝っていた。

恐ろしい虐待からは救い出されたものの、母親からも捨てられたあの子は、今後どのように過酷な人生を歩んでいくのだろう。

一介の刑事に過ぎない自分には、彼にしてやれることは何もなく、それを思うと虚しさと無力感が込み上げてきた。

そんな辻岡の憂鬱な思いを破ったのは、同僚の源野雅弥からの電話だった。

「あ、辻岡さん、今どこにいますか？」

「吉祥寺駅の近くだ」

「すぐに本部へ戻ってこられますか？」

「何かあったのか？」

「被害者の身元が割れそうなんです」

「分かった、大急ぎで戻る」

辻岡の胸中から感傷は消え去り、事件を追う刑事としての気力が湧いてきた。

# 二章

## 1

吉祥寺署へ戻ると、辻岡と同じ殺人犯捜査第五係の面々のほとんどが顔を揃(そろ)えていた。

「おい、身元確認の結果はどうだった？」

辻岡は源野を捕まえて尋ねた。源野は二十六歳の巡査で、第五係では最年少となる。

「さっき遺体と対面してもらったんですが、やはり娘さんだったそうです」

今朝、『東京で暮らす大学生の娘と連絡が取れなくなっている』と捜査本部へ問い合わせてきたのは、岐阜県に住んでいる女性だった。娘の特徴を聞いたところ、遺体と一致していたため、ただちに上京して確認してもらうことになったのだそうだ。

「そうか。これでやっと本腰を入れて捜査ができるな」

娘の死を確認した母親には気の毒だが、捜査する側としては朗報と言えるだろう。

そのとき、捜査本部となっている講堂に金井大知(かないだいち)が入ってきた。やはり第五係の一員で、三十四歳の警部補だ。

金井は辻岡を見つけると、

「来てくれ。これから被害者の母親に事情聴取だ。お前も立ち会えと係長が言っている」

「分かりました」

辻岡は金井と一緒に、母親を待たせている署の応接室に向かった。

「母親の様子はどうですか？」

「遺体を見た直後はかなり取り乱して大変だった。別室に移してなだめるうちに、どうにか落ち着いてきたが、今でも精神的に不安定だろう」

同情の色を見せるでもなく、金井は淡々と説明した。元からめったに感情を表に出さないタイプで、辻岡は金井の笑顔を一度も見たことがなかった。秀麗というには整い過ぎた容貌もあいまって、どこか機械的な印象を受けるが、それでいて家庭には二人の愛娘(まなむすめ)がいて、意外に子煩悩らしい。

応接室に入ると、係長の山森誠(やまもりまこと)だけがソファに座っていた。

「あれ、母親はどこです？」

辻岡が尋ねると、

「手洗いだよ」

「大丈夫なんですか?」

「秋本がずっと付き添っているから心配ない」

秋本亮子は三十三歳の警部補で、第五係に二人いる女性刑事のうちの一人だ。

辻岡は山森の隣に座り、金井は窓際の別テーブルで供述を記録するためのノートパソコンを開いた。

母親の戻りを待つ間、山森はそわそわと身じろぎを繰り返し、やがて席を立って窓から外を眺めた。山森は、指揮官としてはどっしりと腰を据えてことに臨むタイプではなかった。一昔前の口やかましい大工の棟梁といった感じで、現場のあちこちに顔を出しては指示を飛ばして回る。その見かけも、小柄で引き締まった体軀をしており、スーツよりも半纏が似合いそうだった。

母親は五分ほどで戻ってきた。目元を赤く腫らしている他は、落ち着きを取り戻しているように見える。ただ、その妙に虚ろな表情は、何かの拍子にまた取り乱しそうな危うさを漂わせていた。

「大変お疲れのところを申し訳ありませんが、もうしばらくご協力下さい」

山森はそう前置きして、事情聴取を始めた。

母親の供述によると、被害者の名前は「小池聡美」で、二十歳の大学二年生だった。生まれも育ちも岐阜県で、大学進学を機に上京して一人暮らしを始めていた。家族構成は、両親、姉、祖母の五人。母親の名は久美（くみ）というそうだ。

「娘さんのお住まいは？」

「大学が八王子市にあるものですから、その近くの学生マンションに住んでおりました」

「八王子に？」

山森はやや訝（いぶか）しげな顔をしてから、

「先ほども申し上げたとおり、娘さんのご遺体はこの武蔵野（むさしの）市で発見されたのですが、こちらへ出向く用件に何か心当たりは？」

「さあ、私は東京の地理に疎いものでよく分かりませんが、娘との話で武蔵野市というのは聞いたことがありませんでした」

バイト先や友人の名前、恋人の有無なども聞いてみたが、久美はあまりよく知らない、と答えるばかりだった。聞けば、久美は夫と共に飲食店を経営しているらしく、仕事に忙殺されて娘の東京での暮らしぶりに気を配る余裕もなかったらしい。

「そうなんです。私たちがもっと娘のことを思っていれば、こんなことには……」

そこで久美の目から涙が溢（あふ）れ出し、こらえきれなくなったように顔を伏せてすすり泣きを始める。

秋本が目顔で席を外すよう求めてきたので、辻岡たち三人は一度応接室を出た。

久美が落ち着きを取り戻すまで十分ほどかかった。秋本がドアを開けて三人を招き入れ、事情聴取を再開する。

「それでは、率直にお伺いしますが、娘さんを殺した犯人に心当たりは？」

「……ありません、全く」

「ここ最近、娘さんから何か悩みを相談されたようなことはありますか？」

「さあ、特には思いつきません」

「対人関係でトラブルが起きたような話も聞いていない？」

「……はい」

久美は自分の落ち度のように、申し訳なさそうに言う。

ふと思いついて辻岡は尋ねてみた。

「今年の正月は、娘さんは帰省されましたか？」

「ええ、帰ってきました」

「そのとき、何か普段と違う様子はありませんでしたか？」

「……そういえば、いつもより元気がなかったような気がします。毎年、元旦には友達と初詣（はつもうで）に行くのが習慣だったんですが、今年はそれもなかったみたいで」

たまたまなのか、それとも今回の事件の背景に関係しているのか、ともかく辻岡はその話を手帳に書き留めておいた。

久美は憔悴の色を濃くしていたため、あまり長くは事情聴取できなかった。

ひととおりの情報を得られたところで、山森は、

「では、今日のところはこれで充分です。また何か確認したいことができたときは、ご連絡させていただきます。もしあなたやご家族が事件に関連して何か思い出したことがあれば、どんな些細な話でも構いませんから、遠慮無くご連絡下さい」

「分かりました」

久美は青ざめた顔で頷き、一礼してソファから立ち上がった。

この後、久美には秋本が付き添って、遺体の引き取り手続きなどのサポートをすることになっている。

久美たちが出て行った後も、山森はしばらく腕組みしたまま無言だった。

「それでは、私は写真を事務の方へ回してきます」

金井がノートパソコンを畳んで立ち上がった。今後の聞き込みのために、母親のスマホに入っていた生前の被害者の写真を提供してもらっており、それを印刷して捜査員たちに配ることになっていた。

さらに十分ほど経過してから、やっと山森は腕組みを解いて立ち上がった。今後の捜査方針について考えがまとまったらしい。

「何か見立てはつきましたか？」

辻岡は期待して尋ねた。

同じ事情聴取に立ち会っていても、辻岡にはまるで見えていなかったものが、山森には見えているということがよくあった。

「いや、まだ何も。しばらくは手探りの捜査が続きそうだ」

苛立たしげに言って、山森は部屋を出た。

## 2

夜の捜査会議はいつもより時間を繰り上げて開かれた。捜査員たちにも全員出席の指示が出されており、講堂の席は全て埋まっていた。

「さて、知っている者も多いと思うが、今日、被害者の身元が判明した」

まず最初に管理官の根岸（ねぎし）が言った。捜査本部の形式上のトップは刑事部長だが、実質的な現場の責任者は根岸だった。

「それに伴って、捜査体制を大々的に再編することになった。これより、新たな班分けを発表する」

根岸は被害者の交友関係を洗う、いわゆる「鑑捜査」を担当する者の名前と組分けから発表していった。

辻岡は、自分もこちらの班へ振り分けられるだろうと思っていた。

だが、いつまで経っても辻岡の名は出てこなかった。それどころか、他の地取り捜査、物品捜査の班にも名前が入らず、とうとうそのまま管理官の発表は終わってしまった。

「今日のところは各自早めに帰宅し、明日に備えて英気を養ってくれ。以上」

会議が終了すると、捜査員たちは次々と席を立ち、講堂内は雑然とした空気に包まれた。

「辻岡さん、どうもお世話になりました」

佐上がやってきて挨拶した。佐上はこれまでどおり現場周辺での聞き込みを行う地取り捜査班のままで、明日からは別の刑事と組むことになっている。

「今回は辻岡さんに色々と勉強させてもらいまして、ありがとうございました」

ほんの数日とはいえ朝から晩までずっと一緒に過ごしていたせいか、組が分かれて佐上はどこか寂しそうだった。

「いや、こちらこそ世話になったよ。明日から担当は別になるけど、お互いに頑張ろう。犯人を捕まえて祝杯をあげられるようにね」

「はい」

佐上は力強く頷いてから、ふと思い出したように、

「そういえば、さっきの班分けでは辻岡さんの名前が挙がりませんでしたが……」

「うん、そうなんだ」

と、そこで山森が人混みを縫って足早に近づいてきた。

「辻岡、来い」

「分かりました。佐上くん、それじゃあ」

山森は講堂の隅の間仕切りパネルで囲われた場所へ入っていった。そこには通信設備や捜査資料を収める棚が設置されている他、少人数の打ち合わせができるようテーブルセットも置かれている。

辻岡も続いて入ると、山森の他に、源野、今平明日香、増木哲次の顔があった。今平は第五係のもう一人の女性刑事で二十八歳の巡査部長。そして、増木は三十八歳の巡査部長だった。

「何がありました？」

辻岡が席に着きながら尋ねると、山森が、

「実は、増木の方で気になる情報があってな。おい、説明してくれ」

「はい。……私は近隣の性犯罪の前科者を洗っていましたが、その中で一人、事件の翌日から連絡が取れなくなった者がいるのが判明しましてね。しかも、これまでに地取り捜査で上がってきた不審者情報の中に、その男と特徴が一致するものがあったんです」

そう言って、増木は手元の捜査資料を捲っていき、

「……ああ、これだ。被害者が殺害された日の午後八時頃、死体発見現場周辺の住宅地で、年齢五十代、身長百六十五センチほど、痩せて額が大きく後退した男が目撃されています。まあ、この特徴だけなら多くの人間に当てはまりそうですが、少なくとも行方不明になった男と一致しているのは確かです」

「男の名は？」

山森が尋ねた。

「飯尾雄輔です。これまでに二回、強姦で刑務所に入っています」

「飯尾らしい男が目撃されたのは午後八時で、被害者の死亡推定時刻は午後十時前後だから、ちょっと時間差があるな」

「ええ。しかし、最初から被害者を付け狙っていたんじゃなく、あの空き家の庭に潜んでいい獲物が通りかかるのを待っていたとしたら、時間差があっても不思議じゃありません」

増木の答えに、なるほど、と山森は頷いてから、

「ともかく、お前たち四人には、この飯尾の所在を突き止めてもらいたい。くれぐれもこの件がマスコミに漏れないよう注意してくれ。もしニュースで報じられたりした

ら、飯尾も警戒を強めるだろうからな」

それからしばらく打ち合わせをした後、辻岡たちは帰宅して明日からの捜索に備えることにした。

辻岡は源野が運転する車で自宅の官舎に向かった。源野も同じ建物に住んでいる。

「どうなんですかね。この飯尾って男が犯人だと思いますか？」

途中、源野がそう尋ねてきた。

「そうだな……もし俺が犯人だったら、この状況で慌てて姿を消したりはしない。そんな真似をすれば、真っ先に警察に疑われるだけなんだから。だけど、飯尾がとびきり小心なら、被害者を殺害した時点でパニックになり、後先を考えずに逃げ出したって可能性もある」

そう言って、辻岡は膝に載せた飯尾の資料を捲り、

「過去の犯行を見ると、飯尾は知恵が回るタイプじゃなさそうだ。衝動的に女を襲い、目的を遂げれば急に恐くなって逃げ出して、毎回現場に山ほど証拠物を残していっている。二度目に捕まったときなんて、自分の靴を片っぽ忘れていってるんだぞ」

それを聞いて、源野は呆れたように笑って、

「なるほど。こいつが犯人だったら楽なんですがねえ」

「……どうだろうな。場合によっては、逆に一番厄介な相手になるかもしれない」

「え？」

「資料によると、やつの両親はすでに亡くなっていて、兄弟も妻子もいない。もし飯尾が今の暮らしを捨ててとことん逃げるつもりでいるなら、身柄を押さえるのはかなり面倒になるだろう。逃亡犯っていうのは、どれだけ腹が据わった悪党でも、隠れ潜んでいる間につい心細くなって、ふらりと家族のもとに立ち寄ったりするものなんだ。子供がいるなら、一度でいいから顔を見たいと願うのさ。そこが俺たちの付け目で、家族の周辺で張り込んでいれば、いつか犯人を捕らえられる。しかし、飯尾みたいな天涯孤独の身となると、日本のどこをどう逃げ歩いているか推測するのが難しい。全国の警察に手配を回して、どこかで偶然網に引っかかるのを待つだけ、なんてことになるかもしれない」

「なるほど、確かにそれは厄介ですね……」

「もちろん、やつがまだこの近辺に潜伏している可能性もある。だけど、その場合でも、捜査の手が迫っていると感じ取れば、急いで逃げ出すだろう。油断してると大変なことになるぞ」

辻岡の言葉に、源野は表情を引き締めて頷いた。

## 3

翌朝、午前六時にセットした目覚まし時計のアラームで目を覚ました。

急いで顔を洗って身支度を整える。今日はジーンズにセーター、革ジャンという服装にした。これからの任務を考えれば、一目見て刑事と分かるようないつものスーツ姿ではまずいのだ。

やがて源野から電話があり、部屋を出て一階ホールで合流した。源野はダウンジャケットを着た、いかにも若者らしい格好になっていた。

源野の運転する車で吉祥寺署に向かう。途中、コンビニに寄って朝飯を買い、車内で食べた。

今平はすでに到着して待っていた。

「あ、おはようございます」

眠たげな様子も見せず、きびきびと挨拶してくる。

第五係の中でも今平は異色の経歴を持っていた。元はSP志望で、すでに警察学校等での特殊訓練も受け、運転、射撃、格闘において抜群の成績を残したという。だが、SP職はただでさえ狭き門である上に、女性が占める割合は数パーセントにすぎない。

席が空くまで長く待たされるうち、ある殺人事件の捜査に携わる機会があり、そこでの優秀な働きが山森の目に留まった。そして、熱心に口説かれて捜査一課へ引き抜かれるという経緯があったそうだ。

増木も十分ほど遅れてやってきた。

四人は一台の車に乗り込んで、まずは飯尾の住むアパートへ向かった。車で二十分ほどの距離だ。

「よし、そこで停めてくれ」

表通りから路地へ入り込んだところで、増木が源野に指示した。

「そこの角を曲がって十メートルほど先に、飯尾のアパートがある。部屋は二〇一号室。東側の端だ。やつが帰ってきていないか確かめよう」

四人は車を降り、徒歩でアパートに向かった。

途中、増木が足を止めて前方を指さし、

「あのフェンスを乗り越えれば、アパートの裏手に出られます」

「よし、私と源野が裏を見張ります。増木さんは今平と一緒に表から乗り込んで下さい」

年齢で言えば増木が最年長だが、主任である辻岡がこの場を取り仕切った。

辻岡は源野とフェンスを乗り越えて、向こう側の畑に降り立った。畝には白菜が植えられていて、踏まないように足場を選びながら進んでいく。

飯尾のアパートはかなり古びたボロ物件だった。飯尾の部屋の窓にはカーテンが閉められている。

辻岡たちは窓の下に立って待った。もし飯尾が在宅していて逃げようとするなら、必ず窓から飛び降りてくるだろう。辻岡は腰を探って、そこに手錠があることを確かめた。

身構えながら待つうちに、増木が部屋のドアをノックする音が聞こえてきた。何度か呼びかけても反応がないようだ。頭上の窓のカーテンはちらりとも動かない。

しばらくして、辻岡の携帯に増木から電話がかかってきた。

「どうやら留守のようですね」

「ええ、車に戻って合流しましょう」

辻岡たちは再び畑を横切り、フェンスを乗り越えた。ブーツが泥だらけになって源野がぶつぶつ文句を言っていた。

車に戻ると、増木が源野に、

「アパートの前を通り過ぎてしばらく行ったところに、月極の駐車場がある。そこへ車を停めてくれ」

と指示した。

駐車場には十台分のスペースがあり、そのうちの半数は近隣の商店が契約しているようだった。一番手前のスペースに停めてみると、飯尾の部屋のドアを視界に収めることができた。張り込みには最適だ。

「このスペースは……クリーニング屋が契約してるのか。しばらく停めさせてもらえるか、交渉してみよう」

そう言って辻岡は増木と車を降り、近くのクリーニング屋を訪れた。大手チェーンの系列店で、従業員に店長を呼んでもらう。

「はあ、警察の……ええ、しばらくなら停めていただいても結構ですけど」

店主は五十代くらいの痩せた男で、辻岡が事情を説明するとあっさり承知してくれた。

「助かります。ところで、この男に見覚えはありませんか？」

辻岡は飯尾の写真を取り出して見せた。

「ええっと、この人はどこかで見たような……」

「すぐそこのアパートの住人なんですがね」

「ああ、はいはい。何度か道ですれ違ったことがありますよ」

「付き合いはないんですね？」

「ええ、特には。この店を利用されたこともありませんしね」

店主からは、飯尾に関する情報は全く引き出せなかった。

「あ、そうだ」

引き上げようとしたところで、ふと思いついたように増木が振り返った。

「もしよかったら、その服を二枚ほど貸してもらえませんかね」

店長が着ている店名が入ったビニールパーカーを指さす。なるほど、これを着ていれば、たとえ張り込み中に飯尾に姿を見られたとしても刑事とはばれないだろう。

店長は快くパーカーを二枚貸してくれた。

「さすが増木さん、いいところに目を付けますね」

「なに、年を食うとこういう小細工ばかりが得意になるんですよ」

増木は照れたように頬をかいた。

車に戻ってから、四人で改めて今後の計画を話し合った。

「二組に分かれて、一組はこのまま部屋の監視を続け、もう一組は飯尾の立ち回り先を聞き込んで回ることにしよう」

辻岡が言うと、増木が、

「その組はどう分けます？」

「私と源野が聞き込みに回り、増木さんと今平に張り込みをお願いしたいと思います」

「分かりました」

辻岡は源野と車を降りると、駐車場を離れて表通りに向かった。

「これからどこへ行くんです？」

「飯尾の勤め先だ。資料によれば、産廃処理業者で働いているらしい。ここから歩いて五、六分のところに事務所がある」

通りをしばらく歩くうち、前方にそれらしい土地が見えてきた。

鋼板で敷地を囲い、『高梨興産』という錆びた看板を掲げている。大型ダンプトラックが数台と、二階建てのプレハブハウスが見えていた。

敷地の門は半分開いていた。中に入り、トラックをホースで洗っていた男に、

「済みません、社長さんはいらっしゃいますか？」

と尋ねた。

男は怪訝そうな顔をしながら、そこだよ、とプレハブの二階を指さした。

階段を上がり、窓から中を覗き込む。雑然と書類が積まれた机が四つ並び、一番奥の席に作業着姿のスキンヘッドの男が一人座っていた。

「失礼します」

呼びかけながらドアを開けた。

「あん？　誰だあんた」

スキンヘッドの男が顔を上げた。口の周りに濃い髭を蓄えている。

「社長さんですか？　お忙しいところ済みません」

辻岡は社長の席まで行って、名刺を差し出した。

「……なんだ、あんたら刑事（デカ）さんかい」

社長は不機嫌そうに睨んできた。

「こちらにお勤めの飯尾さんについて、ちょっとお話を伺わせてもらっていいですか？」

「……あの野郎、まさかまた何かやらかしたのか？」

すぐにそれと察したように、社長は唸（うな）った。

「飯尾さんは今日は出勤されていますか？」

「いや、ここ一週間ほど無断欠勤してやがる」

「自宅も留守だったんですが、行き先に心当たりは？」

「さあ、俺の知ったことかよ。それより、やつが何かやったんならはっきり言ってくれ。今度は何だ？　覗きか？　それともまた強姦か？」

「社長は飯尾さんに前科があることをご存じなんですね」

「当たり前だろうがよ。やつの免許証の住所は刑務所（ムショ）になってるんだぜ。塀の中で再発行したからな」

苛立たしそうに言って、社長は手にしていたファイルをばんと机に叩き付け、

「全く、恩を仇で返しやがって。前科者を雇うのにこっちがどれだけ気苦労をかかえるか、あいつらは分かっちゃいねえんだ。最初は殊勝な顔で頭を下げても、半年もしねえうちにこのザマだ！　あのクズ野郎が」

「……社長は、いつもその調子で飯尾さんを罵っていたわけですか？」

「ああん？」

社長はじろりと辻岡を睨み、

「何か文句でもあるのか？」

「いえ、ただ事実を確認しているだけです。もし飯尾さんが前科を理由に虐げられ、精神的に追い詰められていたなら、それが原因で再犯に走った可能性もあり得るわけですから」

辻岡は社長を睨み返しながら言った。

「ほう、だったら、やつが強姦したら俺の責任ってわけかい」

「そうは言っていません。ただ、前科者の再犯を防ぐためには、社会の中に彼らの居場所を作る必要があるんです。あなたも前科を承知で飯尾さんを雇ったんなら、少しは彼の立場を理解する努力をしたらどうですかね」

辻岡はどうにか感情を抑えながら言うと、

「ともかく、飯尾さんの行方を捜すために、同僚のみなさんからも話を聞かせてもらいます」

と告げてドアに向かった。

「まあ待てよ」

社長に呼び止められて、辻岡は振り向いた。

「まだ何か？」

「あんたに言われるまでもなく、俺だって飯尾の立場はよく理解してるさ。何しろ、この俺自身が前科者なんだからな」

「…………」

思いがけない言葉に、辻岡は無言で社長を見つめた。

「俺は前科者を色眼鏡で見たりはしねえが、甘やかすつもりもねえ。人生を立て直したいって言うなら手を貸してやるが、俺の信頼を裏切ったやつは許さねえ。ただそれだけのことだ。分かるな？」

「……ええ、どうも失礼しました」

「それとな、うちの社員に話を聞いたって無駄だぜ。飯尾と仲良くしてたやつなんて一人もいないからな。何しろ荒っぽいのが多くて、飯尾が苛められていないか俺が目を光らせてたくらいなんだ」

「そうですか……」

「で、やつには何の容疑がかけられてるんだ？　それくらいは教えてもらえるんだろう？」

「二月二十七日に、吉祥寺駅近くの空き家の庭で若い女性の死体が発見されたことはご存じですか？」

「ああ、あの事件か……殺された女は強姦されていたのか？」

「未遂ですが、強姦しようとした形跡はありました」

「そうか……」

社長はタバコを取りだしてくわえると、窓を開けてから火を点けた。

「……飯尾はほとんど人付き合いをしないやつだったが、一人だけ、友達がいたみたいだ。この近くのスナックで知り合ったとか言っていたな」

「何という名前の人ですか？」

「さあ、詳しいことは知らないんだ」

「では、知り合った店は分かりますか？」

「ああ、それなら、『セピア』って名前の店だ。俺は行ったことはないがね」

社長はメモ用紙に簡単な地図を描いて渡してくれた。

「どうもご協力ありがとうございました。ところで、もし飯尾さんから連絡があったときは……」

「分かってるよ。あんたに知らせりゃいいんだろ。その代わり、やつを締め上げて無理やり吐かせるような真似はしないでくれよ。あんたなら、まあ大丈夫だと思うが」

「ええ、お約束します」

辻岡は一礼して、事務所を後にした。

会社を出て、地図を頼りにスナックへ向かっていると、

「それにしても、意外でしたよ」

と源野が言った。

「何がだよ」

「辻岡さんがあんなに熱くなるなんて、滅多にないですからね」

「熱くなってるように見えたか？」

「ええ、辻岡さんにしては、ですけど」

「そうか……俺もまだまだだな」

「まあいいじゃないですか。ああして社長さんの協力も得られたんですし」

「それは運が良かっただけさ。嫌なものを見ていちいち腹を立てているようじゃ、刑事として半人前だ」

辻岡は溜め息を漏らしたが、今は反省して落ち込んでいる場合ではない。

すぐに気を取り直し、次の聞き込みについて思案を巡らせた。

## 4

スナック「セピア」は古いマンションの一階部分に入っていた。左右には似たような飲食店が並んでいる。

時刻は午前十一時を過ぎたところで、当然店はまだ開いていなかった。裏口まで回って呼び鈴を押してみたが、やはり反応はない。

「どうしましょう？」

源野に聞かれて、辻岡は少し考え、

「近所で聞き込みをして、誰か店主の連絡先を知っている人間がいないか探してみよう。それが駄目なら、せめて店が開く時間を知りたい」

二人は隣接した飲食店を一軒一軒訪ねて回ったが、どこも夜の店だけあって無人だった。途中、マンションの住人が一人降りてきたので、何か知らないか聞いてみたが、

「さあ、私はその辺の店とは一切関わり合いがないんで」

という答えだった。

何一つ成果がないまま、辻岡たちはセピアの前まで戻ってきた。

「こうなったら、店の人が出勤してくるまで待ちますか？」

「そうだな……」

開店前に準備をするにしても、出勤は夕方頃になるだろう。さすがにそれまで時間を無駄にするのは惜しい。

と、そのとき、道路の向こうから自転車に乗った老人がやってきた。前輪がふらふらする危なっかしい乗り方で、マンションの前まで来ると、耳障りなブレーキ音を立てて停まった。

老人はマンションの敷地内に自転車を停めると、こちらへ歩いてきた。七十代後半くらいか、チョッキにジャケットという姿で、身なりは悪くない。

老人はマンション前に設置された自販機でコーヒーを買い、隣のベンチに腰を下ろした。

「あの、済みません。そこの店について、ちょっとお尋ねしたいんですが」

辻岡が近寄って声をかけると、老人はじろりと見上げてきた。

「なんだね、あんたらは」

「我々は警察の者でして、この辺りで聞き込みをしているんです」

「ふうん」

「そこの『セピア』という店が何時頃に開くか、ご存じありませんか？」

「知らんね。私はときどきここで一服していくだけだから」

「そうでしたか。失礼しました」

老人はごくごくと喉を鳴らしてコーヒーを飲み干してしまうと、空き缶をゴミ箱に捨てて自転車に戻った。再び危なっかしい乗り方で来た道を引き返していく。

その後ろ姿を見送りながら、辻岡は、

「……よし、とりあえず出直すことにしよう。飯尾のアパートまで戻って、近所で聞き込みだ」

と源野に告げた。

二人がマンションの前を離れて少し歩いたとき、今度は高齢の女性が二人やってきて、自販機の隣のベンチに座るのが見えた。

(……よし、念のためだ)

辻岡はベンチまで引き返して話を聞いてみることにした。

今度は最初から警察を名乗って、店の開店時間を聞くと、

「お店だったら、もうすぐ開くと思いますけど」

と一方の老女が答えた。

「もうすぐ、ですか?」

「ええ、ここはいつもお昼から営業してるんです。私たちみたいな年寄りが、お茶や

コーヒーだけでカラオケを楽しめるように」

「あら、でもおかしいわね。もう十一時半を過ぎてるのに、まだ閉まってるなんて」

もう一人の老女がそう言うと、

「あ、そういえば、ママさん、午前中は耳鼻科に行くから、開店は昼の十二時からにする、って言ってたわ」

「やだもう、それを知ってるなら最初に言ってよ。ボケてきたんじゃないの？」

「何言ってるの、その話をママさんから聞いたとき、あんたも隣にいたじゃない」

「え、本当？　やだわぁ」

二人はアハハと声を揃えて笑い出す。

辻岡も苦笑し、その場を離れるタイミングを窺っていると、

「そうか、だからタケさんも来てなかったのね。私たちが一番乗りだなんて珍しいこともあるもんだと思ってたら」

「そうよ、あの人、あれでわりに耳ざといのよ」

その会話を聞いて、辻岡はぎくりとした。慌てて、

「済みません。そのタケさんというのは、お店の常連客ですか？」

「ええ、そうですけど」

「もしかして、七十代後半くらいの男性で、身なりがきっちりしていて、自転車に乗

ってやってくる？」

「あら、刑事さん、ご存じなんですか？」

（くそ、さっきの爺さんだ）

辻岡は道を振り返ったが、もう老人の姿は見えなくなっている。

「そのタケさんという人の本名は？　どこに住んでいるかご存じですか？」

矢継ぎ早に尋ねてみたが、

「さあ、私たちもお店で顔を合わせるくらいだから……」

と二人は首をひねるばかりだった。

辻岡は急いで源野のところへ戻った。

「どうしたんですか？」

「さっきの自転車の爺さんが、飯尾の友達かもしれない」

警察の質問に嘘を吐き、急いでその場を離れるとなると、他に理由が考えられなかった。友人ということで勝手に飯尾と同年配の男をイメージしていたが、飲み屋で親しくなるのに年の差など関係ないのかもしれない。もしかしたら、飯尾は老人のもとに身を隠しているという可能性もあった。

「爺さんがどっちに行ったか分かるか？」

「ええと、あそこの十字路を左に曲がったところまでは見ましたけど……」

「追うぞ」

辻岡は駆け出した。

老人が家に戻り、警察が捜していたことを飯尾に告げれば、今度こそどこか遠くへ逃げ去ってしまうかもしれない。その前に身柄を押さえなければ。

懸命に走って十字路に着くと、左に曲がった。その先には民家が立ち並んでいる。老人の姿は見当たらない。

辻岡はやや走るスピードを落とし、道路の左右に延びる路地を覗き込みながら進んだ。

「あ、いたぞ！」

路地のずっと奥に老人の姿を発見した。老人なりに懸命に漕いでいるらしく、あっという間に遠ざかっていく。

辻岡は必死に後を追った。しかし、近頃はろくに運動をしていないため、すでに息が切れかけている。

「辻岡さん、どいて下さい！」

源野が辻岡を押しのけ前に出た。まだ疲れの感じられないしっかりとしたフォームで、ぐんぐん駆けていく。

辻岡はもう限界になり、ついに足を止めた。後は源野に託すしかない。

吐きそうになりながら、民家の壁に背中をつけて休んだ。

二、三分して、辻岡はまたよろよろと道を進み始めた。源野の姿もとっくに見失っている。

しばらく歩いているうちに、

「辻岡さん！」

と源野に声をかけられた。路地の奥から手を振っている。

辻岡は急いで駆け寄り、

「爺さんはどこに？」

「それが、あと少しで追いつけそうだったんですが、この角を曲がったところで見失ってしまいまして……」

「ということは、この辺りに爺さんの家があるってことかもしれないな」

辻岡は周囲を見回しながら少し考え、

「爺さんは他の常連客から『タケさん』と呼ばれていた。名字か下の名前か分からないが、それらしい名の表札を手分けして探そう」

幸い、この辺りには古い住宅が多く、どの家も門柱に表札を出していた。

「山本」、「石田陽一郎」、「佐々木」、「三木春男」……。なかなかそれらしい表札が見つからない。焦りを覚えながら歩いていると、携帯に源野から電話がかかってきた。

「辻岡さん、それっぽい家を見つけました」

急いで道を引き返して源野を探す。

源野はこの辺りにしてはかなり大きな住宅の前に立っていた。

「どうですかね、この家は」

門柱には「竹本」という表札が出ていた。中を覗き込むと、家屋は昭和の面影を残す二階建てで、前庭はあまり手入れが行き届いていなかった。

「よし、行ってみよう」

辻岡は門の奥へ入っていった。さっと庭の隅々に目を走らせたが、老人が乗っていた自転車は見当たらない。しかし、警察に追われていると知っているのだから、建物の裏に隠すくらいはするだろう。

玄関のチャイムも古めかしいタイプだった。

「源野、裏へ回れ」

そう指示してから、チャイムを鳴らした。

しばらくして、廊下をやってくる足音が聞こえた。

「どちらさま？」

引き戸の向こうから問いかけがある。女の声だ。

「済みません、警察のものですが」

そう答えると、少し間を置いてから、鍵を外す音がした。がらがらと引き戸が開けられる。

顔を覗かせたのは五十代くらいの女だった。やや戸惑うような表情を浮かべている。

「あの、警察の方が何か？」

「お父様は在宅ですか？」

年齢からそう見当をつけて尋ねてみた。

「いえ……父はもう随分前に亡くなっておりますが」

「では、他にご高齢の男性は家族にいらっしゃいますか？」

「おりません。この家は私と息子の二人暮らしです」

ごく自然な口調で、警察相手に嘘を吐いているような気配はなかった。

「そうでしたか。どうもこちらの勘違いだったようです。失礼しました」

舌打ちしたいのをこらえ、丁寧に一礼して引き上げようとすると、

「あのう、もしかしたら、お探しなのはうちの裏に住んでいるお爺さんじゃありませんか？　一人暮らしをされてるんですけど」

と女が思いがけないことを教えてくれた。

「その方のお名前は？」

「武田(たけだ)さんといいます」

辻岡は礼を言うと、女が戸を閉めるのを待ってから、源野を呼び戻した。

「裏の家らしい」

小走りに道路へ戻り、ぐるりと回り込んで裏の家に向かう。

そこは庭もない小振りな住宅だった。

隣家との塀の間にあの自転車が停められているのを見つける。

「どうします。応援を呼びますか？」

「そうだな、増木さんたちを……」

と辻岡が答えかけたとき、ふいに玄関のドアが開いた。

「それじゃあ、タケさん、また後で連絡を……」

そう言いながらバッグを抱えて出てきたのは、間違いなく飯尾本人だった。

「あっ……」

辻岡たちに気付いて、飯尾は立ちすくむ。

「飯尾さんですね？」

辻岡は身構えながら呼びかけた。

「……待ってくれ、違うんだ。俺はやってないよ」

飯尾はバッグを取り落とすと、青ざめた顔で言いながら、一、二歩後退(あとじさ)った。

辻岡はすっと身を寄せ、飯尾の片腕を取った。源野が反対側の腕を押さえる。暴れれば手錠をかけるつもりだったが、飯尾にその気はなさそうだった。

「おい、お前たち。飯尾くんは何もしていない。その手を放せ」

家の中から老人の声がした。見ると、玄関の上がり口でこちらを睨んでいる。

「あんたがこの男の無実を信じるのは勝手だが、容疑者の逃亡を助ければ、それだけで罪に問われる可能性があることを知ってるんだろうな?」

辻岡が怒りを抑えながら告げると、老人はぐっと黙り込んだ。

(全く、困った爺さんだ)

油断なく視線を向けながら、辻岡は携帯を取り出して増木たちを呼ぶことにした。

5

滋賀県での取材は全くの空振り(からぶ)りに終わってしまった。

上林壮一(うえばやしそういち)がSNS上で『古いアパートを取り壊す作業中に敷地内から白骨死体が発見された』という話題を目にしたのはつい昨日のことだ。

興味を持って調べるうち、死体が発見された滋賀県の町の名前を見て、上林は思わずはっとなった。そこは、今から八年ほど前に、ある未解決事件が起きた場所だったからだ。

その事件は、当時小学六年生だった藤村美桜（ふじむらみお）という女の子が、自宅で留守番中に姿を消したというものだ。

ともかく謎の多い事件で、午後七時頃に母親が車で出かけた後、忘れ物に気付いて引き返したときには、もう娘がいなくなっていたという。その間、ほんの十分ほどだった。食卓には食べかけのカップラーメンが放置されており、玄関付近では微量の血痕が発見され、また数日後に女の子の携帯から父親へ謎の無言電話がかかってきていた。

警察の捜査で真っ先に疑われたのは、母親の不倫相手だった。事件当日も、母親はジムに行くという名目で家を出ていたが、実際は不倫相手に会う予定だった。その不倫相手が、娘がかつて通っていた体操教室の指導員だったことも、警察が疑いを向ける理由になった。面識のある相手なら、娘が言われるままに家の鍵を開けて迎え入れた可能性もあるからだ。

だが、徹底した追及にもかかわらず、不倫相手が犯人だという証拠は挙がらなかった。

その後、捜査は難航し、現在に至るまで女の子は発見されていない。世間ではあまり知られていない事件だが、未解決事件マニアの間では、推理合戦を繰り広げる格好の題材になっていた。

そして、ウェブマガジンで『未解決事件ファイル』という連載を抱えている上林も、この事件は過去に複数回取り上げたことがあった。

地図上で確認した限りでは、女の子が行方不明になった住宅と取り壊し中のアパートは二十メートルと離れていなかった。もしその白骨死体が女の子のものなら、長らく続いてきたマニアたちの論争に終止符が打たれるかもしれない。間違いなく取材する価値はあった。

そうと決まれば上林の行動は早かった。他のウェブマガジンやサイトの後塵を拝したのでは一気にネタの価値は落ちる。深夜だったが構わず編集長に電話をすると、

「いいんじゃない。ガソリン代と高速代は出すから、行ってみなよ」

とのことだった。

上林はさっそく支度して車に乗り込んだ。

夜を徹して高速道路を飛ばし、午前八時前には目的の町に着いた。

現場となった工事現場を探し当てると、付近には警察官が二人ほど残っていた。ウェブマガジン編集者、という肩書きが警察への取材においで何の効力もないことはよく分かっていたが、それでも名刺を警察官に渡して、話を聞かせてくれと頼んだ。

「へーえ、わざわざ東京から来たのかね」

年配の警察官は、冷ややかに名刺を突き返してくることもなく、物珍しげに言った。

「はい。昔、この辺りで起きた小学生の失踪事件に何か関係しているかと思いまして」

上林は勢い込んで言った。何でもいい、警察官のコメントが取りたかった。ネットで調べたことだけをまとめて記事をでっち上げるウェブ媒体も多い昨今、現地の生の声というのはそれだけで価値があった。

警察官はさすがに捜査情報までは漏らしてくれなかったが、雑談には応じてくれた。近隣で流布する失踪事件の噂(うわさ)などを幾つか聞かせてくれる。

話を聞いた後は、警察官の目を盗んで、現場周辺の写真を何枚か撮影した。

車に戻った上林は、これからどのような記事を仕立て上げるか、高ぶった気持ちの中で構想を練った。上手(うま)くやれば普段とは一桁違うページビューを稼げそうな手応えがあった。

だが、その日の夕方には、上林の興奮に水を浴びせるような警察情報が出た。

アパートが取り壊される直前まで住んでいた老人が、『一昨年妻が亡くなったが、葬儀を出す金が無かったので床下に埋めた』と自供したというのだ。そして、科捜研が人骨を分析した結果、老人の供述を裏付ける結果が出ていた。

「なんだよそりゃ」

思わず声を上げ、上林はスマホを助手席に放った。

これでは、わざわざ滋賀県までやってきたのが全くの無駄だったことになる。しかも、あのケチな編集長のことだ、ガソリン代だって出さないと言いかねない。

すっかり意気消沈した上林は、シートを倒して仮眠を取った後、近くにあった道の駅で食事を済ませ、帰途に就くことにした。

ふと、帰る前に寄るべきところを思いついたのは、高速道路で岐阜県に入ってからだった。

「そうだそうだ、そうしよう」

自分を励ますように声を出し、養老ジャンクションで東海環状自動車道に入って北に向かった。

上林が向かう先は、岐阜県M市だった。そこは、平成の未解決事件を数え上げるとき、必ず上位に顔を出す『M市女子中学生殺人事件』が起きた土地だった。

これまで、ウェブマガジンの連載で数々の事件を扱ってきたが、この事件だけはまだ取り上げていない。それは、ある出版社から持ちかけられた連載の書籍化企画の目玉にするつもりだったからだ。すでに掲載された記事だけを集めたのでは、連載のファンもさすがに買い渋るだろう。だから、ある程度ボリュームのある新規記事を用意して欲しい、というのが出版社側の要望だった。

連載記事が本になったとなれば、業界内でも一目置かれるだろうし、取材先で名刺代わりに差し出すこともできる。それに、何かの拍子にベストセラーになる可能性だってないわけではない。

だから、上林としても中途半端な記事にはしたくなかった。これまでも様々な記事を集めて事件を詳細に調べてきたが、やはり一度は現地に赴いて取材をしなければならないと、ずっと機会を窺っていたのだ。

M市に着いたときには午後九時を過ぎていた。東京と違い、鄙（ひな）びた町はすでに静かな眠りの中にあった。取材をするには明日の朝を待つしかなさそうだ。

経費節約のため、今夜は車中泊することにした。こういうときに備え、毛布や寝袋は常に車に積んである。コンビニで食料と酒を買い込んだ後、公園の駐車場に車を停めた。

翌朝早くに起きると、さっそく取材に取りかかることにした。事件に関係した場所を全て巡り、その様子をこの目で確かめ、写真に収めるつもりだった。

『M市女子中学生殺人事件』が起きたのは、今から六年前のことだ。

新聞の第一報では、六月五日の午前六時頃、農作業小屋の中に誰かが倒れていると一一〇番通報があったことが伝えられていた。その小屋は数年来使用されておらず半ば放棄された状態だったが、入り口付近の地面に人の出入りした痕跡が残されており、近隣に住む老人が訝しく思って中を覗いたことで、発見に至ったのだという。

駆けつけた警察官は、倒れていたのが十代半ばくらいの少女で、首を絞められて殺害されているのを確認した。

同日午前十時頃、一人の主婦が交番を訪れて、昨夜から娘が帰宅していないようだと相談していた。娘の名前は五十嵐沙耶(いがらしさや)といい、当時中学二年生だった。少女には度々の補導歴があり、無断外泊も珍しくはなかったため、相談が遅れたという。応対した警察官は、発見された死体との関連を考え、主婦に確認を求めた。そして、主婦が警察署で遺体と対面した結果、被害者が五十嵐沙耶であることが判明した。

捜査を開始した警察は、間もなく、付近に住む井上孝彦(いのうえたかひこ)という五十代の男を重要参考人として署へ連行した。井上は山の麓(ふもと)にぽつんと一軒だけ建った家に独居していた。無職で、数年前に亡くなった母親の貯金を食い潰しながらの暮らしだった。

以前から被害者に目を付けていた井上が、わいせつ行為を目的として自宅へ誘い込んだが、強く抵抗されたために殺害した、というのが捜査本部の見立てだった。

警察の取り調べに対して、井上は犯行を否認した。だが家宅捜索の結果、居間から少女の指紋が多数見つかった。少女のことなど知らない、会ったこともないという井上の主張は、この証拠だけであっさりと崩れた。

改めて逮捕された井上は、それでも頑(かたく)なに無実を主張したが、まともに耳を傾ける者はいなかった。日頃から警察に対して批判的だった地元新聞社ですら、この痛ましい事件のスピード解決に一切の疑問を抱いていなかった。

　ところが、ある朝、全国紙の一面を飾った一本の記事が、事件の様相を一変させることになる。

『被害者少女、自ら容疑者宅へ侵入か？』

　そう見出しがつけられた記事には、五十嵐沙耶は何らかの目的で井上の留守宅に侵入した後、見咎められることもなく外に出た、とあった。被害者が殺害されたのはそれ以降ということになる。この重大な事実を証言したのは被害者の同級生だと書かれていた。

　警察は慌てふためき記事の裏付け捜査を行った。その結果、記事に書かれていた内容はまさしく事実であると判明した。

　容疑者宅の裏手にある明かり取りの小窓からは、少女の指紋が発見された。また、壁には少女が足がかりにしたと思われる靴跡も残っていた。裏庭に面した雑木林では、少女の唾液が付いた空き缶、吐き捨てたガムなども発見された。これらの証拠品は、少女が雑木林に潜んで井上が外出するのを待ち、それから鍵のかかっていない小窓から侵入したことを示唆していた。

　井上が少女を家に誘い込んだ、という捜査本部の描いた構図は、根底から覆されたのだ。

捜査幹部たちは謝罪会見を開き、無数のフラッシュの前で深々と頭を垂れた。その中には県警本部長の姿もあった。一方、拘束されていた井上はただちに釈放され、手のひらを返したマスコミ各社によって、冤罪事件のヒーローに祭り上げられた。

こうして、解決間近に見えた女子中学生殺人事件の捜査は振り出しに戻った。

警察は、新聞に証言をした同級生とは誰なのかを突き止めようとした。報道ではまだ明かされていない重要な事実を知っているのではないかと見たからだ。しかし、新聞社は情報源の秘匿を理由に、その名を明かすことを拒んだ。

当然、その後の捜査は行き詰まりを見せた。新たな容疑者が浮上することもなく徒に時ばかりが過ぎていき、一年後には事件が未解決のまま捜査本部は解散した。所轄署に継続捜査のチームが設けられたものの、今に至るまで新たな動きがあったという情報はない。

この未解決事件を巡っては、今でもネット上などで盛んに議論が繰り広げられていた。ウェブマガジンで連載を始める前は、上林も匿名掲示板に熱心に自説を書き込んでいたものだった。

「五十嵐さんですか？　……さあ、どこへ越していったか、私は全く知りませんよ」

現地で最初に上林が訪れたのは、被害者一家が住んでいたアパートだった。すぐ隣に住んでいる大家に取材を申し込んだのだが、思っていた以上に冷ややかな応対をされた。

「とにかくね、私は事件のことなんて何も知らないから、お話しできることは一つもありません」

大家は一方的にそう言って、ぴしゃりとドアを閉めてしまった。

もっと食い下がろうかとも考えたが、警察を呼ばれるような事態になっては困る。

仕方なく、上林はアパートの写真だけ撮って、次の取材先へ向かった。

それからも、上林は行く先々でにべもない拒絶に遭うことになった。被害者が通っていた中学校では、担任だった教師に取り次いでさえもらえず追い返されたし、通学路にあった商店では、事件のことを口にした途端、店主の顔から笑顔が消えてさっさと奥へ引っ込んでしまった。

(くそ、何なんだこいつらは)

上林はまるで迫害でも受けたような不愉快な気分を味わった。

ただ一人、上林が事件を取材していると聞いても嫌な顔をしなかったのは、昼食を取るために入った食堂の店員だった。

「いやー、お兄さん、悪いけど取材なんて無理だと思いますよ」

四十代くらいの、いかにもお喋り好きといった感じの女だ。

「どうしてです？」

「お兄さんは過去の事件を調べにきたつもりでしょうけど、この町の人からしたら、あの事件はまだ終わってないんです。現在進行形の話なんですよ」

そういう女自身はよその生まれで、五年ほど前に、夫が実家の食堂を継ぐことになったので一緒にこの町へやってきたのだという。

「私もね、下手な噂話はするなって舅にきつく言われてるくらいで。だってほら、実際のところ、どこの誰が犯人か分からないわけじゃないですか。もしかしたら近所の人や、親戚の中にいるかもしれないし。そう考えると、私なんかも滅多なことは言えないなって思っちゃうんです」

「なるほど……」

住人たちが上林の取材を拒んだのも、不安や恐れを抱いているからこそと思えば、不快な気持ちも少しは収まってくる。

とはいえ、ここでまた何の収穫もなく引き上げるわけにはいかない。せめてガソリン代を取り返せるくらいのネタは摑まなければ。

(よし、こうなったら……)

上林には一発逆転を狙えるプランがあった。実行に移すとなるとためらいもあったが、もう腹をくくるしかない。

そのプランとは、あの事件で容疑者として逮捕され、やがて冤罪が晴れて釈放された井上孝彦に直接インタビューする、というものだった。

井上が、今でも当時と変わらず山の麓の一軒家に住んでいるという情報は、ネットで得ていた。井上は釈放された後の記者会見で支援者に感謝の言葉を述べた他は、全く沈黙を貫いていた。もし、事件について一言でもコメントを取ることができれば、本の帯に使えるほどのインパクトがあるに違いない。

しかし、上林は井上へのインタビューについて、あっさり拒絶されるのではないかという懸念以外にも、強い不安を抱いていた。

なぜなら、上林は井上真犯人説を唱えている人間の一人であるからだ。

確かに井上は、世間では冤罪事件の被害者という扱いを受けている。しかし、実際のところ、警察が井上を釈放せざるを得なくなったのは、逮捕の根拠となった証拠が無効になったからであって、無実が証明されたからではないのだ。もし警察が先走って井上を逮捕したりせず、じっくり腰を据えて捜査していれば、やはり井上こそが犯人だったという証拠が挙がり、事件が解決した可能性も高かったはずだ。

殺人者かもしれない人物にインタビューを申し込む、しかも相手は人里離れた一軒家に住んでいるとなれば、上林でなくても怖じ気づくだろう。

それでも上林は、下調べしてあった情報をもとに、井上の家を探すことにした。

山に向かって少し走ると、すぐに人家はまばらになった。荒れた畑や鬱蒼とした雑木林ばかりが目に入る。

小さなガソリンスタンドの廃墟の前を通り過ぎた後は、完全な山道となった。かなりの急勾配で、路面はがたがたになっていた。

そこから更に一キロばかりも進んだ先に、井上の家はあった。昔は林業を営む家が近所に数軒あったらしいが、今でも残っているのは井上だけのようだ。

井上の家は十人家族でも悠々と暮らせそうなほどの大きさだった。しかし、窓の大半は雨戸が閉められたままで、屋根瓦の剝がれが目立ち、壁にはツタが這っていた。見た目にはほとんど廃墟と変わらない。

荒れ果てた前庭に車を停め、上林は恐る恐る建物に向かった。

入り口はアルミサッシの引き戸で、脇にチャイムがあった。しかし、プラスチックのボタンが割れていて、壊れているのが一目で分かった。

「すみませーん……」

最初の一声は自分で思っていた以上にか細くなり、風にかき消されてしまった。

おほん、と小さく咳払いして、再び呼びかける。

今度は建物の奥まで届いたはずだが、しばらく待っても何の反応もなかった。

(留守か……)

残念なような、ほっとしたような、複雑な気分だった。

そうとなれば、こんな薄気味悪い場所からさっさと立ち去りたくなる。が、その前に、せめてもの手土産に周辺の景色をカメラに収めておくことにした。

家の表側を何枚か撮影した後、次は裏手へ回る。

裏庭は、表側と違って意外に手入れがされていた。家庭菜園もあれば焼却炉や薪(まき)の山などもあった。

撮影しながらしばらく歩き回るうち、裏庭の奥に広がる雑木林に意識が向いた。

建物を振り返って、明かり取りの小窓があるのも確認する。

六年前、五十嵐沙耶はあの雑木林の中に隠れて井上が外出するのを待ち、小窓から建物に侵入したのだ。

その様子をありありと想像した上林は、自分がまさに未解決事件の現場に立っていることを改めて実感した。

上林が思い描く沙耶は、小窓から出てくるとき、家中の金目のものを掻(か)き集めたバッグを持っていた。

新聞記事では、沙耶が井上宅に侵入した目的は不明のままになっていた。しかし、彼女の普段の素行から推測すれば、窃盗のためだったと考えるのが一番自然だった。万引きの常習犯だった沙耶なら、空き巣だってほんの軽い気持ちで思い付いたに違いない。

まんまと盗みを成功させた沙耶だったが、恐らくその帰り道で不運にも帰宅途中の井上と行き合ってしまったのだ。井上は、沙耶が手にした品に見覚えがあることに気付き、すぐに盗みに入られたことを悟った。

そして、井上は沙耶と言い争いになった。沙耶のような少女が、引き籠もりも同然の中年男に対してどのような態度に出るかは容易に想像が付く。激しい口論の末にカッとなった井上は思わず手を出してしまった。

激情からさめた後、すでに死体と化していた沙耶を見て、井上は愕然としたはずだ。冷静に死体を処分することなどできず、近くにあった小屋へ隠すのが精一杯だったのだろう。

自身の仮説を事細かに思い返していたせいで、上林は背後に何者かが現れたことに気付くのが遅れた。

(あっ)

気配を感じて慌てて振り返ったとき、相手はもう手が届くほどの距離まで迫っていた。

顔の下半分が無精髭に覆われた、猫背の中年男。古びた衣服に包まれた体は、肩の辺りが筋肉で張っているのが分かる。

それが井上であることに、上林はすぐに気付いた。六年前の週刊誌の記事で見た写真に比べ、表情からさらに人間らしさが失われていたが、その暗く澱(よど)んだような細い目つきは見間違えようがなかった。

「あ、あの、済みません。勝手に入り込んだりして」

引きつった声で言ってから、上林は両手に持ったままだったカメラを慌てて背中に隠した。

井上は無言で上林を見つめるだけだった。

「ええっと、その、そこで見かけた野鳥がこっちの庭へ飛んでいったんで、思わず後を追ってきたんです。不法侵入なのは分かってます。すぐに出て行きますから」

上林はとっさの作り話を並べた。

それを聞いているのかどうか、井上は表情も変えずにじっとしていたが、ふいに体をひねると、木の薪割り台に刺さっていた斧(おの)に手を伸ばした。

（ちょ、ちょっと、冗談でしょ！）

思わず後退った拍子に、何かにつまずいて尻餅をついてしまう。

死の恐怖に、上林の全身から血の気(け)が引いた。

井上は両手で斧を構えると、上林に向かって高々と振り上げた。

「うわあ！」

上林の喉から飛び出た悲鳴は、深い林に響き渡り、誰に届くこともなく消えた。

# 三章

## 1

任意同行という形で飯尾を署へ連行した後、辻岡が事情聴取を担当することになった。

飯尾を匿っていた武田老人は、結局、自宅の方で事情を聞くことにした。そちらは源野に任せたが、「不当逮捕」だの「弁護士を呼べ」だのと大騒ぎする武田に手を焼き、

「もう、だから逮捕はしてないんですって」

と繰り返し説明していた。

山森と簡単に打ち合わせをした後、辻岡が取調室に入ると、

「あ、刑事さん」

と飯尾はまるで救いが現れたように声を上げた。そして、怯えた視線をドア脇のデスクに座っていた亀村弘太に向ける。亀村は第五係の一員で、二十八歳の巡査だ。

むっつりした顔で押し黙り、亀村はじっと飯尾を見つめている。それだけで飯尾が震え上がっているのは、亀村が筋骨隆々の大男で、顔つきはヤクザ顔負けの凶悪さだからだ。刑事研修を受けたときは、暴力団を相手にする組織犯罪対策課から熱心な勧誘を受けたという。

「まあまあ、飯尾さん、そう固くならないで」

辻岡は飯尾と向かい合って座り、柔らかな口調で話しかけた。もちろん、亀村を記録係に選んだのは、飯尾が怯えるだろうと見越してのことだったが。

「刑事さん、さっきも言ったけど、俺は本当に何もやってないんだって」

飯尾はすがるような口調で言う。

途端に亀村が、

「じゃあ、どうしてアパートから逃げ出して、爺さんの家に隠れてたんだ⁉」

とデスクを叩いた。

「いや、それは、その……」

飯尾はびくりと震えて言葉に詰まる。すっかり目が泳いでいた。

この調子なら、これ以上の脅しは必要なさそうだ。辻岡はちらりと亀村に目で合図してから、

「何もやってないなら、逃げたり隠れたりする必要はないだろう？」

と穏やかに飯尾に語りかけた。

「……だって、俺、警察に疑われると思ったから、恐くなっちゃって」

「どうして疑われると思った？　前科があるからか？」

「うん、それもあるけど……」

「他にも何か？」

「……どうしようかな。ねえ、刑事さん、本当は分かってて聞いてるんでしょ？」

飯尾は上目遣いで、探るように辻岡を見る。

どうも飯尾は年齢以上に老けた外観とは対照的に、中身はひどく幼いようだった。

武田老人もこういうところを見て、つい放っておけなかったのかもしれない。

「いいや、分からないなあ。何を隠してるか知らないけど、本当に何もやってないなら、全部素直に話した方がいいよ。悪いようにはしないからさ」

辻岡は諭すような口調で言った。

「うん……実はね、俺、ちょっとだけ、殺された女の人の後を尾けてたんだ」

「本当かい？」

いきなり核心を突く話に、辻岡も思わず身構える。

「あの日、仕事が終わった後、吉祥寺の駅前にある牛丼屋で飯を食って、ビールを一本飲んだんだけど、二月にしちゃ暖かいい気持ちのいい夜だったから、ちょっと辺りをぶらついてみることにしたんだ。ああいう夜は、井の頭公園まで行けば、ベンチでいちゃつくカップルのちょっといいところを見られたりするしね。でしょ？」

「まあね。だけど、覗きはよくないな」

「覗くわけじゃないよ。ベンチの横を通り過ぎれば、自然と目に入るからね」

「で、その夜はどうしたんだ？」

「公園に行く途中で、すごくきれいな女の子を見つけたんだ。顔だけじゃない、スタイルもいいし、それに二十歳ぐらいだったんで、俺、思わず後を追いかけちゃったんだ」

「それから？」

「女の子の後ろ姿を眺めながら、うーん、どれくらい歩いたっけな……とにかく、気が付いたときには駅からずっと離れた場所にいて、さすがにこれ以上追いかけても仕方ないと思って、そこから引き返したんだ」

「どうしてその女の子が、殺人事件の被害者だと分かった？」

「新聞に出てたでしょ、死んだ女の子の服装が。それとぴったり一緒だったから」

「そこまで後を追いかけて、何もせず引き返すとは思えないんだけどな。本当は、何か女の子にちょっかい出したんじゃないのか？」

「ううん、本当に何もしてないんだって。刑事さんも知ってるでしょ。俺、起きてる子は駄目なんだって。俺がこれまで手を出したのは、酔って眠り込んだ子だけだよ」

確かに、飯尾に関する資料にそんな記述があった覚えがある。

「でもさ、俺が女の子を尾けているところを誰かに見られてたら、警察にそうやって疑われるのも当然だよね。だから事件のことを知った後、恐くなって逃げたんだよ」

飯尾は懸命な顔つきで訴えた。

「じゃあ、引き返した後はどうしたんだ？」

「家に帰って寝ようと思ったけど、変に興奮しちゃってたから、もうちょっと飲んでからにしようと思ってセピアに行ったんだ」

「それは何時頃？」

「ええと……忘れちゃったな。閉店まで飲んで、最後はママに追い出されたのは覚えてるんだけど」

「そうか……ちょっと待っててくれ」

辻岡は席を立った。

「え、どこに行くの？」

飯尾は慌てて言う。亀村と二人きりにさせられるのが嫌なのだろう。

「すぐに戻ってくるから」

取調室を出ると、待っていた山森にこれまでの聴取内容を説明して、

「やつのアリバイについて、店のママに確認を取るよう言って下さい」

と頼んだ。金井が事情聴取のためにママの家を訪れているはずだった。

取調室に戻り、しばらく飯尾と雑談をするうちに、ドアがノックされた。辻岡は再び部屋を出る。

「裏が取れた。午後九時頃から午前一時まで、やつは店で飲んでいたそうだ」

山森の報告を聞き、予期していたとはいえ辻岡は落胆した。被害者の死亡推定時刻は午後九時半から午後十時半までの間だから、飯尾にはアリバイが成立することになる。

「やつがシロだったのは残念だが、被害者の後を尾けていたというのは、意外な収穫に繋がるかもしれん」

山森はそう言うと、少し考えてから、

「よし、事件の夜にどこをどう歩いたのか、飯尾を現地まで連れて行って案内させるんだ。それで、これまで不明だった被害者の足取りが摑める可能性がある」

「分かりました」

辻岡は頷き、飯尾のもとへ戻った。

「おい、喜んでくれ。店のママさんがあんたのアリバイを証明してくれたよ」

「本当かい？　良かった」

心からほっとしたように、飯尾は表情を緩める。

「それで、あんたへの疑いは完全に晴れたんだけど、あの夜の被害者の行動について、もうちょっと詳しく知りたくてさ。悪いんだけど、協力してもらえるかな？」

「え？　……まあ、別にいいけど」

「ありがとう、助かるよ」

辻岡は亀村と一緒に飯尾を車に乗せ、吉祥寺駅に向かった。

通りをしばらく進み、駅前から少し離れた辺りで、

「あ、確かその辺であの子を見かけたんだ」

と飯尾が歩道を指さした。

辻岡は適当な場所を見つけて路上駐車し、車を降りた。

「被害者を見たのは何時頃だった？」

「牛丼屋を出たのが八時ちょっと過ぎだったから、まあそれくらいかな」

「そうか……よし、覚えている限りでいいから、あの夜に歩いたルートを教えてくれ」

「いいよ」

飯尾はすたすたと歩き始め、辻岡たちはその後に続いた。時刻はもう午後六時を過ぎていて、辺りは濃い夕闇に包まれている。

ときどき立ち止まって考えながら、飯尾は住宅街の中へ入っていった。

「辻岡さん、この道は……」

途中、亀村が意外そうに囁いてきた。

飯尾が歩くルートは、死体の発見現場からはまるで外れていた。もしあの空き家の前を通るなら、通りまで引き返して、別方向の路地に入っていかなければならない。

「おい、本当にこの道で合ってるのか？　いい加減に進んでるんじゃないだろうな」

亀村が声をかけると、飯尾は嫌な顔で振り返り、

「合ってるよ。ほら、あそこに眼科があるだろ。その前まで行って、引き返したんだから」

「飯尾さん、被害者は知っている道を迷わず進んでる感じだったか？」

辻岡はそう尋ねた。

「いや、ときどきスマホで地図を確認してたし、初めての道だったんじゃないかな」

「そうか……よし、ありがとう。ここで充分だ」

辻岡は車まで戻り、飯尾をアパートまで送っていくことにした。

「なあ、社長さんには俺が事情を説明しておくから、明日は出社した方がいいよ」

辻岡はハンドルを握りながら、後部シートの飯尾に言った。

「うん、そうするよ」

「それとな、あの武田って爺さんは本気であんたを信用してるみたいだ。その思いを裏切るような真似はするなよ」

「分かってるって」

アパート前で飯尾を降ろし、辻岡たちは捜査本部に戻った。

## 2

「さて、今日の新情報から、幾つかの重要な事実が浮かび上がってきたように思う」

山森は小会議室でホワイトボードを背にして、そう言った。

夜の捜査会議を終えたばかりで、時計の針は午前零時を指している。所轄署の刑事たちはもう解散しているが、第五係の九名だけが特別に集まっていた。

「まず、被害者の小池聡美が吉祥寺に着いたのは、午後八時頃だということが分かった。そして、彼女は死体発見現場とはまるで違う方向へ歩いていた。そうなると、我々が当初考えていた、小池聡美は午後十時頃に駅からどこかへ向かう途中、空き家の前を通りかかり、そこで待ち構えていた犯人によって庭へ引きずり込まれて殺害された、という見立てが完全に消えたことになった」

ホワイトボードに要点を走り書きしながら、山森は話を進める。

「では、小池聡美は午後八時から死亡推定時刻の午後十時前後まで、一体どこで何をしていたのか。この空白の二時間が、今回の事件の大きな鍵となるのは間違いない」

「普通に考えれば、誰かの家を訪問していたんでしょうね」

そう発言したのは外橋祥一郎だった。三十二歳の警部補だ。

山森は捜査が新たな局面を迎えたとき、必ずこうしたミーティングを開くが、メンバーは誰でも自由な発言を許されている。

「そうだ。しかし、事件が報道されても、小池聡美が自分の家に来たと届け出た者はいなかった。つまり、その訪問相手こそが、今回の事件の犯人である可能性が高いということだ」

「犯人は被害者を家に誘い、そこで押し倒そうとしたけど、強く抵抗されて思わず殺してしまった、って感じでしょうか。それで、通り魔の犯行に見せかけるため、死体を空き地まで運んだ、と」

源野が小さく手を挙げて言う。

「そうだな、その場合は犯人は男ということになるが……」

「でも、必ずしもそうとは限らないんじゃないでしょうか」

と反論したのは秋本で、

「性的に暴行されかけた跡自体が、そもそも偽装だった可能性もあります。犯人は男だったと思わせるために。だから、被害者に恨みを持った女性が犯人ということもあるかもしれません」

「ああ、確かにその線もあるな」

山森は頷いてから、

「いずれにしろ、これまで最重視してきた『性犯罪歴がある者による通り魔的犯行』という説は捨てることになる。今後の捜査は、被害者の交友関係に重点を置いたものになるだろう。もし被害者の知人の中に、武蔵野市に在住している人間がいれば、かなり有望な容疑者だ。その上さらに車を所有しているのなら、犯人である可能性は極めて高くなる。人気(ひとけ)の少ない住宅地とはいえ、死体を抱きかかえて空き地へ運ぶのはまず無理だからな」

「そう考えると、この事件、意外にすんなり片が付くかもしれませんね。なにしろ、今の条件に合う人間を見つければ、それでほぼ決まりなんだから」

増木がそう言うと、山森はじろりと横目で見て、

「そう願いたいものだが、ま、現実はそう簡単にはいかんだろうな」

と応じた。

ミーティングが終わると、山森は警視庁本部に戻って報告を行うために、真っ先に部屋を出て行った。運転手を務める金井もその後に続く。

亀村も部屋を出て行こうとするのを見て、辻岡は声をかけた。

「今日はお疲れさん。お前も泊まりだろ？　もう寝るのか？」

捜査本部が設けられている間、署内の武道場には布団が運び込まれ、捜査員のための宿泊場所になっていた。辻岡も、昨日帰宅した以外はずっと泊まり込みを続けている。

「いえ、自分はこれからウェイト器具を借りて、ちょっとトレーニングを……」

「今からか？」

「はい。一日に一回は体を動かしておかないと、寝付けないんです」

そう言ってぺこりと頭を下げ、亀村は出て行った。

飯尾の供述により捜査が大きく前進したので、軽い祝杯でもあげるつもりだったのだが、亀村からすれば酒より汗の方が大事そうだった。

「あれ、亀村さんも誘うんじゃなかったんですか？」

源野が隣にやってきた。

「いや、あいつはこれからトレーニングらしい」

「へえ、さすがマメなもんですねえ……あ、秋本さん、これから僕らと一杯どうです？」

「ゴメン、私はこれから帰りなの。もう一週間近く旦那の顔を見てないから、今夜くらいはと思ってね」

秋本の夫も警察官で、所轄署の交通課長だった。

本来なら、一昨年(おととし)結婚をしたのを機に、秋本は最激務の捜査一課を離れようと考えていたらしい。だが、山森に熱心に慰留されて、もうしばらくは今の暮らしを続けることにしたそうだ。

「仕事もして旦那さんの面倒も見て、となると大変でしょう」

辻岡が言うと、秋本はくすっと笑って、

「そうなのよねえ、って言いたいところだけど、本当は面倒を見てもらってるのは私の方なの。汚れた服は洗濯かごに放り込んでおけば、きれいに洗って糊(のり)まで利かせてくれるし、部屋の掃除なんて結婚してから一度もやったことないし。ほんと、できた旦那さんよ」

「はー、いいですね、そうやって奥さんが堂々とのろけられる夫婦って」

源野がうらやましそうに言う。

「ふふ……あ、でも、うちの旦那の知り合いの前でこういう話をしないでね。あっちはあっちで、妻がなんでも面倒を見てくれてる、って設定らしいから」

「分かりました」

辻岡は笑って頷いた。

「じゃ、また明日」

秋本は手を振って小会議室を出て行った。

他のメンバーもいつの間にかいなくなっていて、残っているのは辻岡と源野の二人だけだった。

「さて、それじゃあ俺たち二人で軽く飲むか。コンビニへ買い出しに行って、署の食堂でやろう」

「はい」

二人は会議室を出てエレベーターに向かった。

と、その途中の廊下で今平と出くわす。

「今平さん、今から帰りですか？」

源野がそう声をかけると、

「ううん、今夜は泊まり」

「だったら、僕たちこれから食堂で軽く飲むつもりなんですけど、一緒にどうです？」

「ええと……」

今平は迷う素振りを見せたが、ちらりと辻岡を見てから、

「……はい、それじゃあ、ちょっとだけなら」

と頷いた。

## 3

翌日から、辻岡は源野と組んで小池聡美の関係者へ聞き込みを行うことになった。

警察の捜査に対して、大学当局は協力的とは言えなかった。小池聡美に関する記録は、個人情報の保護を理由として提供を拒まれた。

捜査幹部たちは、裁判所で令状を取って強制的に開示させることも検討した。だが、大学側と全面的に対立することは今後の捜査を考えれば好ましくないと判断し、引き下がることにした。どうせ多少の手間が増えるだけで、関係者への聞き込みから必要な情報は得られるだろう、と見込んだからでもある。

辻岡たちは、小池聡美が所属していたドイツ語クラスの学生たちへの聞き込みを任された。クラス名簿はすでに他の捜査員が入手してあり、そのコピーを受け取っていた。ただし、分かるのは名前と連絡先だけだ。クラス人数は被害者を含めて二十四名だった。

「小池さんとはクラスコンパのときにちょっと話したことがあるくらいで、個人的な付き合いは全然ありませんでした」

最初に話を聞いた朝井雪菜(あさいゆきな)という女子学生は、硬い表情でそう答えた。

　辻岡たちは大学内にあるカフェで事情聴取を行っていた。すでに三限目が始まっている時間で、他に学生の姿はあまり無かった。

「クラスに小池さんと親しかった人はいたかな？」

　辻岡が尋ねると、雪菜は少し考えて、

「三人くらいいたと思います。授業のときは、いつもその四人のメンバーで固まって座ってましたから」

「名前を教えてもらえる？」

「ええと、はっきりとは覚えてないんですけど……」

「ここにクラス名簿があるから、これを見ながら確認してもらえるかな」

　辻岡は名簿のコピーをテーブルに広げた。

　雪菜は名簿をじっと覗き込み、三つの名前を指さした。辻岡はペンでチェックを付ける。

「……あの、小池さんは通り魔に襲われた、なんて報道を見た覚えがあるんですけど、違うんですか？」

　不安そうな顔で雪菜は言った。

「うん、もちろんその可能性は高い。ただし、身近な人間の犯行というケースも最初から否定することはできなくてね。念のため、こうして聞き込みして回ってるんだ」

「具体的にクラスの誰かに疑いをかけてるとかじゃないんですね」

「というと、何か心当たりでも？」

「いえいえ、違います。ただ、気になって聞いてみただけで」

雪菜は慌ててそう答えた。

「もし何か知っていることがあれば、どんな些細なことでもいいから教えて欲しいんだ。意外なことが事件解決の糸口になるかもしれないからね」

「はあ、でもさっき言ったとおり、私は全然小池さんと親しくなくて……」

「それじゃあ、小池さん以外のことで質問しよう。君のクラスの中で、誰か武蔵野市に住んでる人はいるかな？」

雪菜の住所は一番最初に確認してあり、八王子市のアパートに住んでいるそうだった。

「さあ、私の知ってる限りじゃ、いないと思いますけど……」

記憶を探る素振りも見せず、雪菜は答えた。

最初から見られる傾向なのだが、雪菜には捜査に協力しようという姿勢はなく、この面倒ごとから早く解放されたい、という気持ちが露骨だった。クラスの人間が殺されたことにショックは受けたとしても、普段から何の接点もなかったのなら、しょせん他人事なのだろう。うかつな返答をして、自分やクラスの誰かが疑われては困る、という心理もあるかもしれない。

どういう切り口なら雪菜の本音を引き出せるだろう、と辻岡が少し迷っていると、

「ねえ、小池さんって美人だったよね。彼氏とかいたのかな？」

と源野が身を乗り出して聞いた。

雪菜はちょっとびっくりしたように瞬きして源野を見た。飲み会で話しかけてくるような口調だったからだろう。

「……え、いや、どうだろう……いなかったんじゃないですかね」

「本当に？　普通だったらかなりモテそうじゃない？」

「あ、それはモテてましたよ。クラスの男子だって、何人か気があるみたいだったし」

「それなのに、全然相手にしてなかったの？」

「うーん、相手にしてないってわけでも……小池さんはわりとみんなに愛想が良くて、誰が話しかけてきてもにっこり笑って応えていたんですけどね」

「キモい男子でも？」

「そうなんです。私だったら『うわっ、ないわ』って思うような男子でも……って、それが誰かまでは聞かないですよね？」

「はは、興味あるけど、嫌なら聞かないよ」

源野の話は、暇つぶしの雑談のようにふわふわしてとりとめがなかった。要点を突くかと思えば、すぐに別の話題に飛び、横で聞いている辻岡からすれば苛々させられることもある。だが、そのお陰で、雪菜はすっかりリラックスしたようで、辻岡に対しても笑みを向けるようになってきた。

「それじゃ、小池さんはアルコールが全く駄目だったんだね?」

話の途中で辻岡がそんな質問を挟んでも、

「はい、ビールをコップに半分くらいでも頭がふらふらする、って言ってました」

と雪菜はすんなり答えてくれる。

聞き込みはたっぷり二時間ほども続いたが、そのうちの半分くらいは、源野と雪菜による事件とは無関係な世間話だったかもしれない。

「お疲れ様、ありがとう。また何かあったら連絡するね」

源野は、これから講義だという雪菜を笑顔で見送った。

しばらく歩いた先で、雪菜はこちらを振り返って大きく手を振る。源野も笑顔で手を振り返した。辻岡だけむっつりしているわけにもいかず、仕方なく他人に見られないよう小さく手を振った。

雪菜から聞き出した話は、捜査の進展に直接役立つわけではなかったが、かなり有意義だった。これまでは、小池聡美は被害者Aとでも言うべき記号的な存在にすぎなかった。しかし、雪菜が語ったクラスの日常風景によって、遠くから眺める程度には小池聡美という人物を知ることができた気がする。

「相変わらず大したやつだな、お前は」

西門に向かって歩きながら、辻岡はぼそりと言った。次は大学近くの喫茶店で男子学生と会う予定になっている。

「え？　何か言いました？」

「いや、何でもない」

源野ほど刑事の匂いがしない男も珍しい、というのは第五係の中でも共通の認識だった。

最初、源野が第五係に配属されてきたとき、

(どこの馬鹿がこんな浮ついたのを寄越してきたんだ)

と辻岡は思ったものだった。捜査一課に入ろうと思えば、普通は各署の課長クラスの強い推薦が必要となる。

しかし、教育係として源野と組まされ、一緒に聞き込みに回るうち、次第に認識を改めていった。源野が場違いな能天気さで話しかけると、刑事を前に怯え、警戒していた人物でも、ついつられて気を緩めてしまうのだ。

「ああいう呼吸ってのはな、真似しようとして身に付くものでもないのさ」

以前、山森がそう評していたのを覚えている。実は山森自身が源野に目を付けて一課へ引っ張ってきたのだと知ったのも、そのときだった。

次に事情聴取をした男子学生は、生真面目(きまじめ)でどんな質問にも丁寧に答えてくれ、源野の出番は特になかった。

男子の目から見ても、小池聡美は人柄が良く誰にも好かれる人物だったようだ。当然、誰かと諍(いさか)いを起こしたこともなければ、恨まれるようなこともなかったらしい。色恋沙汰については、自分は何も知らない、と男子学生は答えた。

「君は彼女に好意を持っていたかい?」

辻岡がそう尋ねると、男子学生はしばらくためらった後、

「異性として意識していなかった、と言えば嘘になると思います。でも、彼女みたいな人が僕の方を振り向いてくれるとは思えなかったし、遠くからそっと憧れてただけですね」

と答えた。そして、その憧れの人が無惨な死を遂げたことを改めて思い返したのか、一瞬、表情を崩した。

## 4

数日かけて、ドイツ語クラスの学生のほとんどに事情聴取を行ったが、大きな収穫は得られなかった。

誰もが小池聡美のことを明るく真面目で優しい人と評価していて、あまり知られていない裏の顔を暴露する、などということはなかった。故人のことは悪く言わないものだとしても、被害者が人に恨まれるような人物ではなかったのは確かなようだ。

「あれだけ美人なら、男から一方的に執着されるようなこともあったんじゃないかと思ったんですがねえ」

源野は首をひねりながら言ったが、そうした事実を証言する者もいなかった。

武蔵野市に在住している人間も、クラスの中にはいなかった。大学が八王子にあるのだから、それも当然かもしれないが。

一人だけ、中野区の実家から通学していて、吉祥寺駅前のデパートでアルバイトをしているという学生がいて、辻岡は要確認のチェックを入れた。だが、バイト先の洋菓子店を訪れて聞き込みをしても、その学生は事件当日のシフトには入っておらず、無関係なことが確認できただけだった。

他の捜査員たちからも目立った結果は上がって来ず、捜査本部の空気は日に日に重くなっていった。事件発生からすでに十日が過ぎており、誰もが手詰まり感を覚え始めていたはずだ。

そんな中、わずかながらも辻岡たちの聞き込みに進展が見られたのは、小池聡美が親しくしていたというクラスの友人の一人に会ったときだった。

「聡美ちゃんのことなら、私たちより同じ地元の友達の方が詳しいんじゃないでしょうか」

その友人は被害者との思い出をひとしきり語って涙をこぼした後、そう言った。

「地元っていうと、岐阜の？」

「そうです。同じ高校出身の友達がいて、今でもよく連絡を取り合ってるんだって言ってました。私たちは聡美ちゃんと知り合ってまだ二年も経ってませんでしたけど、その友達ならもっと付き合いが長かったわけですし」

「名前や連絡先は分かるかな？」

「名前は……熊崎由佳、だったかな？　連絡先はさすがに分からないですね」

その名前は、これまでの捜査会議でも挙がったことはなかった。

署に戻った辻岡は、さっそく小池聡美の母親に連絡を取って調べてもらった。

「……お待たせしました。娘の卒業アルバムを見てみたら、同じクラスに熊崎由佳子(くまざきゆかこ)

という子ならいるんですが、こちらでしょうか？」

「ええ、恐らくそうだと思います」

残念ながら卒業アルバムには連絡先が記載されていなかったので、今度は学校に問い合わせてみることにした。

そこでまた個人情報保護を巡って一悶着あったが、事務員、学年主任、教頭と、順に説得していき、どうにか由佳子の実家の番号を聞き出した。

幸い、由佳子の親は、警察の捜査と聞いてあっさりと娘の携帯番号を教えてくれた。

由佳子に連絡を取ると、すぐに会うことを承知してくれた。いつかは警察からの電話があるのではないか、と待ち構えていたような気配があった。

「そうなんです。聡美は半年くらい前から、ずっと悩んでたみたいで」

会ってみてすぐに、由佳子はそんなことを言い出した。

「それがどんな悩みなのか、君は聞いたかい？」

「いえ、聡美は何でも自分一人で抱え込んじゃうタイプだったんで。人から相談を受けることはあっても、自分から悩みを打ち明けることとなんてなくて」

「それなのに、どうして悩んでるって分かったのかな？」

「私たちは長い付き合いですから、高校一年からの。あの子が悩み事を抱えているときは、何となく気配で伝わってくるんです。『何かあったの？』って私が聞いたら、すぐに作り笑いして『何もないよ』って答えるとこなんていつも一緒で……。聡美は強い子だから、結局は何でも一人で解決しちゃってたんですけど」

そこまで言って、ふいに由佳子は何かが込み上げてきたようにぶるっと体を震わせ、目から大粒の涙をぼろぼろとこぼし始めた。慌ててハンカチを取り出して目に当て、すみません、と涙声で詫びる。

「いいんだよ、君の気持ちが落ち着くまで待ってるから」

辻岡は質問を急ぎたい気持ちを抑え、優しく声をかけた。

五分ほどで由佳子は落ち着きを取り戻した。手洗いへ立ち、崩れた化粧を直して戻ってくる。

「……それで、彼女がどんなことで悩んでいたのか、見当はつかないかな?」

「たぶん、なんですけど、恋愛問題だったんじゃないかなって」

「恋愛? 学校の友達の話じゃ、小池さんに恋人はいなかったそうだけど……」

「はい、聡美に彼氏はいませんでした。ただ、同じ高校の……ああ、どうしよう、もし私がここで変なこと言ったら、その人は警察署に連れて行かれて取り調べを受けるんでしょうか?」

「いや、いきなりそんなことにはならないよ。まずはこんなふうに喫茶店かどこかで会って、話を聞かせてもらうだけさ」

「そうですか……」

なおもしばらくためらった後、由佳子は思い切ったように、

「私たちと同じ高校の出身で、薦田竜介くんって子がいて、東京に来てからも聡美と連絡を取り合ってたみたいなんです。その薦田くんから告白されたって、聡美が前に言ってまして」

「それが半年くらい前？」

「はい、そうです。去年の十月頃だったかな。聡美と会って話してるときに、この前いきなり薦田くんから告られたんだ、って言ったんです。聡美は薦田くんのことを友達としか思ってなかったから、すごくびっくりしたみたいで」

「小池さんはどういう返事を？」

「とりあえず、少し考えさせてくれ、って。でも、それは薦田くんを傷つけないために言っただけで、聡美に付き合う気は全然なかったと思います」

「じゃあ、結局は断ったんだね？」

「だと思います。聡美に聞いても曖昧に誤魔化すだけでしたけど、薦田くんと付き合ってる様子はありませんでしたから」

「だけど、薦田くんは諦めきれずに小池さんに交際を迫り、悩ませていたってことかな」

「はい……そうじゃないかって思います」

「なるほど……」

被害者の母親の話では、正月に帰省した娘はいつもより元気がなく、地元の友人たちとの初詣にも行かなかった、とのことだった。それは高校時代からの男友達との関係がもつれていたせいだとも考えられる。

この話が事実なら、鷹田という学生は最重要容疑者として躍り出ることになりそうだ。

「ちなみに、鷹田くんの住所は分かるかな？」

「はい、アドレス帳を確認すれば」

「もしかして、彼は武蔵野市に住んでたりする？」

「いえ、違います。鷹田くんが府中市に住んでるのだけは覚えてます」

あっさりと否定され、辻岡は内心でがっくりきた。

だが、住所が違っているからといって、それで鷹田が容疑者から外れるわけではない。自宅へ招いたのでなくても、何か武蔵野市へ被害者を呼び出す理由があったのかもしれないのだから。

「ところでさ、小池さんのことなんだけど」

ふいに源野が口を開いた。

「今は彼氏がいないとして、前はいたの？」

「いえ、ずっといなかったはずです」

「それって、どうしてなんだろうね。あれだけ美人で、しかも一人暮らしの大学生だっていうのに、普通ならちょっとあり得なくない？　すごく性格がきつくて男から敬遠される、なんてのならともかく、彼女は性格も良かったんでしょ？」

源野は心から不思議そうに首をひねる。

「それは……」

と由佳子は少し考えて、

「あの子、なんだか恋愛にはすごく消極的っていうか、臆病みたいで、友達として接するなら男の子が相手でも平気なんですけど、異性として意識すると途端に距離を取り出すっていうか……鷹田くんだけじゃなく、これまで告白されたことは何度もあったみたいですけど、全部断ってました」

「ちょっと、待ってくれ」

辻岡は急いで口を挟んだ。

「これまで、ってことは、高校時代を通しても、ってことかい？」

「はい」

「じゃあ、君が知る限り、彼女は一度も男性と付き合ったことがなかったんだね？」

「そうですけど、それがなにか？」

くどい念押しを訝るように由佳子は言う。

「……いや、ちょっと気になっただけでね」

ここで由佳子に明かす必要はないと思いそう誤魔化した。

しかし、実は、司法解剖の結果、小池聡美が非処女であったことが判明していたのだ。

近頃の女子ならごく普通の話だと思っていたのだが、高校時代から今まで一度も男性と付き合っていないとなれば、彼女は一体いつ、どこで、誰と肉体関係を持ったのだろう。

これまで、ごく健全な女子大生というイメージしかなかった小池聡美に、初めて謎めいた影の部分を感じることになった。

「ともかく、薦田くんからも事情を聞いてみるから、詳しい住所を教えてもらえるかな」

辻岡は最後にそう頼んだ。

5

翌日の朝早く、辻岡たちは薦田の住む府中市のアパートに向かった。この日は土曜日だったから、薦田はまず在宅しているはずだった。

今回は事前に薦田に連絡をしていなかった。突然自宅へ刑事がやってきたとき、薦田がどのような反応を示すのか見てみたかったからだ。

もし薦田が犯人なら、平然と辻岡たちを迎え入れたりはできないだろう。動揺して蒼白(そうはく)になった顔を見せるか、それとも頑なに対面を拒むかもしれない。

薦田の住むアパートはまだ新しく、しゃれた外観だった。角部屋の二〇六号室に住んでいるらしい。建物の裏手からベランダを見上げると、ガラス戸のカーテンは閉まっていた。時刻は八時十五分だが、まだ寝ているのかもしれない。

辻岡たちは階段を上がって薦田の部屋の前まで行き、チャイムを鳴らした。

一度目では反応はなく、二度目でやっとインターホンが繋がった。

「どちら様ですか？」

「我々は警察の者です。先日亡くなった小池聡美さんのことで、少し伺いたいことがありまして」

「……分かりました。今起きたばかりなんで、ちょっと待っててもらえますか？」

五分ほど経って、ドアが開かれた。

顔を覗かせた薦田は、寝癖を直したのか髪が少し濡れていた。じっと辻岡を見つめ、

「本当に警察の人かどうか、身分証を見せてもらえますか？」

と言った。表情は硬いが、動揺の色はない。

「ええ、もちろん」

辻岡は警察手帳を取り出し、中の身分証を見せた。

「もし本物かどうか心配なら、警察署の方へ確認の電話をしてもらっても構いませんよ」

「いえ、そこまでは……どうぞ、上がって下さい」

薦田はドアを大きく開いて、二人を部屋へ招き入れた。

部屋はワンルームの造りで、若者の一人暮らしとは思えないほど片付いていた。

辻岡たちは座卓を挟んで薦田と向き合って座る。男子学生だけあって飲み物を出すような気遣いまではなかった。

「それで、俺に聞きたいことって何でしょう」

薦田は堅苦しく正座をして言った。今のところ、突然の刑事の訪問を受けても落ち着いていると言っていいだろう。もし薦田が犯人だとしたら、大した腹の据わり方だ。

「君は、小池聡美さんと高校の同級生だったそうだね？」

辻岡はじっと鷹田を観察しながら言った。

被害者にしつこく言い寄っていたらしいという話から、地味で陰気な若者をイメージしていたのだが、実際に会ってみると、鷹田は爽やかな好青年といった風貌だった。

「ええ、そうです」

「東京に出てきてからも、親しくしていたとか？」

「……はい」

暗い表情で鷹田は頷く。

「それじゃあ、まず確認させてもらいたいんだけど、二月二十六日の午後十時頃に、どこにいたか覚えているかな？」

「それって、聡美が殺された日の夜ですよね。俺、疑われてるんですか？」

「いや、関係者には誰にでも聞いている質問だから、特に身構える必要はないよ」

その説明を信じたのかどうか、鷹田は少し考えて、

「あの夜は、この部屋にいました。六時過ぎに帰ってきてからずっと」

「それを誰か証明してくれる人間は？」

「いない、と思いますね。七時過ぎに友達とちょっと電話で話したくらいですから」

スマホの位置情報記録を調べれば、事件当夜に自宅にいたことを確認できるかもし

れない。だが、その知識を逆手に取り、自宅へスマホを置いて出た可能性もあるから、それだけでアリバイは成立しなかった。

証言を手帳に書き留めながら、ちらりと蔦田を見たが、不安で落ち着きを失うような様子もなかった。

「……ところで、聞いた話だと、君、小池さんとちょっとトラブルを起こしていたみたいだね」

「え？」

「君がしつこく交際を迫っていたせいで、小池さんが迷惑していたというよ」

挑発するために過剰な表現を選ぶと、思った通り蔦田は目に怒りの色を浮かべ、

「誰がそんなことを言ったんです⁉」

と声を荒らげた。

「誰が言ったかなんて、この際、いいじゃないか。それよりも、この話は本当なのかな？」

「嘘です、そんなのは」

「じゃあ、君は小池さんに交際を求めたりしてないんだね？」

「いや、それは……」

蔦田は少し口籠もったが、すぐにまた怒りを露わにして、

「確かに、俺が聡美に告白したのは本当です。だけど、しつこく迫ったりしてないし、聡美だって迷惑だなんて思わなかったはずです」

「だけど、彼女が告白を断ったのに、君は諦めなかったんだろう？　そういうのを迷惑行為というんじゃないのか？」

辻岡はじっと睨みつけながら追及した。

蔦田は顔を歪めると、頬をぴくぴくけいれんさせながら、

「はっきり断られたわけじゃないですよ。ただ、しばらく待って欲しいと言われた後、返事がもらえなかっただけで」

「断れば君が怒って何をするか分からないから、彼女は返事ができなかったんだ。違うか？」

「違います！」

蔦田は平手でばんと座卓を叩いて腰を浮かした。怒りのあまり今にも摑みかかってくるのではないかと思えた。

だが、蔦田は辻岡を睨みながら荒々しく呼吸を繰り返した後、ふと我に返ったように、

「……分かりました。やっぱり刑事さんは俺が聡美を殺したと思っているんですね」

と言った。そして、浮かしていた腰を下ろすと、

「そういう先入観があるから、何もかも誤解するんだ。俺と聡美の関係は、刑事さんが想像してるようなものじゃなかった。俺たちはただの友達という以上の関係で、何度もデートしてたんです。普通に手を繋いで歩いてたし、俺の誕生日には二人きりでお祝いもしてくれた。ほら、あれがそのときの写真です」

と壁際の本棚を指さした。

本棚の上には写真立てが飾られていて、その中では小池聡美が鷹田と体を寄せ合って笑みを浮かべていた。その姿を見る限り、彼女が鷹田と友人以上の関係だったという話は本当らしく思える。

「告白したのだって、お互いの気持ちを言葉にして確かめたかったからですよ。両想いだってことは聞くまでもなく分かってたことなんです。だから、返事を待って欲しいと言われたときは、正直意外でした」

「しかし、小池さんの知人の話では、彼女は男性を苦手としていたようなんだけどね。君だけは特別だった、ということかい？」

「特別だったわけじゃありません。聡美が恋愛を避けているのは俺も知ってました。だから、高二で同じクラスになって以来、あいつを好きだって気持ちを抑えて、ずっと友達として付き合ってきたんです。聡美と二人きりで会ったのなんて、去年の五月が初めてでしたよ。そのとき、『これってデートだよね』って聡美の方から言ってくれたんです」

そう言って、薦田は苦痛に耐えるように表情を歪めた。一生の思い出になるはずだったその日の記憶が、今はむしろ薦田を苦しめているのかもしれない。

「なるほど……君の話が本当だとして、小池さんが告白を受け入れなかった理由に全く心当たりはないのかい？」

「はい。ただ、後から考えると、一つだけ引っかかることはありました」

「どんな？」

「告白する前の週に、俺の大学で学祭があって、聡美を呼んでたんです。俺はサークルの屋台を手伝ってたんで、聡美には先に一人でぶらぶらしてもらってから、俺の手が空いたら合流するって予定になってました。だけど、時間ができて電話をしてみても、聡美と連絡が付かなかったんです。結局、その日は聡美と会えませんでした。次の日になってやっと電話が繋がると、聡美は、『学祭には行ったけど気分が悪くなったから先に帰った』って説明しました。でも、それならそれで、メールで一言連絡することくらいできますよね？　変だとは思いましたけど、そのときはそれ以上深く追及はしませんでした。でも、それから聡美の様子が変になった気がします。ずっと一人で何かに悩んでるみたいな。……そうだな、その問題が片付くまでは俺に返事ができない、ってことだったのかも」

小池聡美が何かに悩んでいたという点は、熊崎由佳子の証言と一致していた。

つまり、悩みの原因が蔦田の告白にあるというのは由佳子の勘違いで、本当はもっと別の理由があったということなのか。

「念のため、君の話が本当かどうか確かめたい。君が小池さんと友達以上の関係だったことを証言してくれるような人はいないかな?」

「それは……去年の夏、俺が入ってるサークルでバーベキューをしたとき、聡美を呼んだことがあります。だから、俺のサークルの友達に聞いてみて下さい」

蔦田は数人の連絡先を教えてくれた。

「では、今日のところはこれで」

辻岡たちが引き上げようとすると、玄関まで見送りに出た蔦田は、

「お願いします、聡美を殺した犯人を絶対に捕まえて下さい」

と言った。その顔には、自分の力では何もできない悔しさが滲んでいるように見えた。

アパートを後にして、駅に向かって歩いていると、

「いやー、何だか可哀想だったな。高校の頃からずっと好きだった子が殺されるなんて、たまらないでしょうね」

と源野がしみじみ言った。

「そうだな」

辻岡の相づちには気持ちが籠もっていなかった。

（裏付け捜査が終わるまでは、まだ鷹田が犯人という可能性も残ってるんだ）

その考えが、鷹田への同情を妨げていた。

人を見れば疑うようになるのが刑事の職業病だ、という意味が最近になって身に染みて分かってきたような気がした。

## 6

サークルの友人たちに聞き込みをした結果、鷹田の主張の裏付けが取れた。

バーベキューをする間、小池聡美はずっと親密そうに鷹田に寄り添っていたし、解散した後は、二人で手を繋いで帰っていったという。鷹田たちは付き合っているんだと思っていた、とみんなが口を揃えて証言していた。

「では、学園祭に行ったときに被害者の身に何かが起こり、それが事件の原因になった可能性があるわけだな？」

管理官の根岸が言った。山森から捜査の進展を報告され、捜査本部へ駆けつけてきていた。日頃はのんびりとした穏やかな人柄だが、今日はさすがに眼差（まなざ）しが鋭い。

「はい、そう考えていいと思います」

辻岡は答えた。小会議室には捜査幹部が勢揃いしていて、さすがに声に力が入った。

「君はどう思っている?」

根岸は、今度は山森に尋ねた。

「私も同感です。この線は探る価値があるでしょう」

「分かった。では新たに班を設けて聞き込みに当たらせよう」

根岸は即断した。それだけ山森の刑事としての勘を信頼しているということだろう。

「よし、ご苦労だった。しばらく待機していてくれ」

山森に声をかけられ、辻岡は一礼をしてから部屋を出た。

その夜の捜査会議では、新たな編成が発表された。辻岡と源野を始めとして、第五係の多くが学園祭関係の聞き込み班に回されることになった。

翌日、辻岡は学園祭の実行委員会の代表に会いに行き、関連資料を提供してもらった。大学当局とは違い、学生は事件捜査に興味津々で協力的だった。

学園祭には全部で百十四の部活、サークルなどが模擬店や企画展で参加していた。辻岡たちはこの全てに聞き込みをかけ、小池聡美の目撃情報を探すことになった。

大学はすでに春休みに入っており、キャンパスに学生の姿は少なかった。サークルの代表が帰省していてしばらくは戻ってこない、というパターンも多く、聞き込みはなかなか捗(はかど)らなかった。

それでも、小池聡美が目立つほどの美人だったことから、呼び込みの学生などの記憶に残っている可能性は高いはずだった。

だが、初日は何の収穫も無く、二日目も無駄にキャンパス内を歩き回っただけに終わった。

「うーん、おかしいっすねえ。そろそろ、一人ぐらいは被害者を見かけた人間が出てきても良さそうなんですけど」

遅い夕食を取るために入った大学近くのファミレスで、源野は首をひねった。

テーブルの上には、模擬店の配置図が広げられている。今日話を聞いて回ったサークルは、どこも正門近くの一番大きな通りに出店していた。小池聡美が駅から真(ま)っ直(す)ぐにキャンパスにやってきたなら、この通りを歩かないはずがなかった。

「何か理由があって、別の門から入った可能性もあるな」

「っていうと、どんな理由ですか？」

「キャンパスの周りにある店に先に立ち寄って、その後で学祭に向かったとか。八王子からわざわざ出向いたんだ。ついでに寄り道をしていこうと考えてもおかしくないだろう」

「なるほど、確かに……。となると、他の組の結果に期待、ですかねえ」

だが、源野の期待に反して、他の組からもこれといった報告はなかった。

何の成果も上がらないまま虚しく日付だけが進んでいき、五日目には学園祭に参加した全グループへの聞き込みが一通り終わった。各グループのメンバー全員から話を聞いたわけではないから、もちろん聞き漏らしの可能性はある。だが、それにしても、ここまで証言がゼロというのはおかしかった。

「おい、そもそも本当に被害者は学園祭に来てたのか？　ここまでくると、その鷹田ってやつの話自体が怪しく思えてくるぜ」

外橋が仏頂面で言うのももっともだった。

辻岡は改めて鷹田に連絡を取ってみることにした。もし根拠のあやふやな話に振り回されて五日も無駄にしていたのだとしたら、責任問題になりかねない。

「いえ、確かに聡美は学祭に来てたはずです。今はデータが残ってませんけど、スマホに『いまキャンパスに着いたよ。これから学祭を見て回るね』ってメッセージが届いてましたから」

鷹田は自分の話が疑われるのは心外だと言いたげに、はっきり言い切った。

そうなると、一体どこで食い違いが生じているのだろうか。学園祭を訪れたはずの小池聡美の姿を誰一人目撃していないのは、どういったからくりなのか。

この日、深夜に捜査会議が解散した後も、辻岡は一人講堂の隅に残って空が明るむまで思案を続けた。だが、この謎の答えは一向に出てこなかった。

六日目の朝、辻岡はついに山森を別室に誘い出し、本音を打ち明けた。

「今回のネタは私の見込み違いだったかもしれません。これ以上探っても、恐らく何も出てこないでしょう。学祭関係者への聞き込みは、ここらで打ち切るべきかと思います」

自分の誤りを認めるのは屈辱だったが、結論を先延ばしにすれば傷口が深くなるだけだ。

現在、捜査本部が立てられて十七日が経過していた。三十日を区切りとした一期が過ぎれば捜査本部は大幅に縮小される。吉祥寺署を始めとして近隣各署から招集された捜査員たちの多くが、元の業務に戻ってしまうのだ。そうなれば、事件が早期に解決する可能性は一気に低くなってしまう。

椅子に座った山森は腕組みし、じっと壁を睨んでいたが、やがて顔を上げて、

「ま、もう少し粘ってみるさ。諦めが悪いってのは、俺たちの商売じゃ大事なことだからな」

「しかし……」

「いいか、ネタを仕込んできたのはお前でも、やると決めたのはこの俺なんだ。余計なことで悩まずに、目の前の捜査に集中しろ」

「……分かりました」

辻岡は折れかけた気持ちを何とか立て直し、聞き込みを続けることにした。

この日は、これまでと方針を変え、学生ではなく大学の職員に聞き込みを行っていくことにした。祭りの参加者として浮かれていた学生たちと違い、職員なら冷静な眼差しでキャンパス内の状況を観察していたかもしれない。辻岡たち以外の組も、新たに分担を決めて職員への聞き込みを行った。

「どうでしょう、この女性に見覚えはありませんか?」

辻岡たちは、大学構内でゴミ収集を行っている清掃員を見つけては、小池聡美の写真を見せて回った。

「さあ、私らくらいになると、若い娘さんはどれも同じ顔に見えますからなあ。見たことがあるような、ないような……」

清掃員たちの多くは嘱託で働く高齢者で、面倒がらずに聞き込みに応じてくれたものの、肝心の証言となるとあやふやなものが多かった。

午前中で十数人の清掃員に話を聞いたが、収穫はなかった。

やはり、根本的にどこかで間違っているのではないか、という思いがまた湧いてくる。

昼時を過ぎても、辻岡は強い焦りで食欲も湧かず、聞き込み相手を求めて歩き続けた。源野も珍しく不平を口にせず、後に従っていた。

午後二時を過ぎて、さすがに一息入れようかと考え始めたとき、携帯が鳴った。増木からの電話だ。

「辻岡さん、もし今、手が空いていれば、事務棟まで来てもらえませんか？」

「どうしたんです？」

「事務員さんからちょっと興味深い話を聞けましてね。もしかしたら、我々はとんだ勘違いをしていたのかもしれません」

「勘違いですか……分かりました、すぐにそちらへ向かいます」

電話を切ると、辻岡は事務棟へ向かった。

増木は一体何を探り当てたのか、期待で気持ちが高ぶり自然と足が速くなる。

増木は事務棟の入り口前で待っていた。その隣には、増木と組んでいる今平の姿もあった。

「何が分かったんです？」

辻岡は息を弾ませながら尋ねた。

「駅を出てすぐのところに市民センターがあるのは知ってますか？」

「ええ、毎日キャンパスへ来るときに前を通ってますから」

「あそこで、学園祭の当日に記念講演が行われていたそうなんです。市役所と大学の共催という形で。入り口脇には大学名が大きく入った立て看板もあったとか。そうなると、被害者は、市民センターもキャンパスの一部だと思い込んだまま、講演を聴きに入った可能性があると思いませんか？」

「……なるほど。だとすれば、大学に着いたと被害者が連絡してきたことと、キャンパスの学生が誰も彼女を目撃していないことの、辻褄（つじつま）が合いますね」

辻岡は一気に視界が開けたような気がした。

「それにしても、いいんですか、増木さん」

「何がです？」

「これだけのネタを簡単に手放すなんて、らしくないな、と」

組織捜査が大前提とはいえ、それぞれの捜査員に功名を争う意識が無いと言えば嘘になる。特にベテラン刑事ともなれば、せっかく掴んだネタをあっさり取り上げられたのではたまらないと、懐に抱え込むようにして独自に調べを進める者も珍しくはなかった。

「いえ、私も本当は、もう少し自分の手でつついてみるつもりだったんですがね。今平が、『すぐに辻岡さんへ報告しましょう』と言って譲らないものですから。きっと辻岡さんが思い詰めた顔をしているのが心配で、少しでも早く安心させてあげたかったんでしょう」

増木はにやりとして言う。

「いやいやいや、違いますよ。こういう状況で個人的なこだわりを優先させるのはよくないと思って、意見しただけです」

今平は慌てて訂正する。

「おっと、そうだったか」

「そうです」

「とにかく、この情報は助かります。ありがとうございました」

辻岡は二人に礼を言った。

それから、さっそく駅前の市民センターに向かった。

受付で、記念講演を担当した職員に会いたいと頼むと、応接室に通され、しばらくして四十代半ばくらいの女性がやってきた。

「どうも、私が記念講演の運営を受け持った田崎(たざき)です。一体警察の方が何の御用でしょう？」

田崎の声に少々険があるのは、忙しいところを邪魔したせいだろうか。

「実は、ある殺人事件の被害者が、その講演を聴いていたという可能性がありましてね。捜査の中で非常に重要なポイントとなるので、誰か被害者を目撃した方がいないか確かめさせてもらいたいんです」

そう言って辻岡は小池聡美の写真を差し出し、

「この女性なんですが。見覚えはありますか？」

「いえ、私は講演中はずっと舞台袖に控えておりましたので、客席の方は全く見ていません」

「では、受付や案内係の方にお話を伺って回りたいのですが」

「それは……本日もこちらでは幾つかイベントが開催されておりまして、あまり警察の方に館内を歩き回られては困るのですが」

田崎は警察相手にも臆することなく言う。

「全部のイベントが終わるのは何時頃になります？」

「午後六時になります」

「でしたら、我々の聞き込みはそれ以降にします。その代わり、前もって職員の方たちに捜査のことを知らせていただき、できればまとめて話を伺える形にしてもらえれば助かるんですが」

「分かりました。そのように計らいましょう」

話がまとまると、田崎は忙しげに部屋を出て行った。

午後六時まで、まだ三時間ほどあった。まずは山森に電話をしてこの件を報告しておく。それから、増木と今平も昼食がまだだったので、今のうちに四人で食べに行くことにした。

駅前で適当に選んで入った蕎麦屋は、お世辞にも美味いとは言えなかった。

「あーあ、こんなに伸びちゃって」

と源野はずっとぶつくさ文句を言っていた。

午後六時になるのを待って市民センターに戻ると、また応接室でしばらく待たされた。

「お待たせしました。こちらへどうぞ」

やがて現れた田崎は、先ほどよりさらに無愛想な態度で辻岡たちを別室へ案内した。勤務時間外にどうしてこんな面倒を、と思っているのかもしれない。

案内された先は小会議室で、並んだ長テーブルには職員が八名座っていた。

「彼らが、講演に携わったスタッフです」

田崎はそう言うと、いちいち紹介することはせず、後はご自由に、と言いたげに壁際へ下がる。

「みなさん、一日のお仕事でお疲れのところ申し訳ありませんが、これは殺人事件の捜査ですので、どうぞご協力よろしくお願いします」

辻岡はそう挨拶した後、被害者の写真をスタッフに配った。

「その女性に見覚えがある方はいらっしゃいますか？」

そう呼びかけると、すぐに反応があった。

並んで座った若い女二人が、恐る恐る手を挙げて、

「あの、私たち、当日は会場の入り口で受付をしていたんですが、この写真の人を確かに見た覚えがあります」

と証言した。

(よし、ついに探り当てたぞ!)

辻岡は源野たちと視線を交わし、小さく頷き合った。

目撃者は受付スタッフ二人の他にもいた。

「僕は講演中、客席の辺りに待機して案内係をしていたんですが、この女性を見ました」

若い男の職員が言った。

「女性がどのような様子だったか、覚えていますか?」

「ええと、とても熱心に講演に聴き入っている感じでした」

「あなたはずっと彼女の近くにいたんですか?」

「いえ、会場内のあちこちを動き回っていました。でも、彼女は……何て言うか、わりと目立つタイプだったので、自然と視界に入る感じで」

男は田崎の顔色を窺うように、言葉を選んで答えた。勤務中に美人に見とれるとは

何事か、と叱責されるのを心配したのだろう。

「彼女はずっと一人でしたか？」

「はい」

「誰か知り合いを見つけて声をかけるようなことはありませんでしたか？」

「さあ……少なくとも、客席にいる間はそんなことはなかったと思います。ホールを出た後のことは分かりませんが」

「お二人はどうです？」

受付スタッフに尋ねると、二人はひそひそと少し話し合ってから、

「……講演が始まる前でしたら、お一人だけで来られて、会場に入って行かれたのは間違いありません。講演後ですと、一度に大勢のお客様が帰られましたので、この女性を目にした記憶がありません」

と一方が代表して答える。

「そうですか……」

それから三十分ほど事情聴取を続けたが、これといった情報は得られなかった。

「……そろそろよろしいですか？　私どももこれから閉館作業がありますので」

ちらちらと当てつけるように壁時計を見ていた田崎が、そう切り出してくる。

「ええ。どうもご協力ありがとうございました」

これ以上の質問も見つからず、事情聴取を打ち切ることにした。

部屋を出て行く職員たちを見送ってから、辻岡たちは今後の相談をした。

「被害者が講演を聴いていたのを確かめられたのは大きな収穫でしたが、その先が続きませんでしたね」

増木が残念そうに言った。

「この会場で被害者の身に何が起きたのか、それが肝心なんですけどねえ」

源野が腕組みして言うと、今平が、

「考えられるとすれば、彼女はここで偶然に誰かと出会い、その人物とのやりとりの中で何かトラブルが発生し、それが殺人の動機に繋がったということくらいですが……」

「ああ、そうだな。ただ、具体的に誰と会い、どんなトラブルが起きたかとなると、俺には見当もつかない。増木さんはどうです？」

辻岡が聞くと、増木は首を横に振った。

「今の段階では容疑者さえ浮かんでいませんからね。被害者は人に恨まれるような性格ではなかったと言いますし、正直、お手上げです」

他の二人にも、特に思いつくものはないようだった。

「となると、来場者のリストを手に入れて、一人一人潰していくしかなさそうだな」

「でしたら、リストが残っているかどうか私が問い合わせてきます」

そう言って今平が部屋を出て行った。

田崎との交渉が難航しているのか、今平はなかなか戻ってこなかったが、二十分ほど経ってようやくドアが開き、

「リストはあるそうですが、事前申し込み者のものだけで、先着順だった当日客のものは無いそうです」

と報告してきた。

「客の人数はどれくらいなんだ？」

「全体でおよそ三百名だったそうです。そのうち、半分の百五十名が事前申し込み枠だったとか」

「仕方ない。それでいいからリストをもらってきてくれ」

「あ、それが、リストの提供を求めるのであれば警察から正式な要請が欲しい、とのことです」

捜査関係事項照会書を提出してくれ、ということだ。

「分かった。そうしよう」

「では、また明日改めてリストを受け取りに来るということでいいですか？」

「いや、今夜の捜査会議に間に合わせたい。これから照会書を取ってくると伝えてく

れ」

「しかし、田崎さんはもう帰り支度をされてまして……」

「どうにか説得するんだ。駄目なら俺が直接交渉する」

「分かりました」

今平は表情を引き締めて頷き、再び部屋を出て行った。

その返事を待つ前に、源野を捜査本部に向かわせ書類を取ってこさせることにする。山森にも連絡しておいた。

十分ほどで今平は戻ってきた。

「どうにか承知してもらいました」

そのげんなりした表情からすると、どんな厄介な交渉になったか想像がつく。

「ご苦労ご苦労。もし俺に交渉役が回ってきたらどうしようかと冷や冷やしてたんだ。あの手の人は、俺の苦手なタイプだからな」

増木が笑ってねぎらった。

## 7

午後九時過ぎに源野が戻ってきて、苦虫を嚙み潰したような顔の田崎に照会書を渡した。無事に事前申し込み客のリストを手に入れる。

源野は捜査車両に乗ってきていたので、全員がそれで捜査本部へ戻ることにした。

辻岡は車中でリストにざっと目を通してみた。しかし、特に引っかかる名前はない。増木と今平にもリストを回したが、やはり何も思い当たらないようだ。

本部に戻って山森にリストを提出すると、さっそくコピーを取って捜査会議で配布することになった。

「いま配ったリストの中に、これまでの捜査で目にした名前があれば報告してくれ」

捜査会議の席上で山森がそう呼びかけると、居並んだ捜査員たちは熱心にリストに目を通し始めた。

何か出てきてくれ、と辻岡は祈るような気持ちで待った。捜査本部が掻き集めた膨大な情報や手がかりの中には、まだ辻岡の知らないものも多くあるはずだ。その中に、リストと繋がる名前が埋もれている可能性はあった。

だが、辻岡の期待は虚しく終わった。

リストの中に事件関係者の名前を発見した者は最後まで出なかった。二、三人、山森のもとへ向かった捜査員もいたが、改めて確認した結果、同姓同名の別人であることが判明しただけだった。

「……はぁ、がっかりですね」

隣に座っていた源野がそう囁いてきた。

もちろん、まだ当日客の方に事件関係者が潜んでいる可能性は残っている。だが、名前も顔も分からない百五十名の素性をどうやって洗うというのか。明日からまた、気の遠くなるような地道な捜査が始まるかと思うと、それが商売とはいえ気が滅入ってきた。

「新たな班分けはまた明日発表する。今日はこれで解散」

最後に根岸がそう告げて、会議は終わった。

「飯に行きましょう。何か美味いものでも食べて、昼間のあの不味い蕎麦の味を忘れたいんです」

源野にそう誘われたが、辻岡は食事を楽しむ気分になれず断った。

一人で食堂に向かい、自販機のコーヒーを啜りながら、テーブルに広げたリストと講演のパンフレットを眺めた。食堂には他に人影はなく、がらんとした空間を独りで占める形になる。

三十分ほどぼんやりと思案しているうちに、

「あ、辻岡くん、ここにいたんだ」

という声がした。

振り返ると、秋本が食堂へ入ってきたところだった。秋本はキャンパスでの聞き込みには参加しておらず、遺留品の捜査を行っていた。今日は横浜の方まで出向くと言っていたから、それで捜査会議に間に合わなかったのだろう。

「僕に何か用ですか？」

「さっき今平さんから聞いたけど、今日は大収穫があったそうじゃない」

「ええまあ。ただ、すぐにまた次の壁にぶつかったみたいですけどね」

「だとしても、一歩前進しただけいいじゃないの。私の方なんて、現場に落ちてた珍しい包み紙の出所を一週間も探して回ったのに、結局、横浜の中華街じゃどの土産物屋でも使ってる品だって分かったんだから。日に二千枚はお客さんの手に渡るんだって。さすがにこの線はもう無理だな、って係長にも言われちゃったわよ」

「それはご苦労さまでした」

自棄（やけ）になったように言う秋本を、辻岡は苦笑してねぎらった。

「で、私も明日から大学関係者への聞き込みに回されると思うんだけど、今のうちに、講演会の来場者リストを見せてもらおうと思ってね。今平さんの手元にはなかったの」

「ああ、そういうことですか。これです。どうぞ」

テーブルの上を滑らせて、リストを秋本へ渡した。

「ありがとう。……あ、そうそう、よかったらこれ飲む？」

秋本はバッグを探って缶を二本取り出した。一本を辻岡に渡す。

「何です、これ」

「台湾ビールだって。手ぶらで帰ってくるのも癪だから、お土産に買ってきたの。本当は家に帰って飲むつもりだったけど、せっかくだからね」

「ありがとうございます。でも、旦那さんと飲まなくていいんですか？」

「ああ、うちのはアルコールが全然駄目だから。代わりにこれ買ってきたわ」

秋本はバッグから胡麻団子の小箱を取り出して見せてから、

「それと、これもよかったらおツマミにどうぞ」

と珍しい乾物の袋を出してきた。

「何でも出てくるんですね」

「何でもじゃないけど、最後にフォーチュンクッキーを一枚あげる」

もらったクッキーをさっそく割ってみると、中のおみくじには『叩けよさらば開かれん』とあった。良い兆候、と受け止めていいのだろうか。

ビールの味は、爽やかで甘かった。フルーツビールというやつらしい。胃の辺りがぽっと熱を帯び、一日の緊張と疲労がじんわりとほぐれていく気がした。

秋本もビールを飲みながら真剣にリストに目を通していたが、やがてぐるりと首を回してから、

「駄目ね、どの名前にも心当たりなし」

と告げた。おみくじの御利益はなかったようだ。

リストをテーブルに置いた秋本は、何気ない様子で講演会のパンフレットを手に取った。

「……あら、この人」

「誰か知ってる人でも？」

「うん。この二番目の講師の人。佐藤公章（さとうきみあき）ってフリージャーナリスト」

「どういう人なんです？　僕は今回初めて見た名前なんですが」

「私も詳しくは知らないんだけど、うちの旦那のお父さんが、この人のことを目の敵（かたき）にしててね。新聞広告にこの人の本が載ってたりすると、それだけで新聞を破り捨てそうになるくらいなの」

秋本は苦笑しながら言う。

「そこまで嫌う理由でもあるんですか？」

「うちの旦那の実家は岐阜県で、お義父（とう）さんもそっちで警察官をしてたんだけど、六年くらい前かな、県警が殺人事件の捜査で誤認逮捕して大騒動になったのを知らない？　そのとき、騒動の発端になった特ダネ記事を書いたのが、まだ全国紙の記者だった頃の佐藤公章らしいの。被害者の同級生か何かの証言を入手して、被疑者が冤罪であることを証明したんだって」

「はあ、なるほど。それじゃ、秋本さんのお義父さんも、その騒動で何か責任を負う形になったんですか？」

「ううん。義父はもうそのときには定年退職してたから。でも、県警ＯＢとしては、古巣が猛バッシングを受けたのが辛かったみたいでね。これが地元新聞社だったら、記事を掲載するにしても、事前に捜査本部へ一言断りを入れてくれたはずなのに、なんて文句を言ってたわ。まあ、ここだけの話、そもそも誤認逮捕した県警が悪いんだから、逆恨みもいいとこなんだろうけど」

「なるほど、そんな因縁があったんですね」

そう頷いてから、辻岡はふと引っかかるものを覚えた。

「済みません、旦那さんのお父さんは、岐阜県警に奉職されてたんですね？」

「ええ、そうよ」

「ということは、その冤罪事件も岐阜県で起きたわけですね？」

「それがどうしたの？」

「今回の事件の被害者も岐阜県の出身ですが、これは偶然なんでしょうか」

辻岡が言うと、秋本ははっとしたように目を見開いた。

「確かにそうね。……ちょっと待って」

秋本はスマホを取りだして何かを調べ始める。

「……やっぱりだ。冤罪のもとになった殺人事件は、岐阜県のM市で起きてる。確か、被害者の実家もM市だったわよね？」

「はい」

両者の繋がりはますます濃厚になってきた。

これまで、被害者は客席にいた誰かと偶然出会ったのだとばかり考えていたから、壇上の講師のことはすっかり盲点になっていた。しかし、被害者と同じ会場に居合わせていたという条件でいえば、講師だって同じなのだ。

もちろん、それだけで早急に結論を出すわけにはいかない。小池聡美は地元で発生した冤罪事件のことを良く知っていて、たまたまその関係者の名を見かけて興味を惹かれ、会場に足を運んだだけ、という可能性もある。

しかし、その場合でも、被害者が佐藤公章に特別な関心を抱いていたという点は間違いなかった。講演終了後、被害者の方から声をかけて、両者に接点が生まれたということも充分に考え得る。

いずれにしても、一度佐藤公章について調べてみても損はないはずだ。

「この件を係長に報告しましょう」

そう言って辻岡が席を立ったとき、

「あれ、一人じゃなかったんですね」

という声がした。

見ると、コンビニ袋を手に提げた源野が立っていた。

「あ〜、隠れて酒盛りしてる。ずるいなあ、僕は辻岡さんが一人でわびしく過ごしてると思って、土産まで用意してきたのに」

「馬鹿、それどころじゃないんだ」

「どうしたんです？」

「いいからお前も来い」

辻岡は山森の姿を求めて食堂を飛び出た。

# 四章

## 1

山の斜面に広がる雑木林の中で、井上孝彦は一心にスコップを振るっていた。土は軟らかく、スコップの刃はざくざくと突き立つ。掘った穴はもうかなりの深さになっていた。

やがて井上はスコップを木に立てかけると、足元に置いてあったビニールの包みをずるずると引っ張り、穴に落とし込んだ。

野生動物が掘り起こすのを防ぐため、ときおり土を叩いて固めながら、穴を埋めていく。

やがて作業を終えると、井上は額の汗を拭い、背筋をぐっと伸ばして一息入れてから、斜面を下り始めた。

二十メートルほど下ると、舗装道路に出た。そこには井上の自転車が停めてあった。スコップを荷台にくくりつけて、井上は自転車にまたがった。地面の染みを避けて、ゆっくりと漕ぎ出す。その染みは、今埋めてきた狸（たぬき）の死骸の血痕だった。

狸の死骸を見つけたのは、町へ買い出しへ行く途中だった。昨夜のうちに車にはねられたのだろう。

そのまま放ってはおけないが、市役所に電話をして処理を頼む気にもなれない。

そこで、仕方なく井上は自宅へとって返し、死骸を処理する道具を取ってきたのだった。

改めて町まで降り、いつものスーパーで買い物を済ませた。

店員たちの顔ぶれは、もう何年も変わらなかったが、井上に挨拶してくる者はいなかった。井上も、常に目を伏せて必要なものだけをさっとカゴに入れ、すぐにレジへ向かった。

次に井上が向かったのは、リサイクルショップだった。

「いらっしゃいませ」

高校生くらいの新顔のバイトが元気よく挨拶してきた。井上が何者なのか、まだ知らないようだ。

井上はその挨拶を無視して通路の奥に向かった。

漫画本、ＤＶＤ、ゲームなど、めぼしい品をカゴに放り込み、レジに向かう。

レジでは店長がバイトに何事か説明をしていた。きっと井上についての注意だったのだろう。そそくさと店長が離れていった後、カウンターで井上のカゴを受け取ったバイトは、もう無用な笑顔を作ることもなかった。

帰り道は、いつものことながら苦しかった。急な上り坂を、立ち漕ぎで懸命に進んでいく。ボロ自転車が悲鳴を上げるように軋(きし)んだ。

(せめて原付でもあればな)

毎度そう思うのだが、そもそも免許すら持たない井上からすれば、とうていかなわない贅沢(ぜいたく)だった。

帰宅した井上は、軒先に吊(つる)したカメラがそのままであることを確認した。

裏庭に勝手に侵入していた男が、井上が脅しで振り下ろした斧に悲鳴を上げ、這いずりながら逃げていったのがもう一週間ほども前になる。

あの手の野次馬が井上の自宅を見物にくるのは、決して珍しいことではなかった。連中のほとんどは遠くから家を眺めるだけで満足するが、中には庭まで踏み込んでくるようなずうずうしいのもいる。そんなとき、井上は頭がおかしい人間を装って脅しつけることにしていた。

カメラはかなり本格的で値が張りそうだった。きっとあの男が取りに戻ってくるだろうと思い、ずっと軒先に吊しているのだが、さすがにあのときの脅しが効きすぎたのだろうか。

家に入った井上は、買ってきた物を片付け、昼食の準備に取りかかった。男の一人暮らしで部屋に飾り気は一切ないが、ちゃんとゴミ捨てはしているし、月に一度くらいは掃除もしていた。

刻んだ野菜をインスタントラーメンと一緒に茹(ゆ)でて、居間に運ぶ。途中まで見ていた映画のDVDを再生しながら、ラーメンを食べ始めた。

世間との交渉をほとんど断った今の暮らしは、もう十数年続いていた。マスコミの報道で誤解した者もいるようだが、決してあの冤罪事件がきっかけで引き籠もったわけではない。

井上が引き籠もるようになった理由は、対人恐怖症だった。他人とは口を利くこともできないし、よほど慣れた相手でも、目を見て話すことができなかった。

だから、高校を卒業した後は、親戚が細々と営む製材所で働くしかなかった。そして、そこが潰れた後は、もうまともに勤めに出ることもできなかった。

幼い頃は、どちらかといえば朗らかで活発だった井上が、そんなふうな性格になってしまったのは、中学一年のときに起きたある事件のせいだ。

その事件とは、母親の浮気だった。しかも、よりによって義理の父、つまり井上の祖父と関係を持ってしまったのだ。

当時、家業である林業の不振から、井上の父親は年に半分ほどは出稼ぎで家を空けていた。一方、祖父は男盛りを過ぎたとはいえ、まだまだ元気で精力的に山仕事をこなしていた。祖母は早くに亡くなっていて、家は井上と母、祖父の三人暮らしとなれば、起こるべくして起きた過ちだったのかもしれない。

何しろ狭い世間だ。ほんの数回の関係で、不貞の噂は近所に知れ渡ってしまった。結局、祖父は故郷を捨てて遠くへ逃れ、父親は母親を許して親子三人の暮らしは維持されたのだが、それで全てが丸く収まったわけではなかった。

子供たちには子供たちの世間があり、そこでも井上の母親についての噂は広まっていた。そして、近所の悪ガキたちは、ことあるごとに、

「お前、本当はあのじじいの子供なんだろ」

と井上をからかうようになった。

それを言われると、井上は全身がカッと熱くなり、顔が真っ赤に染まった。反論することも、殴りかかることもできず、じっと屈辱に耐えるしかなかった。悪ガキたちはその様子が面白いといって、また井上をからかった。

そんなことが繰り返されるうち、思春期を過ぎる頃には井上はすっかり対人恐怖症となってしまったのだ。

息子がそんな風になったことに責任を感じていた母は、井上が働きもせず家に引き籠もるようになっても、責めるような言葉は一度も口にしなかった。ぐちぐちと文句

を言う父親から庇い続け、父親が病死すると自分が勤めに出て家計を支えた。

その母親が亡くなった後、郵便貯金の口座を確かめると、残高は二百数十万円だった。それだけの金を使い切ってしまえば、後は餓死するしかなかったが、井上は自分でも意外なほど平然としていた。

まだ四十代の頃は、いつか迎えるはずの孤独死が恐かった。しかし、五十歳を過ぎ、実際に母親が亡くなってしまうと、何だか生への執着がすっかり消えてしまった感じで、

（苦しくなければいつ死んだっていい）

という心境になっていた。

その気持ちは今でも変わっていない。ただ、当時と違っているのは、毎月振り込まれる生活保護の給付金のお陰で、当面は餓死する心配がないという点だった。

自分のような何の病気も障害もない中年男が生活保護を受けられるなど、実際に申請が通るまでは、まさかという気持ちだった。そのまさかを魔法のように実現させてくれたのは、冤罪で逮捕されたときに支援してくれた弁護士だった。

その初老の弁護士は、福祉課の職員を相手に、

「冤罪被害のせいで彼は再就職も難しくなったんですよ」

と熱弁を振るって、申請書を受理させていた。

井上は、事件に関係なく自分に働く意志はない、と正直に伝えてあったのだが、

「まあいいから黙って私に任せておきなさい」

と弁護士は微笑むだけだった。

皮肉なことに、こうして井上が今ものうのうと生きていられるのは、間違いなくあの冤罪事件のお陰だった。その点では、支援者たちに感謝の気持ちはある。

しかし、だからといって、彼らが望むように警察へ怒りを向ける気にはなれなかった。

なぜなら、井上は警察に対して、いくつかの重要な事実を最後まで隠し通していたからだ。そのせいで捜査が誤った方向に進んだのは間違いない。つまり、誤認逮捕されたのも自業自得だったというわけだ。

厳しい取り調べを受け、ときには刑事の怒声に怯えて身を縮めながらも、井上が最後まで秘密を守り通したのは、ある一人の少女との約束があったからだ。

彼女は、頼れるのは井上しかいない、と言っていた。そのすがるような眼差しといい、震えるかぼそい肩といい、捨てられた仔猫を思わせる姿だった。

思えば、井上は大人になってからも人に頼られたことがなかった。母親でさえ、彼を憐れみ愛情を注ぎはしても、頼りに思ったことはなかったに違いない。

だから、少女に助けを求められて、井上は少し舞い上がっていたのかもしれない。

俺に任せておけ、などと威勢のいいことは言えなかったが、無言で頷き、彼女が差し出す品を受け取ったのだった。

少女から詳しい事情を聞いていなくても、あの預かり物が、事件の鍵となっていたことは分かる。好奇心からちらりと中身を覗いたとき、井上はそのおぞましさに身震いし、

「決して誰にも言わないで下さい」

と少女が懇願したのももっともだと思ったものだ。

たとえ有罪判決を受けることになったとしても、少女の秘密は守り通す。それが井上の決意だった。刑務所で他の受刑者から苛められないか、という心配はあったが、それ以外ではどうせ失う物などない身なのだ。

思いがけず濡れ衣が晴れて釈放された後も、井上の関心は少女の安否に向けられていた。詳しい事情は分からなくても、彼女もまた事件に深く関わっているのは確かだから、代わりに逮捕されるようなことにならないかと心配だった。

支援者の話では、警察の捜査は難航しているようだった。このまま事件は迷宮入りするのではないか、と見ている者も多く、井上は内心でほっとした。

いずれ捜査が落ち着けば、きっとあの少女が訪ねてくるに違いない。そのとき、事件について詳しく聞き出そうと考えていた。

ところが、それから一ヶ月と経たないうちに、思いがけない噂が耳に入った。それは井上にとって最も衝撃的な話だった。

あの少女が死んだ、というのだ。警察は自殺として処理し、事件との関連は考えていないそうだった。

慌てて図書館に行って新聞で調べると、その噂が事実であることが分かった。

井上は呆然とした。秘密はまだ守られたままだというのに、なぜ少女が死を選んだのか分からなかった。

(こうなったら、警察に全てを打ち明けて事件の真相を突き止めてもらおうか)

そう思ったこともある。

しかし、今になって重要な事実を伏せていたことが分かれば、警察は井上を責め、より苛烈な取り調べを行うだろう。マスコミもまた、井上の自宅を取り囲んで大騒ぎするに違いない。

せっかく取り戻した平穏を失うのは恐かった。それに、すでに少女が死んでしまった以上、いまさら自分が何をしたところで無意味だ、という思いもあった。

結局、井上は何の行動も起こさなかった。少女の死はそれほど騒がれることもなく、世間はすぐに忘れてしまったようだった。

殺人事件の方も、未解決のまま捜査本部が解散したという話を聞いた。

あれから六年、井上は事件のことは全て忘れようと努めながら日々を送ってきた。井上は携帯を持っていないし、インターネットの回線も引いていないから、世間に対し目を閉じ耳を塞いで生きるのは難しくなかった。

それでも、ときおり古傷が疼くように、当時の記憶が蘇ってくることがある。特に、先日のような招かれざる客があった後は、幾晩か続けて事件の夢を見ることがあった。

それから数日が経っても、例のカメラは軒先にぶら下がったままだった。雨や夜露でカメラが壊れてはいけないので、適宜家の中に取り込んでいたが、それもだんだんと面倒になってくる。

(もうあの男はカメラを諦めたんだろう)

そう思い、いつしかカメラは玄関の片隅に放置されるようになっていた。

ある日の夕暮れ時、いつものように裏庭で薪を割っていた井上は、表の方でがたりと戸が動く音がしたような気がした。

(あの男かな)

反射的にそう思ったのは、やはりカメラのことがずっと気にかかっていたからだろう。

井上はしばらくその場で表の気配を窺った。できれば、勝手に玄関に入り込み、転がっていたカメラを持ち帰って欲しいのだが。

五分ほど待ってみても、それきり音は聞こえてこなかった。

（気のせいだったかな？）

それとも、最近離れの屋根裏に住み着いたハクビシンが、餌を探しにやってきた音だったのかもしれない。

井上は斧を立てかけ、そっと家の裏口から中に入った。

やはり、人の気配は感じられない。井上はほっとしながら家に上がり込んだ。玄関周りを調べてみたが、動物が侵入した形跡も見つからなかった。

井上は台所に入って、冷蔵庫から麦茶を取り出して飲んだ。それから、二日ぶりに風呂を沸かすことにする。

ぎしっ、と廊下の床がきしむのを聞いたのは、台所を出たときだった。

驚いて振り返った瞬間、ガツン、と頭に重い衝撃を感じた。

一瞬意識が遠退き、気付いたときには仰向けに倒れていた。

いつからそこに潜んでいたのか、居間の戸のところに黒い人影が立っていた。

「だ、誰だ……」

ぼやける目を懸命に凝らしたが、相手の顔はよく見えなかった。頭の傷から血があふれて、ぬらぬらと額や頬を濡らしていく。

人影は無言のまま、一歩ずつ慎重に近寄ってくる。その手には棒のようなものが握られていた。前庭に転がしておいた鉄パイプかもしれない。

人影は足を止めると、井上の頭に狙いを定めるように棒を振り上げた。

（そうか、俺はここで死ぬのか）

混濁してきた意識の中で、井上は不思議と恐怖を感じなかった。それよりも、あの世で母親と会ったらこの最期（さいご）のことをどう説明しようかと、そんな心配をしていた。

## 2

佐藤公章についての報告を受けた山森は、その身辺を捜査するよう辻岡たちに指示した。

また、金井は岐阜へ出張して、小池聡美の母親から過去の事件について聞き取りすることを命じられた。

冤罪事件と、その発端となった女子中学生殺人事件が発生したのは六年前だ。当時は小池聡美も中学生で、何らかの形で事件に関わった可能性はある。また、取材中だった佐藤と接点が生じたということも考えられた。

辻岡と源野は、まず佐藤の本を出した出版社へ行き、担当の編集者から話を聞くことにした。

出版社の受付前で辻岡たちを迎えた編集者は、ビル内にある喫茶室へ案内してくれた。

「それで、佐藤先生について話を聞きたいとか?」

窓際のテーブルに座ってコーヒーを注文すると、さっそく編集者は本題に入った。三十代後半くらいの男で、中島(なかじま)という名前だった。

「ええそうです。お忙しいところを恐縮ですが、ご協力お願いします」

「一応伺っておきたいんですが、その、先生は何かの容疑をかけられているんですか?」

中島はやや緊張した面持(おもも)ちで言う。

「いえ、ある事件の関係者として佐藤さんの名前が挙がっただけです。それで、佐藤さんからお話を聞きたいと思ったんですが、何しろ連絡先も分からないものですから、出版物の奥付を見てこちらへ伺ったというわけで」

「なるほど……」

その答えを頭から信じたのかどうか分からないが、中島は神妙な顔で頷いた。

「では、佐藤さんの連絡先を教えていただけますか?」

「分かりました」

中島は手帳を開いて携帯の番号とメールアドレスを読み上げた。それに加えて個人事務所の電話番号も教わり、源野がそれらを書き留める。

「それから、せっかくですので、佐藤さんの人となりについてもお尋ねしてよろしいですか?」

「はあ、それはいいんですが、私も担当になってまだ一年ほどなので、そこまで親しくお付き合いしているわけではありませんよ」

「基本的な情報と、業界内の一般的な評判でもお聞かせいただければ充分です」

「……分かりました」

中島は警戒の色を浮かべて言った。担当編集者として、佐藤に不利なことは言えない、と考えているのだろう。

「それで、佐藤さんは独身ですか?」

「いえ、ご結婚されています。お子さんもお一人、確か男の子だったと思います」

「どちらへお住まいか分かりますか?」

「ええ」

中島は手帳をちらりと確認して、

「杉並区にご自宅がありますね」

と答えた。

それを聞いて、辻岡は内心で落胆した。武蔵野市に住んでいれば、ますます容疑が濃厚になっていたのだが。

ところが、中島はそれに続けて、

「ああ、それと、佐藤先生の仕事場が武蔵野市にあります。先生は、週末以外はこちらで過ごされることが多いですね」

「本当ですか？」

思わず声が高くなってしまった。

「はい……あの、そのことが何か事件に？」

「いえ、特にそういったわけではないのですが、ともかく、自宅と仕事場の住所も教えていただきましょうか」

中島が読み上げる住所を書き留めるとき、源野も興奮で少し手が震えているように見えた。

これだけでも充分な収穫だったが、もっと質問を重ねれば、更なる重要な証言を引き出せそうな感触があった。

「ところで、インターネットで写真を拝見した限り、佐藤さんはなかなかいい男のようですが、やはり女性から人気はあるんでしょうね？」

「それはもう。先日、初めてサイン会を開かれたんですが、並んだファンの八割近くは女性でしたよ。もっとも、先生としては、著作の内容をろくに理解していないようなファンに持て囃されるのは不本意なようですが」

「それほど女性にモテるとなると、やはりそちら方面はお盛んですか？」

「え？　……いや、先生はごく真面目な方ですし、愛妻家でもありますから、浮いた噂はほとんど聞きませんよ」

「ほとんど、ということは、皆無ではないんですね？」

「あ、いや、それは……」

「中島さん、我々は調査会社でもなければ週刊誌記者でもありませんよ。スキャンダルを追及しているわけではなく、刑事事件の捜査を行っていることをお忘れなく」

やんわりと圧力をかけて言うと、中島は頬をこわばらせた。

「ええ、分かってます……私も具体的なことは知りませんが、先生には奥さんの他に彼女がいる、といった噂を耳にしたことはあります。いえ、酒の席でちらりと耳に入っただけで、本当に詳しいことは何も知らないんです」

もう少し追及してみたが、中島は本当にそれ以上のことは知らないようだった。

事情聴取を終えて出版社を後にすると、

「辻岡さん、もしかして、佐藤が被害者に手を出していたと考えてるんですか？」

と源野が聞いてきた。

「ああ。それなら、事件の構図がすっきりするんだけどな。講演会で知り合った女子大生と思わず関係を持ってしまったが、相手は思いのほか初心で、すっかり佐藤にのめり込んでしまい、妻と別れるように迫ってきた。ほんの軽い遊びのつもりだった佐藤は追いつめられ、とうとう殺害してしまう。……この筋書き、お前はどう思う？」

「ええ、僕も同じことを考えてました。それなら、小池聡美に男性経験があったことに説明が付きますし」

「しかし、佐藤が幾らいい男だとしても、年はもう四十半ばだぞ。二十歳の女子大生が魅力を感じるかな？」

「たとえば、小池聡美は男性が苦手だったんじゃなく、重度のファザコンだった、っていうのはどうですかね？　幼少期から父親が多忙で愛情に飢えていたとしたら、そういう風な傾向を持ったとしてもおかしくないでしょう。だから、同じ年代の男子に迫られても全く興味が湧かなかった。蔦田くんのことだって、どうやっても友達としか思えなかったけど、長い間、彼の誠実な気持ちに触れるうちに心が動かされて、付き合ってみてもいいかな、と思うようになった。ところが、ちょうどそこで佐藤と知り合ってしまう。佐藤は被害者にとってまさに理想的な男性で、一目惚れしたんです。それで、蔦田くんに傾きかけていた気持ちも一気に冷めてしまった」

　なかなか説得力がある話だったが、源野の主観に基づくところが少々心許ない。といって、辻岡自身も、学生時代には「なんでそんなに鈍いの？」と女友達にからかわれるくらい恋愛には疎い方だった。

捜査本部に戻ってみると、たまたま今平の姿を見つけたので、意見を聞いてみることにした。

「おい、今平。時間があったらちょっと来てくれ」

「はい、なんでしょう」

今平は小走りにやってきた。

「お前な、年上と年下、どっちが好みだ?」

「えっ、これって何の質問なんです?」

「いいから答えてくれ」

「はあ……」

今平は妙にもじもじしながら考えて、

「……どちらかといえば、年上かな、と思います」

「だったら、この男を見てどう思う? 魅力を感じるか?」

辻岡は佐藤の画像が映ったスマホを見せた。先入観を持たせないよう、名前はあえて伏せる。

「うーん……まあ素敵な人だとは思いますけど、正直、私の好みじゃないですね」

「お前の好みはいいんだ。若い娘がこの男を見て、異性として惹かれるかどうかだ」

「そりゃあ、惹かれる子がいてもおかしくはないと思いますよ」

「なるほど……ありがとう、参考になった」

「ちょっと、何なんですか、結局」

今平の目から見てもそう思うのなら、源野の仮説に説得力が出てきた気がした。

岐阜へ出張していた金井は、夜の捜査会議の前に戻ってきた。小会議室で山森に報告するところへ、辻岡も同席させてもらう。

「母親の話によりますと、六年前に起きた女子中学生殺害事件に、小池聡美が関わるようなことはなかったそうです。ただ、近隣の学校で同年代の生徒が殺されたわけですから、強い衝撃を受けていたのは間違いないようです。また、当時はマスコミ関係者が事件現場周辺で盛んに取材をしておりまして、学校側の自粛要請にもかかわらず、生徒へ直接インタビューするようなことも多かったようですが、少なくとも母親が記憶する限りでは、被害者が記者と接触したことはありませんでした。ちなみに、佐藤公章は冤罪を晴らした立役者として地元では知られており、母親もその名前くらいは噂で耳にしたことがあったそうです」

「つまり、過去に二人に接点はなかったとしても、被害者が佐藤の名を見て関心を持つことは充分にあり得たというわけだな」

山森が腕組みして言った。

「係長、ここは令状を取って、被害者の携帯の通話記録を確かめましょう。そこに佐藤の連絡先があれば、これはもうほぼクロと見て間違いないと思います」

辻岡は勢い込んで言った。

事件当夜に被害者が歩いていたルートの先に佐藤の仕事場があることも、既に地図で確かめてある。令状申請には充分な根拠が揃っているはずだ。

「……分かった。管理官に相談の上、令状を取ることにしよう」

山森は決意したように頷いた。

翌日、捜査本部は裁判所で令状を取り、携帯電話会社に通話記録の開示を要求した。データをプリントアウトしたものが手元に届くと、辻岡たちはさっそくその中に佐藤の携帯番号が含まれているかどうか調べた。

「……あった、ありましたよ！」

最初に声を上げたのは源野だった。

更に調べてみると、過去半年のうち、三度の通話が行われていることが分かった。深い関係にあったにしては通話回数が少ないが、普段はメールやSNSで連絡を取り合っていたとすれば不自然ではない。

「よし、辻岡。源野と一緒に佐藤に直接当たってくれ。金井と亀村も同行して、付近で待機しろ。成り行きによっては、佐藤を任意で引っ張って署で取り調べをしても構わん」

山森は鋭く目を光らせながら指示した。

辻岡はまず、佐藤の携帯に電話をかけることにした。

だが、見知らぬ番号からの電話は取らない主義なのか、どれだけ待っても佐藤が出ることはなかった。

そこで、個人事務所の窓口へ電話をかけてみる。

「はい、佐藤公章事務所です」

電話に出たのは女の声だった。落ち着いた大人の女という印象だ。

「私、警視庁の辻岡という者ですが、佐藤さんはいらっしゃいますか?」

「申し訳ありません。佐藤はただいま外出しておりまして」

警視庁と聞いても、女の声が硬くなるようなことはなかった。仕事柄、警察関係者と連絡を取り合うことも珍しくないのかもしれない。

「佐藤さんと至急お会いしたいんですが」

「分かりました……少々お待ち下さい」

二、三分ほど経って、再び女の声がした。

「お待たせしました。佐藤の仕事場の場所はご存じでしょうか?」

「ええ、知っています」

「では、午後二時にそちらへいらしていただければ、お会いできるそうですが」

「分かりました、その時間に伺います」

　仕事場周辺を下見する時間も考え、正午には出発することにした。

　辻岡たちは二組に分かれ、目立たないように署を出た。佐藤公章の名は、今の段階では捜査会議でも発表されていなかった。何しろ、署内には特ダネを求めた記者たちがうろついているのだ。佐藤が捜査線上に浮かんできたことがうっかり外部に漏れれば、何しろ次代のマスコミの寵児にもなり得る男だけに、週刊誌辺りがどう騒ぐかも分からない。

　佐藤の仕事場が入っているのは、まだ新しい大型マンションだった。広いエントランスホールを備えた贅沢な造りだ。

　辻岡たちは付近の路上に車を停めると、敷地内や周辺の道路をざっと見て回り、万が一、佐藤が逃亡したときに備えることにした。

　やがて、午後二時が迫り、辻岡と源野はマンションの入り口に向かった。金井たちは車で待機する。

　エントランスの奥にはオートロックの扉があり、横にインターホンが設けられていた。部屋番号を入力して呼び出しボタンを押すと、すぐに反応があった。

「はい、どちらさまですか」

佐藤本人らしい男の声だ。

「先ほど電話でお約束をいただいた警視庁の辻岡です」

「ああ、どうも。お待ちしておりました」

愛想のいい返事と共に、扉のロックが外れた。

(いよいよだぞ)

通路の奥へ進みながら、辻岡は気持ちを引き締めた。佐藤が犯人であるなら、これまでの経歴からしても、一筋縄ではいかない相手となるだろう。

部屋のドアを開けて辻岡たちを迎え入れたのも、佐藤本人だった。

「わざわざ足を運んでいただいて済みません。何しろ、仕事が立て込んでいるもので」

「いえ、こちらこそ、貴重な時間を割いていただき恐縮です」

辻岡たちは広々としたリビングダイニングに案内された。

佐藤は自らキッチンでコーヒーを入れ、運んでくる。

「ありがとうございます。ところで、先ほど電話で応対してくれた秘書の方は？」

「秘書？……ああ、あれは妻です。まだ秘書を置けるほどの稼ぎはないものでね」

佐藤は笑って言った。暗に、いずれは秘書を置く身分になる、と言っているようなものだが、その口調に嫌みがないのはさすがだった。

「妻は自宅にいます。仕事中に邪魔が入るのは嫌なので、事務所の窓口は自宅の方にしているんです。お陰でろくに家事もできない、と妻に文句を言われてますが」

改めて向かい合ってみると、佐藤はいかにも若々しく洗練された物腰で、女性ファンが多いというのも納得だった。妻と二人三脚で働いている、といった背景も今なら女子受けするのかもしれない。

「そういえば、辻岡さんは警視庁本部に所属されているんでしょうか？」

「はい。捜査一課です」

辻岡は名刺を取り出し、佐藤に渡した。

「となると、今日は殺人事件に関連しての事情聴取ということですね」

「ええ、そうなります……それで、佐藤さんはこの仕事場で過ごされることが多いとか？」

「そうですね。原稿書きの仕事をするときは、大体はここでやってます」

「でしたら、このすぐ近くで殺人事件が起きたことはご存じですね？」

「ええ、半月ほど前でしたっけ？　やたらとパトカーの音がすると思ったら、ニュースで他殺死体が発見されたと聞いて、びっくりしましたよ」

「その被害者の身元はご存じですか？」

「いいえ、そこまでは。殺人となると滅多にないが、この辺りは繁華街が近いこともあってわりあい事件が起きてますからね。昔の井の頭公園の事件くらいのものでなければ、いちいち興味を持つこともありませんよ」

「では、殺されたのが小池聡美という女子大生だと聞いて、心当たりはありますか？」

辻岡はさり気なく問いかけた。ここで佐藤が被害者との面識を否定すれば、それだけでも任意同行を求める根拠となり得る。

「えっ」

と佐藤は目を見開いた。

「まさか、そんな……辻岡さん、被害者の写真はお持ちですか？」

「こちらです。どうぞご確認下さい」

佐藤は差し出された写真を一目見ただけで、

「ああ、やっぱり彼女だ。何てことだ。信じられない」

と嘆きの声を上げた。

そんな佐藤の反応を、辻岡はじっと観察していた。

佐藤が被害者との面識を素直に認めるのは、想定の範囲内だった。何しろ佐藤は素人ではなく、刑事事件を専門とした元記者なのだ。小池聡美との通話記録が警察によって確認されていることぐらい、当然分かっているだろう。

「彼女をご存じなんですね？」

「ええ。半年ほど前に知り合いました。僕がある大学の記念講演で講師を務めたとき、彼女がそれを聞きに来ていたんです。それで、講演後に彼女の方から声をかけてきまして。ご存じだと思いますが、彼女は岐阜県のM市出身で、僕は記者時代にそこである大事件の取材をしたことがあるんです。そのとき、僕が書いた記事が容疑者の冤罪を晴らすということがあって、地元ではなかなかの反響があったようです。彼女もそれで僕のことを知っていて、縁を感じて一言挨拶をしたかったのだと言っていました」

「それをきっかけに、彼女と親しくなったというわけですか」

「いや、親しいというほどでもないんですがね。何度か電話やメールでやり取りしたくらいで」

「それは、どのような内容のことをやり取りされたんですか？」

「プライベートなことだからお話しできない、という答えでは納得されないんでしょうね」

「ええ、申し訳ないんですが」

辻岡が答えると、佐藤はふんと鼻を鳴らして、

「彼女は将来ジャーナリズムの世界に進みたいと希望していましてね、そのためのアドバイスを求められたので、できる範囲でそれに応えてあげていました。といっても、

そうした要望を持ち込んでくる学生は多いものですから、彼女に対しても通り一遍な回答になっていましたが」

「なるほど……しかし、本当にそれだけだったんですか？」

「もちろん。他に何があるというんです？」

佐藤の声が不快げに尖った。

「聞いた話によりますと、先生は奥様以外にも親しく付き合っている女性がいらっしゃるとか。それが小池聡美さんだったのでは、と思いましてね」

「君、それが僕に対してどれだけの侮辱になっているか、分かっていて言っているんだろうね？」

佐藤の目が怒りにつり上がる。

だが、辻岡は一切構わずに、

「失礼なのは重々承知しておりますが、我々も殺人事件の捜査をしておりますので、聞くべきことは聞かざるを得ないんですよ」

と返した。

佐藤はしばらく辻岡を睨んでいたが、やがて大きく息を吐くと、

「確かに、ここで僕が怒ったところでどうなるものでもない。いいでしょう、聞かれたことには何でも答えることにしますよ」

「助かります」

「で、小池さんと男女の仲になっていたか、という質問でしたね？　ご期待に沿えず申し訳ないですが、そういうことは一切ありませんでした」

「後で調べれば分かることですよ」

「好きなだけ調べるといい。全くの無駄に終わるだけだから」

佐藤は冷ややかな口調で言った。

(ここまで断言するからには、事実を言っているのか？)

もし後になって、小池聡美と一緒に食事をしていたなどという目撃証言が出れば、自分が一気に不利になることは佐藤だって承知しているはずだ。

「でしたら、被害者がこの部屋に来たこともない、ということですね」

「一度もありません」

こうなると、もはや追及の手だてがなかった。

辻岡が押し黙るのを見て、佐藤は口元に余裕の笑みさえ浮かべる。

(仕方ない、ひとまず引き上げるか)

佐藤を容疑者から外すかどうかは、山森の判断を仰ぐしかなかった。

「ところで、あそこにある箱ですけど」

ふいに源野が口を開いた。

「何です？」

いきなりのことに佐藤は少し戸惑ったようだった。

「ほら、カウンターに置いてあるやつですよ。あれって、今流行(はや)ってるベルギーブランドのチョコですよね」

源野は目を輝かせて言う。また余計なことに興味を持ったようだ。

「ああ、そうですね」

「買おうと思ったら、開店前から並ばなきゃいけないそうじゃないですか」

「さあ、あれは貰(もら)い物なので、僕もよく知りませんが……」

「へえ、プレゼントですか。誰からです？」

その瞬間、佐藤の目に狼狽(ろうばい)の色が走ったように見えた。

しかし、すぐに佐藤は落ち着きを取り戻して、

「知り合いの編集者からですよ。流行りものを見つけては贈ってくれる人がいましてね」

「へえ、いいなあ。僕にもそんな知り合いが欲しいですよ」

「もしよければ、チョコをお持ち帰りになりますか？　僕はあまり甘いものを食べないもので」

「えっ……」

源野は一瞬、喜色を浮かべたが、さすがに自分の立場を思い出したのか、

「ありがたいお話ですが、今日はご遠慮しておきます」

と残念そうに答えた。

それを潮時にして、辻岡は佐藤の仕事場から引き上げることにした。

「僕の話が捜査のお役に立ったのならいいんですがね」

玄関で見送りながら、佐藤が皮肉な口調で言った。

「ええ、貴重なお話、どうもありがとうございました」

辻岡は丁寧に一礼した。

廊下を引き返し、エレベーターが上がってくるのを待つ間、辻岡はずっと無言で考え込んでいた。

やがて到着したエレベーターに乗り込んだところで、

「……さっきのあれは、本当は例の彼女からの贈り物だろうな」

「あれって、チョコのことですか？」

「そうだ。誰から贈られたのか聞かれて、佐藤は一瞬答えに詰まっただろう。あれは、嘘を吐いても後でばれる心配がないか、とっさに計算したからだよ」

「ああ、なるほど。答えるとき、ちょっと不自然でしたもんね」

「噂で聞いたとおり、佐藤には不倫相手がいるに違いない。その女から贈られたもの

だと俺たちに知られるのが嫌だったんだ」

「じゃあ、やっぱりそれが小池聡美だったたってことですか？」

「いや、その点に関しては俺たちの見込み違いだろう。不倫相手は被害者とは別人だったんだ。でなけりゃ、佐藤があそこまで堂々と否定できるはずがないからな。佐藤が贈り物のことで嘘を吐いたのは、事件とは無関係に、プライベートの秘密を俺たちにつつき回されたくなかったからさ」

「だったら、辻岡さんはどうしてそんなに嬉しそうなんです？」

「……やつが最後の最後で尻尾を出したからだよ」

そこでエレベーターが一階に着き、二人はマンションを出て車に向かった。

「尻尾を出したって言われても、僕には全然分かりませんでしたけど」

「お前が急に脈絡のない話を始めた上に、想定外の質問をしてきたから、佐藤も焦ったんだろう。一瞬だけ、素の表情を見せたんだ」

「素の表情、ですか」

「あのときの驚いた顔は、事件の被害者が小池聡美だと聞かされたときとは全然違っていた。つまり、やつは事情聴取を受ける間、ずっと演技をしていたってことさ。きっと前々から警察に追及されることを想定して、念入りに準備していたんだろう」

他人の嘘を見破ることを仕事にしてきた辻岡にとって、あのとき佐藤が見せた一瞬の隙は、確信を抱くのに充分な印象を残した。

「じゃあ、やつの話は全部嘘ですか?」

「いいや、九割方は事実を語っていたはずだ。俺たちに裏付け捜査をされても平気なようにな。だけど、どこか肝心なところでやつは嘘を交えていたはずだ。その嘘が何なのか、これから探り出さなきゃならない」

## 3

辻岡からの報告を受けた山森は、腕組みをしてしばらく黙考した。

その間、同席していた外橋が、

「しかし、お前が言うのは、何の証拠にもならないただの印象だろう?」

と懐疑的な顔つきで言う。

「それは分かっている。だから、これからいよいよ本腰を入れて佐藤の身辺を調べる必要があると言ってるんだ」

「……お前の判断を疑うわけじゃないがな」

と山森は腕組みを解いて辻岡を見つめ、

「佐藤と被害者との間に男女の関係がなかったなら、殺人の動機は何なんだ?」

「それは……まだ分かりません。ですが、佐藤と被害者の間には、まだ我々の知らない何らかの繋がりが隠されていると思うんです」

「ふむ……」

それから更に熟考した末に、山森は結論を下した。

「よし、どっちにしろ他に本命はいないんだ。佐藤を徹底的に洗おう」

翌日から、多くの捜査員が佐藤の仕事場周辺での聞き込みに派遣されることになった。

初動捜査の段階でも、この辺りでの地取り捜査は行われていた。しかし、死体発見現場から距離があったのと、その頃は性犯罪者による通り魔的犯行という見立てが優先だったため、おおまかに不審者情報を収集するという程度でしかなかった。

「残念ながら、建物内の監視カメラのデータは一週間で上書きされるため、事件当夜の映像は残っていないそうです」

マンションの管理会社に問い合わせた今平が、そう報告した。

また、佐藤の不倫相手について調べていた増木が、

「どうやら、大手出版社の雑誌編集者が佐藤と関係を持っているようです。佐藤が海外や地方へ取材する際に同行することが多いそうで、編集部内では半ば公認の仲だそうですよ」

と裏付けを取ってきた。

辻岡は源野と共に、マンションの住人へ一軒一軒聞き込みをかけていた。

事件の夜にマンション内で小池聡美を見た、という証言さえ得られれば、令状を取って佐藤の部屋の家宅捜索をすることもできるのだ。

しかし、虱潰し(しらみつぶ)の聞き込みを行っても、目撃証言は一つも出てこなかった。それらしい若い女性を見かけたという話は幾つかあったが、暗くて顔までは見ていないというし、似たような背格好の娘は近隣に幾らでも住んでいるから、証言として採用するのには無理があった。

三日、四日と虚しく時間が過ぎて行くにつれ、捜査本部の焦りも濃くなっていく。

捜査の第一期が終わるまで、残り一週間を切っていた。

誰よりも捜査に責任を感じていた辻岡は、たまりかねて山森に意見を出した。

「係長、こうなったら、佐藤の車を調べさせて下さい」

「車を？」

「被害者を仕事場で殺害したとして、死体を発見現場へ運ぶときには、必ず車を使ったはずです。もちろん佐藤も徹底的に掃除をして死体を乗せた痕跡を消したでしょうが、鑑識に調べてもらえば、毛根の一つくらいは発見できるかもしれません」

佐藤が自宅から仕事場まで車で通っていることは既に確認済みだった。マンションの駐車場には、いつも佐藤の愛車である黒いBMWが停まっている。

「だが、今の状況では令状は取れないぞ」

「ええ、ですから佐藤に話を持ちかけて、任意で調べさせてもらうんです」

「やつが承知するかな?」

「私の印象で言えば、佐藤はプライドの高い完璧主義のようです。きっと今回の処置にもかなりの自信を持っているはずです。上手く話を持ちかければ乗ってくるかもしれません」

「しかし、これがほとんど博打に近いことを分かってるんだろうな? そこまでやって、もし何も出なかったら、もう二度と佐藤には手出しできなくなるぞ」

「ええ、分かっています。しかし、このままでは佐藤を取り調べることさえできませんからね」

「……よし、やってみるか」

山森の許可を得ると、辻岡はさっそく佐藤と連絡を取り、再び仕事場を訪問した。

「今度は何の用でしょう。私の周りを散々嗅ぎ回っておいて、まだ足りないんですか?」

佐藤は最初から不機嫌な顔だった。

「といいますと?」

「私の友人が困り果てていましたよ。警察が職場まで乗り込んできて、あれこれ聞いて回ったせいでね」

不倫相手のことを言っているらしい。

「申し訳ありません。しかし……」

「これも殺人事件の捜査だからやむを得ない、と言うんでしょう。そのお題目さえ唱えていれば、何でも許されると思うのは大きな間違いですよ。いずれしっぺ返しを喰らうことになるでしょうね」

「……心しておきましょう」

さすがに玄関先で追い返されることはなく、先日と同じ部屋に通された。ただし、席についても飲み物は出なかった。

「実は、今日は佐藤さんに一つお願いがありましてね」

「何でしょうか」

「佐藤さんにとっては非常に不愉快な話でしょうが、捜査本部ではまだ、あなたが事件に何らかの形で関与しているのでは、と主張する者がおりましてね」

「今更、そんな遠回しな言い方はしなくて結構です。要するに、僕が犯人だと疑っているんでしょう。あなたも含めてね」

佐藤は憎々しげに言ったが、辻岡はそれが聞こえなかったような顔で、

「あなたも我々に付きまとわれるのは迷惑でしょうから、いっそのこと、ここではっきりとご自身の無実を証明されてみてはどうかと思いまして」

「どうしろと言うんです？」

「もしあなたがこの部屋で小池聡美を殺害し、死体を空き家の庭へ運んだなら、必ず車を使ったでしょう。ですから、あなたの車を調べさせていただいて、死体を乗せた痕跡が一切見つからなければ、それはまさしくあなたの無実が証明されたことになります」

これを聞いて佐藤が激怒することも覚悟していた。

しかし、佐藤はむしろ興味を惹かれたような顔で、

「なるほど……それで警察が納得するというのであれば、一番手っ取り早い方法かもしれませんね」

「では、許可していただけるんですね？」

「その前に、知人の弁護士に相談をさせて下さい。先日、警察から取り調べのような扱いを受けたと話したら、今後そういう目に遭いそうなときはすぐに知らせてくれ、と言われたもので」

佐藤は皮肉を込めて言い、スマホを取り出しながら一度部屋を出て行った。

五分ほどで佐藤は戻ってきた。

「知人の話では、許可しても構わないだろう、とのことでしたよ。ただし、車を調べるときには、念のため、彼も立ち会いたいそうです。もちろん構いませんね？」

「……ええ、いいでしょう」

面倒な差し出口が予想されたが、断ることもできなかった。

それから、車内捜索の具体的な手順について打ち合わせをした。明日の午前十時に警察が佐藤の自宅を訪問し、車を預かって吉祥寺署へ運ぶことになった。佐藤自身は仕事のため同行できないが、代わりに知人の弁護士が立ち会う。

「では、明日はよろしくお願いしますよ」

打ち合わせが終わる頃には、佐藤はにこやかな笑みさえ浮かべていた。

その余裕たっぷりの態度が、全てはったりに過ぎないことを辻岡は願った。

翌日、辻岡は山森たちと署の地下駐車場に降り、佐藤の車が運ばれてくるのを待った。

予定より十五分ほど遅れて、金井が運転手を務める黒いＢＭＷがやってきた。助手席には弁護士の姿もある。

「どうも、弁護士の柿沢(かきざわ)です」

駐車場へ降り立った柿沢は、柔らかな物腰で挨拶した。四十歳前後くらいの、高級スーツを自然に着こなした見るからにスマートな男だ。

「今日はお手数をかけて申し訳ありません」

山森が代表して挨拶した。

既に待機していた鑑識員たちが、さっそく車内の捜索を開始する。外せる装飾品やパーツは全て取り除き、ダッシュボードからトランクの中まで徹底的に調べていった。

柿沢は、上に休憩室を用意してある、という勧めを断り、ずっと傍らで鑑識員たちの作業を見守っていた。うかつに目を離せば何を仕込まれるか分からない、とでも言いたげな態度だ。捜査員たちの何人かは露骨に不快な色を見せたが、柿沢は平然とした顔をしたまま一切構わなかった。

鑑識の作業は一時間ほどで終わった。

「では、これから採取したサンプルを解析することになります」

山森が言うと、柿沢はご丁寧に自らの手で車にロックをし、ようやく休憩室へ向かった。

採取されたサンプルはただちに科捜研に送られ、解析された。

その結果を待つ間、柿沢はノートパソコンを開いて何かの書類を作成していた。車内から不利な証拠が見つかる可能性は、一切考えていない様子だった。

辻岡も同じ部屋でずっと待機していたが、柿沢が平然とキーボードを叩く音を聞いていると、苛立ちが募ってきた。弁護士が依頼人を信じるのは当然としても、万が一の事態さえ案じないとは、よほど潔白に自信があるらしい。

(俺は焦りすぎて早まった賭けに出たんだろうか)

そんな考えが頭の中を駆けめぐる。

二時間ほどで結果が出た。科捜研に赴いていた増木から報告の電話が入る。

「……そうか、分かった。ご苦労さん」

電話を終えた山森の表情は暗かった。

「どうでしたか?」

「何も出なかったそうだ」

山森はぼそりと答えた。

そのやり取りを耳にした柿沢が、にやりと笑みを浮かべて振り向く。

「どうやら、せっかくの作業も無駄に終わったようですね。この結果を私の方から依頼人に報告しても構いませんか?」

「どうぞ」

山森が苦々しい顔で頷くと、柿沢は携帯電話を取り出して佐藤に電話をした。

柿沢は弾むような声で結果を報告し、今後の予定について相談する。

「……佐藤さんが車を取りに来るそうです。そのとき、責任者の方と、辻岡とかいう刑事さんにご挨拶したいそうで」

柿沢の言葉に、辻岡は佐藤の勝ち誇った顔を思い描いた。敗者の首実検でもしてやるようなつもりでいるのだろう。

「辻岡は私です」

「ああ、あなたでしたか。では、そういうことでよろしくお願いします」

再びパソコンに向き合った柿沢を一人残し、辻岡たちは廊下へ出た。

「辻岡、お前は無理に付き合う必要はないんだぞ。不在にする理由は幾らでもあるんだ」

「いえ……捜査中には佐藤さんに色々と失礼なことも言いましたし、この際、きっちりとお詫びしておこうと思います」

一番の標的である辻岡が不在であれば、佐藤の鬱憤晴らしの矛先は山森に向けられるかもしれない。山森が屈辱を味わうのだけは何としても避けたかった。

辻岡たちは玄関前で佐藤の到着を待つことにした。二人の他に、副署長も一緒に並んでいた。佐藤が一般人ではなく、マスコミにも影響を持つジャーナリストだということで、より誠意を見せるべきだという署長の判断だった。

副署長は口にこそ出さないものの、とんだことに巻き込まれた、と言わんばかりの不満顔を見せていた。

やがて正門から車が入ってくるのが見えた。

「ああ、あれがそうです」

柿沢が車に向かって小さく手を振った。外国車好きなのか、こちらは青い二人乗りのメルセデスだった。

車を運転していたのは、妻と思われる女性だった。佐藤が助手席からにこやかな顔で降りてくる。

「やあ、みなさん、わざわざお出迎えいただくとは恐縮です」

「本日は佐藤さんにご迷惑をおかけしまして、大変申し訳なく思っております」

まず山森が挨拶した。

「いえいえ、これも殺人事件の捜査ですから仕方ありませんよ。そうでしたね、辻岡さん」

佐藤が当てこするように言う。

辻岡は屈辱をこらえながら一歩前に出ると、

「これまで、色々と不愉快な思いをさせてしまったことをお詫びします。申し訳ありませんでした」

と言って頭を下げた。

「これはまたご丁寧にどうも。しかし、そうやって口で謝って済ませるだけでなく、今後は市民に迷惑をかけないよう、より慎重な捜査を行ってもらいたいものですね」

「はい。以後、気を付けます」

佐藤の顔に浮かんだ嘲笑から目を逸らしながら、辻岡は答えた。

その後、副署長も形式的な謝罪をして、一通りの挨拶が終わった。

署員が玄関前まで車を回してくると、佐藤は運転席に座り、助手席には柿沢が乗り込んだ。

「では、失礼」

悠然と挨拶して、佐藤は去っていった。

車を見送っていた副署長が、聞こえよがしに舌打ちして、建物に入っていった。

「係長、済みませんでした。私の判断ミスのせいで……」

辻岡が謝ろうとするのを、山森は押しとどめ、

「ま、長い刑事人生、こういう日もあるさ。これで捜査は振り出しに戻ったんだ、気落ちしてる暇はないぞ」

と言い、ぽんと背中を叩いた。

辻岡は無言でうつむき、悔しさを堪えた。

# 4

翌日から、新たな方針に基づいて捜査が続けられたが、有力な容疑者が浮上してくることもなく、日にちだけが過ぎていった。

辻岡は被害者の友人たちへの聞き込みに戻っていた。しかし、敗北感を引きずり、刑事として自信を失っていたせいで、なかなか捜査に集中できずにいた。

「辻岡さん、なんかぼんやりしてません？　二回も同じ質問をしたりして、相手も戸惑ってましたよ」

源野にそんな注意までされる始末だった。

辻岡の中では、まだ佐藤に対する疑いが解けたわけではなかった。だが、何の証拠も見つからなかった以上、佐藤を容疑者扱いすることはできない。無理にでも自分が間違っていたのだと納得するしかなかった。

そして、ついに三十日の期限が過ぎ、捜査の一期が終わった。

この日限りで、捜査員の三分の一は捜査本部を離れ、本来の部署へ戻ることになる。これまで使っていた講堂は片付けられ、別の会議室に本部が移されることになった。署員たちが総出でテーブルや椅子を片付けていくのを、辻岡は講堂の片隅でぼんやり眺めていた。

「辻岡さん、どうもお疲れ様です」

声をかけられて振り向くと、最初の聞き込みのパートナーだった佐上が立っていた。

「やあ」

「今まで、どうもお世話になりました」

「というと、君も捜査本部を離れるのか」

「はい。何だか寂しいもんですね、事件が解決しないまま捜査から離れるっていうのは」

「……そうだな」

何か先輩として気の利いた言葉を贈りたかったが、今の自分が何を言っても虚しい台詞（せりふ）になる気がした。

「そういえば、例の女が辻岡さんによろしくと言っていましたよ」

ふと思い出したように、佐上が含み笑いして言った。

「例の女？」

「ほら、虐待されてた男の子を助けたときの」

「ああ、彼女か」

辻岡は高瀬忍の顔を思い浮かべた。あのときの騒動がもうずっと昔のことのように思える。

（あの男の子はどうしてるかな）

我ながら薄情な話だが、ケンタのことを思い出したのも久々だった。

「この前、聞き込みの途中であのマンションの前を通ったら、向こうから声をかけてきましてね。『この前の刑事さんは一緒じゃないの？』って聞かれちゃいましたよ。暇ができたら、ぜひ店に遊びに来て欲しいそうです」

佐上の言葉に、辻岡は苦笑を浮かべた。

しかし、その苦笑はすぐに引っ込み、代わりにはっと驚きの表情が浮かんだ。

「辻岡さん、どうかしましたか？」

「まさか……いや、その可能性はあるぞ」

「え？」

「済まない、また後で話すよ」

そう言い残し、辻岡は急いで講堂を出た。

玄関に向かう途中、源野の姿を探したが見当たらなかったので、そのまま一人で建物を出た。今は一分一秒でも早く自分の推測が正しいかどうか確かめたかった。

駐車場にいた捜査員に頼んで車のキーを借り、捜査車両に乗り込む。向かう先は高瀬忍が住むマンションだった。

忍の部屋に着いたときには、午前十一時になっていた。忍はまだ寝ている時間だろうが、遠慮している場合ではない。

玄関のチャイムを何度も鳴らし、それでも応答がないのでドアを叩いていると、

「何なのよ、いい加減にして！」

という声がインターホンから聞こえてきた。

「どうも済みません。警視庁の辻岡ですが、お久しぶりです」

「……辻岡って、この前うちに来た刑事さん？」

「ええ」

「どうしたの、急に。ちょっと待ってて、すぐにドアを開けるから」

忍はあたふたした声で言った。

今回は、ドアの前で十五分ほども待たされた。

「いらっしゃい。どうぞ上がって」

忍はにっこり笑って辻岡を迎え入れ、リビングへ案内してくれた。軽くメイクをして、香水の匂いを漂わせている。

「何か飲む？」

「いや、その前に、高瀬さんに一つ確かめてもらいたいことがあってね」

「なに？」

「前回、話を伺ったとき、事件があった夜に、この近くで変わった車を見かけたと言っていたよね」

「うん、丸っこい形の軽自動車だよ」

「それはもしかして、軽自動車じゃなくて、この車だったんじゃないかな」

辻岡はスマホを取り出し、インターネットで検索した画像を見せた。

忍は渡されたスマホの画面をじっと見つめてから、

「……そうそう、この車だよ。軽じゃないの、これ?」

と言った。

(やっぱりそうだったのか)

辻岡は内心で激しい興奮を覚えた。

その画像に写っているのは、いわゆるマイクロコンパクトカーと言われる二人乗りの車だった。そして、佐藤が吉祥寺署へＢＭＷを受け取りに来たときに、妻が運転していた車でもあった。

「ちなみに、ボディーカラーは青だった?」

「そうだね、青だったはず」

これで間違いない。佐藤の妻の車も青色だった。

つまり、こういうことだ。事件のあった夜、佐藤は何らかの都合でいつものＢＭＷ

ではなく、青のメルセデスに乗って仕事場へ来ていたのだ。となると、殺害した小池聡美を空き家の庭へ運ぶときに使ったのも、その車ということになる。

辻岡がBMWを調べさせてくれと申し出てきたとき、佐藤は腹の中で笑いが止まらなかったに違いない。どれだけ警察が血眼で捜索しようと、万が一にも死体の痕跡が見つかるはずもないのだから。佐藤が落ち着き払っていたのも当然だった。

佐藤への疑いは、今度こそ確信に変わった。

「ねえ、それがどうしたっていうの？」

「もしかすると、君の証言が捜査の中でとても重要な意味を持つかもしれない。またいずれ、改めて説明に来るよ」

辻岡はそう言うと、忍が引き留めようとするのにも構わず、すぐに部屋を後にした。

捜査本部に戻った辻岡は、真っ先に山森を探した。

「え？ 係長ですか？ さっき本庁の方へ戻られましたけど」

廊下で出くわした今平がそう教えてくれた。

「そうか」

今すぐ後を追うつもりで辻岡が踵を返すと、

「待って下さい、何かあったんですか？」

と今平が追いかけてきた。

「後で話す」

「今話して下さい」

上着の袖まで摑まれたので、辻岡は仕方なく立ち止まった。

佐藤の車の件をかいつまんで説明すると、思い詰めたような顔をしていた今平の表情がゆるんだ。

「なんだ、そういうことだったんですか」

「どういうことだと思ってたんだ?」

「いえ、その……辻岡さんがあんまり血相を変えてたものですから、何か一身上のことを係長に相談に行くのかと」

それを聞いて辻岡は笑った。

「刑事を辞めるとでも思ったのか? 心配をかけて悪かったな。……そうだ、ついでだから一つ頼みがあるんだ」

「はい、何でもどうぞ」

「このタクシー会社に連絡して、事件の夜に高瀬忍を乗せた運転手を探してくれないか。もし見つかったら、念のため、目撃したのが本当に青のメルセデスだったかどうか確認して欲しい」

「了解です。任せて下さい」

辻岡は今平と別れて署を出た。山森に連絡して、警視庁本部の刑事部屋で待ち合わせることにする。

本庁に着き、自分の机に座って待っていると、課長への報告を終えた山森が部屋に入ってきた。

「急ぎで報告したいことというのは何だ？」

「はい、実は先ほど、重要な証言を得られまして」

辻岡が報告するのを、山森は難しい顔で聞き入っていた。

やがて一通りの説明が終わっても、山森は黙り込んだまま思案を続けた。

「どうでしょう、このネタに見込みはありませんか？」

辛抱できなくなって辻岡は尋ねた。

「……いや、ネタの方には文句はないんだ。もう一度掘ってみるだけの価値は充分にある。ただ、青のメルセデスで死体を運んだことを立証しようと思えば、車内を捜索して物的証拠を見つけるしかないが、今度こそ佐藤も任意の協力は拒むだろう」

「そのときは、令状を取って……」

「そこが難しいのさ。佐藤を調べるために令状を申請したいと言っても、他の幹部連中はそう簡単には頷いてくれないはずだ。もし、次もまた空振りに終わるようなことになれば、幹部の責任問題に発展しかねないからな」

「では、諦めるんですか？」

「まさか。そう簡単に諦められるんなら、こうも頭を悩ませてないさ。……とにかく、お前、まずは佐藤に会いに行って、任意での車内捜索を認めてもらえるよう説得してみろ。難しいだろうが、不意を突けばあちらも隙を見せるかもしれん」

「分かりました。やってみます」

辻岡は気負い込んで言った。

さっそく佐藤に連絡を取り、本当の目的は伏せたまま、もう一度お会いしたいと頼んでみた。佐藤はいかにも面倒そうに渋りはしたものの、最後には承知してくれた。ただし、スケジュールの都合で仕事場で会う時間は作れないというので、佐藤が渋谷で仕事の打ち合わせを済ませた後、喫茶店で会うことになる。

辻岡が源野と共に指定された喫茶店で待っていると、約束の時間から二十分ほど遅れて佐藤が現れた。

「何の話か知りませんが、もうこれで最後にしてくださいよ。私も忙しい身なんです」

席に着くなり、佐藤は嫌みたっぷりに言う。

「我々も、できればこれを最後にしたいと思っています」

「で、用件は何です？」

「実は、あなたの車をもう一度だけ調べさせてもらいたいんです」

「はあ？　僕の車を？」

佐藤は、呆れ果てた、といった顔をしてみせてから、

「あれだけ執拗に調べ上げておいて、まだ足りないって言うんですか？」

「いえ、黒のBMWの方はもう結構です。私がお願いしているのは、青のメルセデスの方なんです」

えっ、と佐藤が声を上げた。

だが、一瞬で動揺を消し去ると、佐藤は間を取るようにコーヒーを一口飲んでから、

「あれは、僕の妻の車ですよ。それをなぜ？」

「事件の夜、死体発見現場近くであの車を目撃したという人が出てきたんです。となると、被害者の死体を運んだのは実はあの車だったのでは、という疑いの声が上がってきます。もちろん、目撃者が似たような車を見間違えただけ、という可能性はあります。そこで、車内を捜索させていただき、今度こそあなたへの疑いを晴らしたいと思っているんです」

「……悪いですが、お断りします」

「何か不都合でも？　佐藤さんが潔白なら、拒む理由はないじゃありませんか」

「もちろん私は潔白ですよ。しかしね、いい加減こっちもうんざりなんですよ、警察

の行き当たりばったりの捜査に振り回されるのは。これで妻の車から何も発見されなかったとしても、次は、友人の車を使ったのかもしれない、などと言い出すんじゃないですか？　いちいち付き合っていてはきりがありませんよ」

佐藤は睨みつけながら言う。

「では、任意での協力はできないということですか？」

「今も言ったとおりです」

「そうなると、令状を取ってからの強制捜査ということになりますよ」

「どうぞ、そうして下さい。ただし、こうなれば僕も黙って我慢しているつもりはありませんからね。警察の横暴に対して、苦情を申し立てるつもりでいます」

佐藤はそう言うと、憤然とした様子で席を立ち、店を出て行った。

「こうなったら、係長が令状申請の許可を取ってくれることを祈るのみですかね」

源野がため息混じりに言った。

捜査本部に戻って結果を報告すると、山森は落胆の色も見せず、

「なるほど、敵もさるものだな。普段から屁理屈をこねくり回しているだけのことはある。ともかく、こうなれば強制的に捜査するしかないようだ」

と言って、外橋を呼びつけた。

「お呼びですか」

「今から亀村を連れて佐藤の自宅に行き、嫁さんの車を見張れ。もう一通りの清掃は済ませているだろうが、改めて徹底的に証拠隠滅を図ろうとするかもしれんからな」

「もし、我々の制止も振り切って車で出かけようとした場合は、どうします？」

「どんな手を使ってでも止めろ」

「分かりました。どんな手を使ってでも、ですね」

外橋はにやりと笑って、部屋を出て行った。

「さて、俺はこれから幹部を集めて令状の件を相談する」

「申請の許可が出ますかね？」

「どうにか説得してみるさ」

山森は厳しい表情で言った。

幹部会議で結論が出るまでの間、辻岡は署で待機することになった。令状さえ取れればすぐに捜索に取りかかれるよう、鑑識課の方へ連絡しておく。

三十分ほど経って、山森から呼び出しがかかった。辻岡は会議が行われている署長室に向かう。

「お呼びでしょうか」

入室すると、捜査幹部たちが一斉に辻岡を見た。根岸を筆頭に、署長、副署長、所轄署刑事課長、そして山森という顔ぶれだ。

「佐藤のメルセデスを目撃したという証言について、お前の口から直接説明を聞きたいそうだ」

山森がそう命じてくる。どうやら説得はかなり難航している雰囲気だった。

「分かりました」

辻岡は姿勢を正し、証言について説明した。

「……その、高瀬なんとかという女性だがね、聞けば水商売をしているそうじゃないか。深夜の帰宅となれば、素面だったとは思えないんだが、本当に証言を信用できるのかね」

副署長が神経質そうに眉をひそめて言った。

「それにつきましては、目撃者を乗せたタクシーの運転手をすでに探し出しております。事件の夜に青のメルセデスを見た、という証言を得ております。こちらは職業柄、車に関しては詳しいようですし、信頼できるかと」

「同じ車種だったというのが確かだったとしても、ナンバープレートまでは確認していないんだろう？　だったら、偶然別のオーナーの車が通りかかったという可能性だってあるんじゃないのか？」

今度は刑事課長が指摘する。

「あの車について販売店に問い合わせてみたところ、昨年の日本国内での売り上げ台数はたった千四百台ほどだったそうです。それだけ限られた台数の中で、更にボディーカラーも一致しているとなれば、偶然別の車が通りかかった可能性は極めて低いと思われます」

それで証言自体への疑念は払拭されたようだったが、署長がなおも難しい顔で、

「車内を捜索すれば確実に物証が発見される、というのなら話は別だが、あちらさんだって痕跡を消すくらいの知恵はあるだろう。もし令状まで取って捜索しておいて、何も収穫がなかったらどうする」

「それは……」

「さっき、例の柿沢という弁護士から連絡があったんだよ。依頼人に何としても濡れ衣を着せようとするような捜査は断じて認められない、とな。明日、私あてに抗議文を寄越すそうだ。それでも態度を改めないなら、公安委員会の方へ苦情を申し出るとまで言っていたよ」

佐藤が打った手は明らかに効果があったようで、署長は苦り切った表情を浮かべていた。

「では、署長は令状を取るのに反対なんですか？」

「反対とは言わないが、何と言っても時期が悪いよ。佐藤の車を捜索して何も出なかったのは、ついこの間じゃないか」

「しかし、今やらなければ、それこそ佐藤は車に残った痕跡を……」

辻岡が語気強く迫ろうとしたところで、

「辻岡、止せ」

と山森が鋭い声で言った。

「……はい」

どうにか感情を抑え込み、辻岡は壁際へ下がった。

山森は一呼吸置いてから、幹部たちの顔を見回した。

「どうです、これで今の状況がおおよそ把握できたんじゃないでしょうか。私としては辻岡の言うとおり、ここで令状を取って佐藤の妻の車を捜索するべきだと考えております。みなさんのご意見はいかがですか？」

「山森くん、今も言ったが、さすがにこの段階で令状を取るのは、私は賛成できないね」

署長が言うと、副署長と刑事課長も同意の声を上げた。

「全ての責任を私が負うと申し上げてもいけませんか」

「君、勇ましいのは結構なことだがね、問題が内部に留まっているならともかく、相手さんは公安委員会まで持ち出してきているんだ。君の首一つで収まりがつく話じゃないんだよ」

署長にそう言われては、山森もそれ以上は食い下がれないようだった。

これで話は決着、という雰囲気が流れ始めたところで、それまでずっと無言だった根岸が初めて口を開いた。

「山森くんの首一つでは不足というなら、私の首も足せばどうでしょうかね」

「管理官、何をいきなり……」

署長が困惑を見せると、根岸は微笑して、

「それはまあ冗談にしても、問題が捜査の方向性にあるのではなく、いざというときの責任の所在にあるのなら、今回の決定は私に一任させてもらえませんか。署長を始めとして、副署長、刑事課長とも、令状の申請には最後まで反対した、という形で結構です。もし進退を問われるような結果になれば、全て私が始末をつけますから」

「それは……いや、管理官がそこまで仰るなら、我々としても何も申し上げることはありませんが」

「では決まりですな」

管理官はそう言うと、辻岡の方を見て、

「これからすぐに捜索令状を申請する。君の方はすぐに動けるよう支度しておいてくれ」

と告げた。

「はい！」

辻岡は深々と一礼して署長室を出た。

5

署までやってきた鑑識課員たちと共に令状が届くのを待っていると、佐藤の家を監視中の亀村から電話がかかってきた。

「どうした。何か動きがあったのか？」

「佐藤の妻が車で出かけようとしてます。どうやら佐藤から連絡があったみたいです」

「止められないのか？」

「何を話しかけても無視するんです。たぶんそれも佐藤の指示どおりなんだと思います。無理やり引き留めるような真似もできませんし……」

確かに、令状が無ければ強制的な措置は何もできない。

「外橋はどうしてる？」

「どうにか説得しようとしてるんですが……あ、車のエンジンがかかりました」

「俺もすぐにそっちへ行く。何とか時間を稼いでくれ」

そう告げて電話を切ると、後のことを金井に任せ、辻岡は建物を飛び出て車に乗り込んだ。

ここで佐藤の妻の車を見失いでもしたら、万事休すだ。次に目にしたときには、車内に置き忘れたライターのせいで出火して黒焦げになった後、などということもあり得た。

三十分ほどで佐藤の自宅に到着した。辺りには人影がなくひっそり静まり返っている。外橋たちの姿も見えなかった。

急いで車から降りてガレージを覗いた。

(……よし)

奥の暗がりの中に、青いメルセデスが停まっているのが見えた。

どうやったか知らないが、亀村たちは佐藤の妻の引き留めに成功したようだ。

ほっとしながら辺りを見回し、向こうの路上に外橋たちの車が停まっているのに気付く。後部ドアが開いており、外橋がシートに座っているのが見えた。その傍らに亀村が立っている。

辻岡は二人のもとへ向かったが、近くで外橋の姿を見てぎくりとした。

「お前、大丈夫なのか？」

外橋は顔中に絆創膏を貼っていて、右腕は三角巾のようなもので吊っていた。

「よう、早かったな」

外見の悲惨さのわりに、外橋は平気な顔をしていた。

「どうしたんだ、その怪我は」

「これはまあ、事故みたいなもんだな」

「事故？」

「まあ、乗れよ」

外橋はちらりと佐藤の家を見てから、後部シートの奥へ移った。辻岡も車に乗り込む。

「心配しなくても、こんなのはただの見せかけさ」

外橋は三角巾を外し、右腕を自由に動かしてみせた。よく見れば、顔の絆創膏の下にも大した傷はなさそうだった。

「あの嫁さんを説得するのは無理だと分かったから、車が走り出したところへ駆け寄って、はね飛ばされたふりをしたのさ」

「おいおい、無茶をしやがって」

「どんな手を使ってでも車を留めておけ、というのが係長の指示だったろうが。俺にぶつけた後、佐藤の嫁は半分パニックを起こしていたから、『こちらにも落ち度があるから事件にはしない』と言ってやったよ。その代わり、上に報告するためにも実況見分をする必要があるから車は動かさないで欲しい、と指示しておいた」

そう言ってから、外橋はにやりと笑い、

「上手くいった代わりに、亀村まで真に受けやがって、救急車を呼ぼうとしたから困ったよ」

「だって、俺、最初は外橋さんが死んだんじゃないかと思ったんですよ。ぴくりとも動かないんですから」

「もっと派手にのたうち回ってやろうかと思ったんだが、あの女、慌ててバックしやがったから、本当にひき殺されそうになったんだ。それで、車が遠くに離れるまでじっとしていたのさ」

「それにしても、よく怪我をしなかったな」

辻岡は改めて外橋の体を眺め回した。

「なあに、こういう細工は初めてじゃないんだ」

そういえば、外橋は若い頃には警備課に配属されて、身分を隠して反社会組織に接近するような仕事もしていたらしい。そのときに習い覚えたやり口が幾つかあるのかもしれなかった。

それを思うと、外橋の絆創膏で歪んだ笑みが、頼もしくもあり不気味でもあった。

そのとき、佐藤の家の玄関が開いて、妻が出てきた。

辻岡と外橋は車を降りて、妻のところへ向かう。

「あの、本当に病院へいらっしゃらなくていいんですか？」

妻は青ざめた顔で外橋を見る。

「事故の始末がつけば、すぐに駆け込みますよ。なに、こうして固定しておけば、たとえ骨折していたとしても大事にはなりませんから」

そう言いながらも、外橋は苦痛に耐えるように顔を歪めてみせる。

「ところで、ご主人とは連絡を取られましたか？」

辻岡は尋ねた。

「はい、もうじき家に着くと言っていました」

その言葉通り、五分と経たないうちに佐藤のＢＭＷが見えてきた。

ガレージの前に車を停めると、佐藤は血相を変えて飛び出てくる。

「おい！　これは一体どういうつもりだ！」

「あなた、やめてちょうだい。悪いのは私の方なんだから」

妻が懸命に取りすがったが、佐藤は構わず、

「僕の妻を逮捕して取引材料にでも使うつもりか？　とことん汚い奴らめ。いいか、ドライブレコーダーを確認すれば、お前たちがどんな小細工をしたのかすぐに分かるんだ」

「だったら、すぐに確認すればいいでしょうが」

外橋はそう言ってずいと前に出ると、

「呼び止めようとしてとっさに駆け寄ったのはこっちの落ち度だが、あんたの奥さんが私に車をぶつけた場所は公道だったんだ。お望みなら、裁判で白黒つけても結構ですがね」

と蛇のような目つきで佐藤を見据えた。

佐藤は不気味に思ったのか、それまでの激情も冷めてきたようだった。

「ちょっと失礼」

そう言って妻の肩を抱き、玄関の方へ歩きながら何事か小声で相談を始める。

外橋はちらりと辻岡に視線を向け、ウインクをしてみせた。

その後、佐藤に呼ばれた柿沢が駆けつけてくるのと、令状を持った金井が到着するのがほぼ同時になった。

令状を確認した柿沢は、佐藤に向かって諦めたように首を振った。

「捜索を拒むことはできないよ。しかし、これを材料に、公安委員会へ苦情を申し立てることはできる」

「そうか」

佐藤は気のない返事をした。今の佐藤からすれば、後の報復などを考える余裕などないのだろう。

青のメルセデスは辻岡が運転して署へ運ぶことになった。佐藤は柿沢と共にBMWで後を付いてくる。

前回と同じく署の地下駐車場へ車を停めると、待ち構えていた鑑識課員たちがさっそく作業に取りかかる。

横で作業を見守っていた佐藤は、口元に薄い笑みを浮かべていた。しかし、それが無理をして作った表情であることはすぐに分かった。瞳は落ちつきなく揺れ動き、鑑識がサンプルを採取するたびに頰が引きつった。

極度に緊張していたのは辻岡も一緒だった。

もしここで死体を乗せた痕跡が一つも発見されなければ、上司二人が責任を問われる前に、まず自分がけじめをつける覚悟でいた。少なくとも、捜査一課を去ることになるのは確かだ。

やがて鑑識の班長が作業終了を告げると、辻岡は思わず溜め息を吐いた。後は科捜研に送られたサンプルの分析結果を待つばかりだ。

辻岡たちは休憩室として用意された小会議室へ上がった。山森と根岸もやってきて、佐藤たちと向かい合うように着席した。こんな状況でも、根岸は和やかな表情で佐藤たちに挨拶し、とりとめのない世間話をしていた。

科捜研から電話がかかってくるまでの一時間ほどが、恐ろしく長い時間に感じられた。

やがて、山森の携帯電話が鳴った。

山森は席を外すと、廊下で電話に出た。小声で交わすやり取りに、辻岡はじっと耳を澄ましたが、声の調子から結果を推し量ることはできなかった。

しばらくして山森は部屋に戻ってきた。

室内にいる全員が緊張に満ちた眼差しを向ける。

「……佐藤さん、あなたの車のトランクルームから採取された皮膚片をＤＮＡ鑑定した結果、小池聡美さんのものであることが判明しました」

それを聞いた瞬間、辻岡の全身が安堵(あんど)に包まれた。ずっと詰めていた息を、ふうっと吐き出す。

一方で、佐藤はがくりとうなだれていた。

「これから、佐藤さんには色々と事情を聞かなければならないようです。どうします、任意での事情聴取にご協力願えますか？　それとも、逮捕してからということにしますか？」

「ちょっと待って下さい。依頼人と二人きりで話す時間をくれませんか」

柿沢が腰を浮かせて慌てて言う。

事情聴取を巡って山森たちが問答を繰り返す間、佐藤は両手で顔を覆ったままじっ

としていたが、やがて手を下ろすと、

「分かりました、本当のことをお話しします。逮捕状は必要ありません」

と言った。それまでの虚勢が全て剝がれ落ち、青ざめてげっそりした顔つきになっていた。

「佐藤さん、そう慌てることはない」

「いいえ、柿沢さん、いいんですよ。こうなれば何もかも正直に話した方がいいと思うんです」

「つまり、小池聡美殺害を認めるということですか？」

山森が尋ねると、佐藤は力無く首を横に振った。

「私は彼女を殺していませんよ。ただ、発見した遺体を運んだだけです。……そう簡単には信じてもらえないでしょうがね」

佐藤がそんなありきたりな言い逃れを口にするとは、辻岡は意外だった。追い詰められれば、人は誰でも愚かになるのか。それとも、事件の裏には思いもかけなかった事実が隠されているというのだろうか。

「ともかく、事情聴取に応じてくれるというのはありがたい。別室でじっくりとお話を聞かせてもらいましょう」

山森はそう言うと、席を立つよう佐藤を促した。

# 五章

## 1

取調室に移されてからは、むしろ佐藤は気を取り直した様子に見えた。

取り調べは辻岡が担当し、金井が記録係を務めることになる。

「それでは、佐藤さん、まずはどちらのお生まれか教えて下さい」

形式通り、初めは身上調書の作成のために佐藤の出生や経歴から尋ねていく。

佐藤は茶番劇に付き合わされているような態度だったが、問われたことには素直に答えていった。

「さて、それでは、そろそろ事件についてお伺いしましょうか」

辻岡が本題に入ると、佐藤は椅子に座り直した。

「……僕が小池さんと知り合ったきっかけや、関係は、この前もお話しした通りです。決して男女の仲などではありませんでした。ただ、彼女はあの通り美しい容姿でしたし、僕の過去の手柄を賞賛してくれたこともあって、ちょっとだけ浮かれた気分になっていたのも事実です。だから、僕に近づいてくる他の学生たちに比べて、幾らか親密な対応をしていたかもしれません」

佐藤は目を伏せたまま、落ち着いた口調で語っていった。

「事件のあった夜、実は彼女は僕の仕事場へ来ていたんです。これから就職活動に向けて準備を始めなければならないが、何かアドバイスをもらえないか、ということでね。今から思えば、誤解を招くような真似(まね)は慎むべきだったんでしょうが、何しろ僕も多忙で、外で会う時間が作れなかったものですから」

「それで、事件の夜は何があったんですか？」

「彼女は約束していた午後八時半にうちへ来ました。そこでお茶を飲みながら一時間ほど話し込んだ後、彼女は帰ることになりました。僕は『駅の近くまで送ろうか』と申し出ましたが、彼女はそれを断って一人で帰っていきました。それから、僕はしばらく仕事をしていましたが、コーヒーが切れてしまったので近所のコンビニへ買い出しに行くことにしたんです。すると、マンションの玄関を出たところで、駐輪場の辺りに小池さんが倒れているのを発見しました」

「彼女はどんな状態でしたか？」

「一目見て、もう死んでいることが分かりました。首を絞められた跡があり、顔がどす黒く膨れ上がって、ぴくりとも動きませんでしたから」

「どうしてそこで警察なり救急車なりを呼ばなかったんですか？」

「……僕が犯人として疑われるのではないかと恐れたんです。夜中に若い娘を部屋に招き、しかもその子が殺されているのを最初に発見したとなれば、警察が僕をどう扱うか、考えるまでもありませんからね」

「それで、どうしたんです？」

「そのまま発見されれば、当然警察はマンションの住人に疑いの目を向けるでしょう。そうなると、僕と彼女との繋がりが浮かび上がるのは時間の問題となります。だから、彼女の死体を別の場所に移すことにしたんです。どこか遠くの山へでも運ぶことも考えましたが、死体を乗せて走り回っているうちに、万が一にも警察に呼び止められることがあっては困ると思い、近場を選ぶことにしました。あの空き家は前から知っていて、何か犯罪の温床になりそうな不気味さを感じていたので、すぐに思い浮かびました」

佐藤はすらすらと澱みなく説明していった。

「被害者の着衣は最初から乱れていたんですか？」

「いいえ……その、あれは僕がやったんです。性犯罪者に襲われたと見せかけるために」

「被害者の所持品はあなたが処分したんですか？」

「いや、彼女はバッグを持っていましたが、死体を発見したときにはすでに無くなっていました。犯人が持ち去ったんだと思います」

「なるほど」

そこで辻岡は腕組みをし、じっと佐藤の顔を見つめた。

佐藤は気まずそうな表情を浮かべると、

「他に質問はありませんか？　思い出せる限りのことは何でも答えますよ。保身のために捜査を混乱させてしまったことは、心より反省しています。ですから、真犯人を逮捕するために協力は惜しまないつもりです」

「ほう、そうですか」

辻岡は腕組みを解くと、ぐっと身を乗り出した。

「佐藤さん、捜査に協力するというなら、いい加減、適当な嘘を並べるのはやめにしてくれないか？」

「嘘なんて吐いていませんよ」

佐藤はむっとした顔で応じた。

「いいや、あんたは嘘つきだ。重要なことは全て隠して、どうにか言い逃れることしか考えていない」

「そんな言い方、失礼じゃないですか。どうして僕が嘘を吐いていると思うんです？

その根拠を教えて下さい」

「だったら言ってやろう。あんたは被害者との繋がりを隠すために死体を移動させたと言ったな。だが、もし被害者が友人の誰かにあんたの部屋を訪問することを話していたら、そんな偽装工作は何の意味もなくなる。逆にあんたの立場が悪くなるだけの話だ。ということは、彼女があんたのことを決して誰にも話していない、という確信があったんだ。違うか？」

「それは……」

「あんたとの関係が、ただ知人として就職についてアドバイスをもらう程度のものなら、彼女がそれを周りに隠す必要はない。むしろ業界にそんなコネがあることを自慢してもいいくらいだ。あんたにしたって、そのくらいの学生との交流はよくある話なんだから、あえて口止めもしないだろう。ところが実際は、彼女の友人たちからは一度もあんたの名前は出てこなかった。つまり、彼女はあんたとの繋がりを徹底して隠していたということになる。それはどうしてなんだ？　本当は、あんたと被害者はもっと別の関係だったからじゃないのか？」

「………」

佐藤は青ざめた顔で黙り込むだけだった。

「佐藤さん、このことについて、納得のいく弁明を聞かせてもらおうか。警察だって、これだけの疑問を抱えておきながらあんたを無罪放免にするほど馬鹿じゃないんだ。言っておくが、もしあんたが本当に犯人じゃないというなら、これが最後のチャンスになるぞ。下手な計算なんかせずに、全てを白状するんだ。それができないなら、あんたを殺人容疑で逮捕することになる」

そう言って、辻岡は佐藤を睨み据えた。

しばらく佐藤は逡巡していたが、やがて思い切ったように辻岡を見た。辻岡はその眼差しを見て、落ちた、という手応えを感じた。

「……分かりました。今度こそ、何もかも事実を話します」

「よし、聞かせてもらおうか」

「実は……小池さんは、六年前に岐阜県で起きた女子中学生殺人事件の関係者だったんです」

「というと、あんたが容疑者の冤罪を証明してみせたっていう、あの事件の？」

「ええ」

「しかし、被害者の母親は、娘が事件に関係していたことはない、と言っていたぞ」

「母親にも隠していたということなんでしょう」

「じゃあ、彼女はどういう形で関係していたんだ？」

「……辻岡さんは、事件のことをどこまでご存じですか？」

「基本的なことならネット上の記事で読んだ。五十嵐沙耶という中学二年の少女が絞殺死体で発見され、近くに住んでいた井上孝彦という男が逮捕されたんだったな」

「そうです。……僕が井上の冤罪を晴らせたのは、事件を取材するうち、被害者の同級生から重要な証言を得られたからです。警察は、井上の自宅から五十嵐沙耶の指紋が検出されたことを根拠に、彼を犯人として逮捕しました。井上が性的暴行を目的として少女を誘い込んだ後、殺害したという見立てです。ところが、少女は自らの意志で井上の家に忍び込んでいたという事実を、僕は同級生から聞き出したんです。その証言を元に記事を書いたことで、警察の主張は根底から崩れ、井上はただちに釈放されたというわけです」

「その同級生というのは何者だったんだ？」

「被害者の小学校からの友人です。名前は坂崎敦子。そして、小池さんもまた、彼女たちの友人の一人だったんです」

「待て。もしそれが本当なら、小池聡美の母親がそのことを知らないはずがない。当事者でないにしろ、娘が事件に関わっていなかったと言うのはおかしいぞ」

「友人といっても、あくまで小学校時代の話だったんですよ。学区の都合で、小池さんは別の中学へ通うことになり、それでかつての友人グループとは縁が切れていたそうです。自分の方から言い出さなければ、母親が気付かなかったとしても不思議じゃありません。警察や記者たちだって、彼女についてはノーマークでしたからね。僕でさえ、後になって小池さんから聞くまで全く知りませんでした」

「小池聡美は何の目的であんたに近づいてきたんだ？」

「当時のことを詳しく教えてくれ、と求めてきました。特に、坂崎敦子から聞き出した証言がどんなものだったのか、もし記録が残っているなら見せて欲しい、と」

「で、あんたはどうした」

「彼女の望み通り、覚えている限りのことを話してあげましたよ。坂崎敦子の証言についても、ICレコーダーに録音していたデータは残っていませんでしたが、文字に起こしたデータファイルを見つけたので、それを渡しました」

「彼女は過去の事件を調べてどうするつもりだったんだ？」

そう尋ねると、佐藤は初めて答えをためらう様子を見せた。

しかし、ここまで来て事実を誤魔化したところで仕方がないことは当人にも分かっているはずだった。辻岡は無言で佐藤が話を続けるのを待った。

しばらくして、佐藤は一つ溜め息をつき、辻岡を見た。

「……小池さんは、事件の真相が知りたいのだと言っていました」

「つまり、五十嵐沙耶を殺した犯人を見つけたい、ということか？」

「もちろん、それもあるでしょうが、彼女がより関心を持っていたのは、もう一つの事件の方だったようです」

「もう一つの事件？」

思いがけないことを聞き、辻岡の声は大きくなった。背後で調書を作成していた金井の手も一瞬止まった。

「実は……井上が釈放されてから一ヶ月ほど後に、坂崎敦子が死んだんです。渓谷にかけられた橋から飛び降りて」

「自殺か？」

「警察の方では、そう処理したようです。親友が殺されたショックでずっと塞ぎ込んでいた、と多くの関係者が証言したそうですから、それが自殺の動機だということであっさり納得したんでしょう」

「しかし、真相は違ったということか？」

「少なくとも小池さんはそう考えていたようです」

「なるほど……」

佐藤の話には迫真性があり、作り話とは思えなかった。もちろん後で裏付け捜査をする必要はあるにしても、辻岡は今度こそ佐藤が真実を語っているのだと感じていた。

「小池聡美の目的は分かった。だが、あんたはどうしてそのことを隠そうとしたんだ？　人に知られて困るような話じゃないだろう」

「……それは、僕が坂崎敦子と交わした約束のせいです」

佐藤は苦しげに答えた。

「取材中に彼女から冤罪の証言を得た、と言いましたが、より正確に言えば、彼女の方から急に連絡があって、事件について相談したいことがあると言われたんです。それまで、彼女には何度か取材を試みたことがあり、軽く世間話を交わすくらいの仲にはなっていました」

佐藤くらい颯爽とした風采と喋り口の男なら、女子中学生が信頼を寄せても不思議ではないだろう。

「実際に会ってみると、彼女は思い詰めたような表情で、逮捕された井上が無罪であることを知っているが、どうすればあの人を助けられるか教えて欲しい、というようなことを言ってきました。僕が警察に届け出ることを勧めてみると、厳しい取り調べを受けそうで恐い、と言うんです。それに、証言したのが自分であることを世間に知られたくないとも言っていました。だったら、僕にその秘密を打ち明けてくれれば、情報源を伏せたまま警察に伝えてあげよう、と申し出てみると、それこそが彼女が望んでいた解決方法だったようで、すぐに乗ってきました。彼女は事件当日の五十嵐沙耶の行動について説明し、まさに井上が冤罪であることを証明してくれたんです。話が終わった後、彼女は繰り返し、自分のことは絶対に世間には知られないようにしてくれ、と念押ししてきました。単に世間体を気にしているというより、何かを心底恐れているような感じでした。僕は、記事にはしないから安心してくれ、と彼女に答えました」

「だが、あんたはその子を裏切って記事にしたわけだな。最初から騙すつもりで話を聞き出したのか？」

「まさか！　僕もそこまで卑劣な人間じゃない。相談を受けたときには、彼女のために一肌脱いでやろうという気持ちしかありませんでした。ですが、当時、僕は上司と折り合いが悪く、部内で半分干されている状況だったんです。あの事件の取材に送り込まれたときも、手ぶらで帰ってくれば今度こそ編集局から追い出してやる、なんて言われてましたよ。支局に戻って、警察に届け出るための文章を考えているとき、ふいにその上司の顔が頭に浮かんできたんです。もしここで大手柄を挙げることができれば、僕のことを散々無能呼ばわりしてきたあいつがどんな顔をするか、それを想像するとたまらない気持ちになってきました。それで、つい、警察に向けて書いていたものを、朝刊に載せるための記事に直してしまったんです。もちろん、彼女の素性は一切分からないようにしましたが」

「しかし、たとえ紙面で素性を隠したって、他にその秘密を共有している仲間がいたとすれば、誰が記者に漏らしたのかすぐにばれるんじゃないのか？　彼女が一番恐れていたのもそれかもしれない」

「……ええ、確かにそうです」

改めて良心の呵責を覚えたかのように、佐藤の額には脂汗が光っていた。

「あんたの記事が世間を騒がせた後、彼女には会ったのか？」

「いえ……何度か電話をしましたが、彼女が出てくれなかったので、それきりになりました。いずれ事件の騒ぎが落ち着いた頃、改めて出向いて謝罪するつもりでいましたが……その前に彼女は死んでしまいましたから」

「たとえそれが自殺だったとしても、あんたの裏切りが彼女を追い詰めたのかも知れない。そのことで責任は感じなかったのか？」

「感じましたよ、もちろん」

「だったら、どうして警察に申告して、真相を明らかにしようとしなかった？」

「辻岡さん、あなたも他人事だと思って残酷なことを言いますね。あのとき、僕が事実を公表していたらどうなっていたか、簡単に想像が付くでしょう。僕は中学生を裏切って死に追いやった卑劣な人間として、世間から吊し上げを食ったはずです。冤罪事件で注目を浴びていただけに、その反動でとてつもない騒動になっていたに違いない。僕にそんな勇気はなかった。いや、誰にだってそんな勇気はないはずです」

佐藤は血走った目で辻岡を睨んだ。

（確かにそのとおりかもしれない）

辻岡は内心で思ったが、厳しく責める表情は変えずに、

「その過去の秘密が、フリーのジャーナリストとして売り出し中のあんたにとっては致命的なものになることは分かった。しかし、そうなると、なぜあんたは小池聡美の要求に素直に応えて、坂崎敦子のことを詳しく教えたんだ？　そんな子は知らないととぼければよかったんじゃないのか？」

「ところが、小池さんが言うには、僕の記事が一面を飾った日に、坂崎敦子から連絡があったそうなんです。記者が約束を破って自分の証言を記事にした、これからどうすればいいだろう、と泣きついてきたんだと。そう言われれば、僕も言い逃れのしようがありませんでした」

「なるほど……それで、当時、友達に泣きつかれて小池聡美はどうしたんだ？」

「どうもしてやれなかったそうです。というより、関わり合いを避けたというべきでしょうか。小池さんは詳しくは語りませんでしたが、事件の背景については我々や警察よりも多くのことを知っているようでした。しかし、騒動に巻き込まれることを恐れ、当時はずっと無関係を装っていた。そんな感じだと思います」

「今になって過去の事件を掘り返そうとしたのはなぜなんだ？」

「それこそ、僕の講演会を偶然見かけたのがきっかけだったそうですよ。ついふらふらと会場に入り、僕の話を聞くうちに、忘れようと思っていた当時の記憶がはっきり

と蘇ってきたそうです。そして、坂崎敦子の死についての疑問と、彼女を見捨てたことへの罪悪感も蘇り、このままにしておけないという衝動に駆られたようです。僕から当時の話を聞いた後、一人で事件について調べ直している様子でした」

「調べはどこまで進んでいたんだろう」

「最後に仕事場で会ったときには、大体の事情が分かったと言っていました。坂崎敦子を死に追いやった犯人の見当がついた、とも。ただ、そのせいで僕は厄介な頼み事をされてしまったんですが」

「というと？」

「事件の真相がはっきりしたときは警察に訴え出るつもりでいる、そのときは証人になってくれ、という話でしたよ。冗談じゃない。それはつまり、僕と坂崎敦子の関係を全て警察に話せということなんですから。僕はもちろん断りましたが、小池さんも譲りませんでした。延々と平行線で話し合いが続き、最後には激しい口論になりましたよ。結局、また後日話し合いをするということで、彼女は帰っていったんですが……そのこともあって、死体を発見したときにまず頭に浮かんだのは、このままだと警察の取り調べを受けて僕の過去が世間に曝されてしまうということでした。それに、もちろん犯人として疑われるという不安もありました。今になって思えば、何て愚かな真似をしたんだと思いますが、とにかくあのときは完全に逆上して、彼女との繋がりを隠さなければということで頭がいっぱいになったんです」

そう言って、佐藤はがっくりと肩を落とした。

これで、聞き出すべき話は、ほとんど聞き出し終えたように思えた。

佐藤に一息入れさせてから、金井がまとめた調書を確認させる。死体を発見した時点で荷物が持ち去られていたこと、衣服に乱れはなかったことなどは、先に供述した通りだという。

佐藤はげっそりとした青ざめた顔になっていたが、それでも細かな文言について修正を求めてきた。佐藤の言い分をそれなりに認める形で文章を整えた後、署名捺印をさせる。

「……この後、僕はどうなるんでしょうかね」

最後に、佐藤がそう尋ねてきた。

「裏付け捜査を行って、供述内容が事実だと確認できれば、あなたが深く反省して取り調べに協力的だったと検事に伝えておきますよ。死体遺棄の件で送検は免れないとしても、不起訴になる可能性はあるかもしれません」

事実が公表されれば、佐藤はこれまでに築いた地位を全て失うことになるだろう。それで充分に社会的制裁を受けたと検事が判断するかもしれない。

「そうですか」

佐藤も今後の自分の境遇を思い描いたのだろう、生気のない顔で答えた。

## 2

「……どうやら事件は俺たちが考えていたよりはるかに複雑なようだな」

調書を読み終えた山森は、厳しい顔で言った。

「佐藤の供述内容が事実だとすれば、今回の事件は六年前に岐阜県で起きた女子中学生殺人事件と深く関わっているということになる」

「はい。さらに、小池聡美、五十嵐沙耶、坂崎敦子の繋がりから考えますと、彼女たちの小学校時代の友人グループについて詳しく調べる必要があるかと思います。他にも仲間がいたとすれば、その中の誰かが犯人だという可能性もあります」

ただの大学生にすぎない小池聡美が、ほんの数ヶ月の調査で過去の事件の真相に迫れたのも、犯人がかつての仲間の一人だったとすれば不思議な話ではなかった。

「よし、お前、源野を連れて岐阜へ行って、その辺りの事情について詳しく調べてきてくれ」

「分かりました」

岐阜へ向けて発つ前に、これまでの捜査報告書をまとめるために数日を費やしたが、その合間を見て、留置所に収監されている佐藤にもう一度会っておいた。五十嵐沙耶がどうして井上孝彦の家に忍び込んだのか、その事情が分かれば、犯人を特定する手がかりになるかもしれないと思ったからだ。

「残念ですが、その辺りの事情は僕も知りません。もちろん、聞き出そうとはしてみたんですが、坂崎さんはその点については頑(かたく)なに口を閉ざしてしまいましてね。もっとも、井上さんの冤罪を証明するのにどうしても必要というわけではありませんでしたから、僕もしつこく問い詰めるような真似はしませんでした」

佐藤は淡々とした様子で語っていた。

「しかし、小学校の仲良しグループから生まれた連続殺人だなんて、逆に陰惨な感じがしますよね」

出張当日、東京駅で新幹線に乗った後、さっそく駅弁を広げながら源野が言った。

「子供の頃からの付き合いだからこそ、色々と感情がこじれることもあるのかもしれないな」

岐阜県M市の地元署へは事前に連絡をつけていて、現地に着けば色々と協力を得られることになっていた。五十嵐沙耶の事件については、まだ専従捜査班が残っているので、関係者の連絡先を調べるのにも苦労はないだろう。出張期間は三日を目処(めど)にしていたが、それより早く片付くかもしれない。

辻岡たちは予定通りの時間にM市に到着した。

ところが、駅前ロータリーには迎えの車らしきものは見当たらなかった。

「お前、ちゃんと到着時刻を伝えたんだろうな？」

「もちろんですよ。間違えたりしてませんからね」

源野は腕時計を確認しながら言う。

「まあいい。タクシーで行こう」

向こうの事務的な連絡ミスという可能性もある。これから世話になる身だ。些細なことで揉め事を起こしたくなかった。

タクシーで警察署に向かう間、辻岡はじっと街並みを眺めていた。M市は近年人口六万人を割り込んだという典型的な地方都市で、道路沿いに並ぶ建物に個性は感じられなかった。ただ、遠方に雄大な山脈が見えているところが、一つの特徴と言っていいだろう。

警察署はこぢんまりとした三階建ての建物だった。

受付で身分を告げると、少し待たされてから、応接室へ案内された。

「やあどうも。遠くからわざわざご苦労さまです」

刑事課長の島井という男が二人を迎えた。四十歳前後の黒縁眼鏡をかけた痩せた男だ。

「今回はお世話になります」

辻岡は丁寧に頭を下げて挨拶した。

「伺った話では、そちらさんの事件と、この土地で六年前に起きた殺人事件との間に何やら繋がりがあるとか？　それはまた厄介な話ですな」

「ええ。ですから、事件解決のためにも、ぜひご協力をお願いしたいと思います」

「いや、実はそれなんですがね」

と島井は渋い顔をして、

「先週、市内で強盗事件が発生しまして、刑事課員たちは総出で対応に追われておりましてな。申し訳ないんですが、案内役を付けるのも難しい状況なんです」

思いがけない返答に、辻岡は少し戸惑った。

「しかし、こちらには専従捜査班が置かれているという話でしたが」

「そんなもの、お偉いさんがマスコミ向けに設置した形ばかりの代物ですよ。何しろ、予算人員の充実した警視庁さんとは違って、こんな田舎の警察では、手が空いていれば刑事課員だって交通整理に駆り出されるくらい人手不足に悩まされておりましてね。のんびり腰を据えて過去の資料を眺めていられるような人間は、一人もおらんのですよ」

島井の丁寧な口調の端々に、嫌みが感じられる。

「では、ご協力いただけないと？」

辻岡は苛立ち(いらだ)を抑えながら言った。

「いやいや、決してそうは申しておりません。誰か手が空き次第、そちらのお手伝いをさせるつもりでおります」

「ただし、それがいつになるかは全くの未定、ということですね」

辻岡が皮肉な口調で言うと、島井は薄く笑って、

「それはまあ、事件は生き物ですからな。強盗が明日捕まるか、それとも来月になっても逃げ回っているか、誰にも確かなことは言えませんから」

表面上は穏やかな空気を保ったまま、二人は睨み合った。

（なるほど、そういうことかよ）

辻岡は一つ息を吐いてぐっと気持ちを抑え込み、

「分かりました。そういう事情でしたら、我々だけで捜査を進めることにします」

「ご理解いただき、感謝します」

「ただ、人手はともかくとして、事件に関する資料については、お借りすることに支障はないでしょうね？」

「もちろんですとも」

島井はにやりと笑うと、内線電話で誰かを呼び出した。

「お呼びでしょうか」

部屋に入ってきたのは五十年配の男だった。

「彼は鹿島くんといって、刑事課主任で、専従捜査班の班長でもあります」

島井はそう紹介した。

鹿島はぼさっとした白髪頭といい、着古したスーツといい、見るからに覇気のない男という印象だった。

「鹿島くん、このお客さんたちは、例の事件の捜査資料を見たいそうだ。ご案内してくれ」

「資料を？　しかし、あれは……」

「いいんだ。余計なことは言わずに、さっさと案内したまえ」

明らかに鹿島の方が年上だったが、島井の命じる口調に遠慮はなかった。

「了解しました」

目に強い不満の色を浮かべながらも、鹿島は逆らわなかった。

「では、今後も何か要望などあれば鹿島くんの方へ伝えて下さい。私はこれからしばらく外を飛び回ることになりそうなので、なかなかお相手もできないでしょうから」

島井に代わって鹿島が案内してくれたのは、建物の三階端にある狭苦しい部屋だった。普段、全く使われていないようで、ドアを開けると埃が宙を舞った。

「さ、どうぞ。この部屋に捜査資料を保管してあります」

「いや、ちょっと待って下さいよ。どうなってるんですか、これ」

源野が呆れたように言った。

部屋にあったのは、大量の段ボール箱だった。壁際にぎっしり積み上げられ、窓までふさがっている。書類棚には、よく分からない記号がつけられたファイルが乱雑に詰め込まれていた。

「必要な資料は全て揃っているはずです」

「だとしても、これじゃあどこに何があるか分からないじゃないですか。それとも、鹿島さんなら分かるんですか?」

「分かりませんよ、私にだって。何しろ人手不足なもので、資料の整理をする余裕もないんです」

鹿島はふてくされたように応じてから、

「ともかく、ここにある資料は自由にご覧になって結構です。どうぞ捜査の役に立てて下さい」

と言い、そそくさと部屋を出て行った。

辻岡は段ボール箱を調べてみた。どれもガムテープで封をされたままで、厚く埃が積もっている。整理不足というより、捜査本部が解散して以来、全く手つかずのまま放置されているようだ。

「なんか、僕らの扱いひどくないですか？　まるで邪魔者みたいですよ」

「みたい、じゃない。実際に邪魔者なのさ、連中からしてみれば」

辻岡は腹立ちをぶつけるように、床の段ボール箱を踏みつけた。

「え？」

「連中にとって六年前の事件は触れたくもない恥部なんだろう。このとおり、当時の資料を放り出したまま、捜査をする気はまるでないらしい。そんな事件を、今更よそ者にほじくり返されるのは、やつらにとっちゃ迷惑以外の何ものでもないのさ」

「じゃあ、人手不足で協力できないっていうのも嘘ですか？」

「強盗事件が起きて忙しいのは事実だろうが、案内役も付けられないってのは、分かりやすい嫌がらせだろうな」

今から思えば、駅に迎えを寄こさなかったのも、「お前たちを歓迎する気はないぞ」というメッセージだったのだろう。

「いやあ、参りましたね。こんな初めての土地で、僕らだけで放り出されたんじゃどうにもならないですよ。適当に観光でもして帰りましょうか。白川郷とか」

源野は早くもやる気の失せた顔になっていた。

「まあ待て。とりあえず係長に報告して、どうにか上を動かせないか試してもらおう」

辻岡は携帯を取り出して言った。

「……よし分かった。やってみよう」

事情を聞いた山森はすぐに引き受けてくれた。

しかし、三十分後の折り返しの電話で、

「駄目だな。県警本部の方に交渉してみたが、現場の判断にいちいち口出しはできない、とはねつけられたよ。もっとも、それは建前で、実際は県警本部でもあの事件は禁忌（タブー）になっているらしい。こちらとしても、『強盗なんか放っておけ』と言うわけにもいかんしな」

と山森は苦々しく言った。

「では、県警の協力無しで捜査を進めるしかなさそうですね」

「ああ、苦労をかけるが、どうにかやってみてくれ」

「分かりました」

思いがけない事態となり、正直に言えば、辻岡も先行きに不安しかなかった。

だが、ここで尻尾を巻いて逃げ帰るわけにはいかない。せめて、あの島井の薄笑いを引きつらせるくらいには、事件の闇に切り込んでやりたかった。

「これからどうするんです？」

「そうだな……とりあえず、俺は小池聡美の母親に話を聞きに行ってみる」

　今となっては、それが辻岡たちにとって唯一の足がかりだった。娘の小学校時代の友人グループについて、母親はいっさい関知していなかったようだが、掘り下げた質問をすれば手がかりの一つくらいは思い出すかもしれない。

「『俺は』ってことは、僕はどうするんです？」

「ここで資料を調べてみてくれ。当時の捜査本部が被害者の小学校時代の友達に聞き込みをした記録があるかもしれない」

「ええ〜っ。もしかして、この段ボール箱をひとつひとつ開けていけってことですか？」

「そうなるな。頑張れよ」

「……はぁ、ジャージに着替えようかな」

　源野を部屋に残し、辻岡は一人で小池聡美の実家に向かうことにした。

　まず、総務課にかけあって捜査車両を一台借り出せないかと交渉してみた。だが、ご丁寧に島井の嫌がらせの手はここまで及んでいて、

「現在、空いている車両は一台もありません」

　と、にべもない返事だった。

　代わりにタクシーを使うことも考えたが、乏しい経費との兼ね合いも考慮した結果、

レンタカーを利用することにした。最寄りのレンタカーショップに足を運び、最安値のグレードの車を借りる。

小池聡美の両親が経営する洋食レストランは、市の中心地にあった。一階が店舗で二階が住居になっている。よく繁盛しているようで、午後遅くの時間帯でも駐車場が半分ほど埋まっていた。

事前に訪問を伝えてあったので、久美はすぐに辻岡を二階へ上げてくれた。辻岡は最初に仏壇へ案内してもらい、聡美の遺影に手を合わせた。

「本当は、娘のためにしばらく店を休んで喪に服すとかした方がいいかと思ったんですけど、じっとしていると、あの子の思い出ばかりが頭に浮かんできて、たまらなくなってしまうもので……」

店の賑（にぎ）わいに後ろめたさを感じているような口調で、久美が言った。

「いいえ、そのお気持ちはよく分かります」

子供を失った後、生きる目標を無くして呆然（ぼうぜん）と日々を過ごす親の姿は何度も見てきた。悲しみを少しでも紛らわせられるものがあるなら、それにすがって悪いはずがない。

リビングに場所を移してから、改めて事情を聞くことになった。

「えっ、五十嵐沙耶というと、あの、殺された女子中学生の？」

その沙耶と娘が、小学校時代に友人だったという話を聞いて、久美は驚きと戸惑いの色を浮かべた。

「ええ。それともう一人、坂崎敦子という女の子とも親しかったそうなんですが、その名前に聞き覚えは？」

「さあ……初めて聞くと思います。その子も、何か事件に関係が？」

「五十嵐さんの事件のすぐ後に、やはり死んでいるんです。そして、聡美さんは亡くなる直前、その坂崎さんの事件について調べていたようでして」

「はあ、そうなんですか……」

久美はただ混乱するばかりで、小学校時代の聡美の交友関係について、思い出せることは何もないようだった。

「ちょっと待って下さい。他の家族にも、何か心当たりがないか聞いてみますから」

そう言い残し、久美はいったん席を外した。

しばらくして戻ってきた久美は、

「あいにく、夫も義母も、聡美がその二人と友達だったという話は初耳だったみたいです。他に仲が良かった友達というのも心当たりがないそうで……」

「そうですか」

「あと、上の娘が勤めに出ていまして、戻り次第、聞いてみようと思います」

結局、聞き込みによって得られた新情報はなかった。ただ、最後に聡美の小学校時代の卒業アルバムを借りることができたのが、収穫といえば収穫だった。

アルバムを捲ってみると、聡美は三組で、沙耶と敦子は五組だった。別のクラスで友人グループを作るというのは、小学生にしては珍しいような気もする。

当時の聡美は、既に将来美しく成長する片鱗を見せていた。そして、沙耶もまた、美少女といっていい顔立ちだった。ただ、二人に違いがあるとすれば、聡美が緊張にこわばったような顔をしているのに比べ、沙耶は何かカメラに向かって媚びるような微笑を浮かべているところだった。

敦子は他の二人とは違って、どこか眼差しの暗い、ごく地味な印象の少女だった。

残念ながら、卒業アルバムで確認できたのは三人の当時の面立ちだけで、連絡先や住所などは記載されていなかった。

警察署へ戻ると、源野が資料保管室で埃にまみれていた。

「いやもう、めちゃくちゃですよ、この資料は。箱ごとに種類分けしてるのかと思ったら、適当に詰め込んであるだけで、内容がバラバラなんですから」

うんざりした顔で源野が言った。上着だけでなくシャツも脱ぎ、インナーが汚れで真っ黒になっている。

「しかも、開封した箱から廊下に並べていったら、職員がすぐに飛んできて、資料を部屋から出されちゃ困る、とか文句を付けてきたんです」

「で、お前はどう応対したんだ？」

「上に命じられてやってるだけなんで、苦情があるならそっちへ言ってくれ、って突っぱねてやりましたよ。だから、後で辻岡さんに呼び出しがあるかもしれません」

「分かった」

もとから関係は冷え切っているのだ、どんな苦情を持ち込まれようと、適当にあしらってやるつもりだった。

「で、何か役に立ちそうな資料は見つかったのか？」

「死体発見現場周辺での聞き込みの報告書がごっそり出てきましたよ。ただし、全部に目を通そうとすれば、それだけで一日潰れそうですけどね」

テーブルには書類の束が山積みになっていた。

源野が数えたところによると、段ボール箱は全部で七十六もあるらしい。そのうち、開封して中身を確認し終えたのは、まだ八つだけだった。もし捜査資料全てに目を通すつもりなら、二人で手分けしても一ヶ月はかかりそうだった。しかも、当時の捜査本部は小池聡美や坂崎敦子のことは全くのノーマークだったわけだから、辻岡たちが求める情報がどれだけそこにあるか、期待はできない。

「よし、こいつのことは忘れよう」

辻岡は床の段ボール箱をつま先で突いた。

「その言葉を待ってましたよ」

源野はほっとしたように言った。

二人は書類を元通りに片付けた。恐らく、これらの箱は二度と開封されないまま処分される運命だろう。

シャツの埃を払いながら資料保管室を出たときには、午後八時を過ぎていた。

「それで、これからどうします？」

「東京に連絡を取って、佐藤から何か捜査の足がかりになりそうな情報を聞き出してもらおう」

事件関係者の住所くらいなら、記録を残しているかもしれない。

警察署を出ると、近くのファミレスに入った。まずは山森に電話をして要望を伝え、食事をしながら結果を待つ。

一時間ほどで山森から電話があった。

「五十嵐沙耶、それに坂崎敦子の住所が分かったぞ」

当時の取材ノートの中に記録が残っていたそうで、佐藤が自宅の妻に連絡をして、確認させたのだそうだ。

「ただし、これは六年前の情報だ。現在はどちらの家族もよそへ引っ越している可能性はある。といって、他に手がかりがあるわけじゃないんだが」

「ともかく、両方の家を訪ねてみることにします」

「ああ、それと、佐藤からお前にメッセージがある。県警本部の刑事たちはともかく、地元署の連中には佐藤も取材中にあれこれ陰湿な嫌がらせを受けて、困ったそうだ。お前にも気を付けるように伝えてくれ、とのことだ」

「分かりました。心しておきます」

電話を終えた辻岡は、

（まさか佐藤に心配されるとはな）

と苦笑した。

だが、実際に、地元署の連中が協力してくれていれば、被害者の住所くらい苦もなく入手できたはずで、まさにその陰湿な嫌がらせを受けている最中なのだ。

もちろん署の方で宿泊先の手配をしてくれるはずもないので、辻岡たちは駅前で適当な宿を探すことにした。

日が暮れると、駅前の通りでさえ閑散として真っ暗になった。ビジネスホテルは駅周辺に三つあり、そのうち全国チェーンの一軒を選んだ。

チェックインを済ませ、ツインルームへ上がったところで小池久美から電話があった。

「上の娘に聞いてみたんですが、やっぱり五十嵐さんたちの話は聞いたことがなかったそうです」

もともと大した期待をかけていたわけではないので、その報告を聞いても辻岡は落胆しなかった。

（しかし、年の近い姉にさえ、何も言っていなかったというのは妙だな）

まるで聡美は、家族にも友人グループのことを秘密にしていたかのようだ。一体それがどういう繋がりで生まれた仲間だったのか、ますます謎が深まってきたように思える。

電話を終えた後、辻岡たちはコンビニで買ってきたビールとつまみで軽く疲れを癒し、早々にベッドに入った。

## 3

翌朝は八時にホテルを出た。

まず向かう先は、五十嵐沙耶の実家だった。

カーナビの案内に従って、田畑の広がる一帯を通り、古い住宅地に入っていく。

目的のアパートはすぐに見つかった。

だが、被害者の一家が住んでいた二〇一号室には、「根本」という表札が出ていた。

部屋を訪問すると、一人暮らしをしているという老婆が、

「さあ、私がここに越してきて、もう三年ほどにもなりますけど、それ以前に住んでいた人のことは何も知りませんね」

と答えた。

隣の一軒家に大家が住んでいる、と教えてくれたので、そちらで聞いてみることにする。

「なんだい、あんたたちは。悪いが、取材だったらお断りだよ」

大家は六十代くらいのよく肥えた男で、胡散臭そうに二人を眺め回した。

しかし、辻岡が身分を名乗って名刺を差し出すと、大家はすぐに態度を軟化させ、

「……ほお、東京から来られたんですか。警視庁というと、昔、東京へ遊びに行ったときに、皇居前広場から見たことがありますよ。おたくらも普段はあそこで勤務されてるわけですか」

と物珍しげに辻岡たちを眺め回した。

「それで、五十嵐さんはいつ頃引っ越していかれたんでしょう」

「あれは確か……うん、事件から半年くらい経った頃でしたね」

「どちらへ越していったか、ご存じですか？」

「さあて、どこへ越していったんだったかな。いえね、何しろあんな事件があった後

だから、下手に詮索もできなかったんですよ。ほら、情報を手に入れて後でマスコミに売るんじゃないか、なんて勘ぐられるのも嫌ですから」

と大家は言ってから、

「しかし、地元の警察に聞けば、そんなのはすぐに分かるんじゃないですか？」

「ええ、まあ」

それがそうもいかないのだという内情を明かすわけにもいかず、辻岡は曖昧に応じた。

「確か、引っ越しの当日も、そこの交番から警察官がやってきて、五十嵐さんにあれこれ聞いてましたよ。どこへ越していったか、必ず知ってると思いますけどね」

その大家の言葉を聞いて、辻岡はふと気付いた。

（そうか、交番で問い合わせるという手があったな）

地元警察の辻岡たちへの非協力という方針は、もちろん公に掲げられるようなものではなく、刑事課内でひそやかに通達されたものだろう。となれば、交番勤務の警察官たちへいちいち知らせて回っているはずもない。辻岡たちが協力を求めればあっさり応じてくれるかもしれなかった。

「ところで、最近何かと騒がしいようですが、事件の捜査に何か進展があったんですか？」

「騒がしい、というと？」

「先月の頭にも、東京から記者を名乗る男がやってきましてね、五十嵐さんの引っ越し先を聞いてきたんです。私は、そういう胡散臭い手合いは一切相手にしないことにしてるんで、とっとと追い払いましたが」

（もう小池聡美の事件との繋がりを嗅ぎつけた記者がいるのか？）

だが、考えてみれば、先月の頭といえば辻岡たちでさえようやく被害者の身元を知った時期だ。幾ら何でも記者がそこまで先回りするのは不可能だろう。

ともかく、その記者がどんな情報を摑んで動いていたのか、念のため確認しておく必要はありそうだ。

「その記者は、名刺か何かを残していきませんでしたか？」

「ああ、ありますよ」

大家は奥へ引っ込み、しばらくして名刺を手に戻ってきた。

その名刺にはウェブマガジン編集者という肩書きと共に、上林壮一という名前が印刷されていた。住所や連絡先を手帳に書き留める。

礼を言って名刺を返し、近所の交番の場所を聞いた後、辻岡たちは大家宅を後にした。さっそく徒歩で交番に向かう。

交番には三十代半ばくらいの警官が一人いて、机で書類仕事をしていた。

「ちょっといいですか」

辻岡が声をかけて身分を告げると、警官は慌てて立ち上がり、仰々しく敬礼した。

「私に協力できることなら、なんなりと」

やはりこの交番までは通達が届いていないようだった。

「そこのアパートに住んでいた五十嵐沙耶さんの家族がどこへ越していったのか、知りたいんですけどね」

「ああ、五十嵐さんの」

その名を聞いて、警官は少し緊張の色を浮かべたが、

「分かりました。確か、引き継ぎの文書のなかに引っ越し先の住所があったと思います。調べてきますので、少々お待ちを」

と奥へ入っていった。

「やりましたね」

源野がにやりと笑って囁(ささや)く。

ところが、十五分ほども待たされた後、警官が戻ってきたときには、その表情が先ほどとは一変していた。

「あいにくですが、どれだけ探しても文書が見つかりませんでした」

それが下手な嘘であることは、すぐに分かった。

「それなら、誰か知っていそうな人に連絡を取って、教えてもらうわけには……」

「済みません、職務外の要望にはお応えしかねます」

警官は硬い口調で言う。

辻岡がじっと見つめると、警官は気まずそうに目を逸らした。

(そうか、手が回ったな)

上から指示されたのであれば、この警官に腹を立てても仕方がない。

「そうですか……いや、どうもお邪魔しました」

辻岡は一礼して交番を後にした。

車へ戻りながら、源野が不満げな顔で言った。

「何なんですかね、あの豹変ぶりは」

「あの警官が奥へ引っ込んだとき、本署から連絡があったんだろう。そっちへ警視庁の刑事が行っても、絶対に協力するな、と」

「ああ、なるほど。……だけど、いくら何でもタイミングが良すぎません？　まるで僕たちを見張ってるみたいじゃないですか」

「そうだな……」

その疑問の答えは、次に坂崎敦子の家を訪れたときに分かった。

敦子が住んでいたのは、かなり老朽化した団地の一室だった。一部の棟は取り壊しが進んでいて、路上では作業員の他はほとんど人を見かけなかった。

案じていたとおり、やはり敦子の家族もすでに引っ越していた。敦子の死は自殺として処理されたとはいえ、周囲から好奇の目を向けられるのに耐えかねたのかもしれない。

転居先を知るため、隣人たちの部屋を順に訪れているとき、ふと辻岡は地上に視線を落とした。

最上階の五階の通路からは、取り壊し現場の囲いの向こう側も見下ろすことができた。そして、その囲いの陰に、一台の白い乗用車が停(と)まっているのに気付く。

「おい、源野」

「何です？」

「あの車、今朝のホテルの駐車場に停まってなかったか？」

「えっ……さあ、どうでしょうね」

「それに、五十嵐沙耶のアパートを訪ねたときにも見かけた覚えがあるぞ。ほら、車を停める場所を探してぐるぐる回っていたとき、郵便局の前に駐車していたはずだ」

「あっ、そういえば」

「馬鹿、身を乗り出すな。向こうに勘付かれたらどうする」

辻岡は手帳を取り出し、聞き込みの打ち合わせをしている風を装いながら、

「どうやらあの車はずっと俺たちを尾けていたみたいだな。たぶん、地元署の連中だろう。やつら、協力を拒むだけじゃなく、積極的にこっちの妨害をするつもりらしい」

　これで、先ほど交番で警官が態度を急変させた原因が分かった。

「ひどいなあ。どんな事情があるにしても、同じ警官の足を引っ張るなんて」

「とりあえず、あの車に乗っているやつの顔を確かめておこう。俺はここで聞き込みを続けて向こうの注意を引いておくから、お前、こっそり近づいて覗いてみてくれ」

「分かりました」

　源野が階段を下りていった後、辻岡は次の部屋へ聞き込みに向かった。

　二軒回ったがどちらも留守で、三軒目に向かいかけたところで源野から電話があった。

「見ましたよ。車にはあの鹿島とかいう人が乗ってました」

「鹿島が？」

　同じ警官の監視などという汚れ仕事は、もっと下っ端に押しつけるものだと思っていた。専従捜査班の班長として、他人任せにはしておけないというところだろうか。

（いや、それとも……）

　辻岡が考え込んでいると、

「で、この後、僕はどうしましょう」

「……よし、こっちへ戻ってきてくれ。ここで聞き込みをする分には、向こうも邪魔のしようがないだろう」

辻岡は源野と合流した後、聞き込みを再開した。

だが、結局、同じ棟の部屋を全て回っても、敦子の家族の引っ越し先を知ることはできなかった。そもそも半分ほどは空室になっていたし、住人が在宅していても、六年前の敦子の事件のことさえ覚えていないような老人ばかりだったからだ。

諦めて団地から引き上げた辻岡は、適当に車を走らせ、目に付いた食堂に入って遅い昼食をとることにした。

「しかし、困りましたね。結局、新しい手がかりは何も見つからなかったし、監視まで付けられてるし、もう八方塞がりじゃないですか」

注文を済ませた後、源野がうんざりした顔で言った。

辻岡も、口に出してぼやきこそしなかったが、同じ心境だった。むっつりと黙って水を飲む。

（いっそ、今夜にでも東京に戻るか）

明日まで粘ったところで何か事態が好転するとも思えなかった。

今の状況を考えれば、手ぶらで帰ったところで周囲から責められることはないだろう。山森だって、苦労をかけたとねぎらってくれるはずだ。

辻岡は半ば本気で帰りの新幹線のチケットを取ることを考えた。

だが、定食をさっと平らげ、腹がふくれて少し元気が出てくると、また考えも変わった。

「……まあ、試すだけ試してみるか」

そう呟いて、携帯を取り出す。

「また佐藤に何か聞くんですか？」

「いや、やつだって打ち出の小槌じゃないんだ、そうそう当てにはできないさ」

「じゃあ、誰に？」

と源野が聞いてきたところで、電話が繋がって秋本の声が聞こえてきた。

「もしもし、辻岡くん？　どうかしたの？」

「済みません、ちょっと秋本さんにお願いしたいことがあるんです」

「何かしら」

「旦那さんのお父さんは、岐阜県警のOBでしたよね。そのコネを使って、一つ調べごとをしてもらえないかと思いまして」

「何を調べればいいの？」

「M署の刑事課に、鹿島という刑事がいるんです。その男の経歴を調べてもらえないでしょうか」

「刑事を調べるの？　それって、事件の捜査に何か関係あるわけ？」

「ちょっとややこしい事情なんで、またそちらへ戻ってから詳しく説明します」

「分かった。それじゃあ、さっそくお義父さんに連絡してみる。でも、お義父（とう）さんったら、最近川釣りにはまっちゃってるらしくて、家に携帯を忘れていったときは、何時間も連絡が取れないこともあるのよ。だから、すぐに返事ができないかもしれないんだけど、いい？」

「ええ、もちろんです。では、よろしくお願いします」

電話を終えて携帯を置くと、源野がさっそく、

「鹿島のことなんか調べてどうするんです？」

「やつが俺の思っているとおりの人間なら、突破口が見つかるかもしれない」

辻岡が考えているのは一種の寝技のようなものだった。あまり得意とするところではないのだが、この際、手段は選んでいられない。

「ただし、俺の見当が外れてたら、もう打つ手無しだ。大人しく東京へ戻ろう」

「でも、それだったら、せっかくレンタカーがあるんだし、東京へ帰る前にちょっとだけでも観光していきましょうよ。飛騨（ひだ）高山でも、岐阜城でもいいですから」

「ま、それもいいかもしれないな」

「やった」

源野は早速スマホで観光情報を調べ始めた。早くも仕事を切り上げたような浮かれぶりだが、二人で辛気くさい顔を突き合わせているよりはマシかもしれない。

店を出て、とりあえず警察署の方へ車を走らせるうち、秋本からの電話があった。

「義父が家にいたから、すぐに調べてもらえたわ。たぶん、辻岡くんが期待していた通りの話が聞けたと思う」

そう言って、秋本は調査の結果を教えてくれた。

それは確かに、辻岡を充分に満足させる内容だった。

「ありがとうございます。助かりました」

「事情はよく分からないけど、役に立てたなら良かったわ。それじゃ、頑張ってね」

電話を終えると、辻岡はすぐに車を停めるよう源野に指示した。

車が路肩に停まった後、カーナビを操作して周辺の地図を調べる。

「今度は何を探してるんです？」

「どこか、人目に付かずに鹿島とじっくり話せる場所がないかと思ってな……どうだ、やつはまだ尾行してるか？」

「ええと……はい、ずっと向こうに停まってるのが見えます」

「……よし」

辻岡は五百メートルほど離れた場所にある、運動公園に目を付けた。

「ここに車をやってくれ」

「わかりました」

車は路肩を離れて走り出す。

(さあ、鹿島さん。あんたの腹の内を見せてくれよ)

辻岡はリアウインドウ越しに、後を付いてくる鹿島の車を見た。

## 4

運動公園に着くと、広い駐車場の隅に車を停め、辻岡たちは遊歩道に向かった。百メートルほど進んだところで管理小屋を見つけ、その裏手に身を潜める。しばらく待つうちに、鹿島が小走りでやってきた。辻岡たちを見失って焦っているのが分かる。まさか小屋の陰に隠れているとは思いもよらなかったのだろう、そのまま通り過ぎていった。

辻岡たちは小屋を離れると、鹿島の後を追い、頃合いを見計らって声をかけた。

「我々をお探しですか」

鹿島はぎくりとした様子で立ち止まった。

しかし、振り返ったときには、鹿島の顔に動揺の色はなかった。

「おや、奇遇ですな。こんなところでお会いするとは」

「下手な演技は止して下さいよ。あなたが今朝から我々をつけ回していたことを承知の上で、こうして声をかけたんですから」

「さあ、何のことやら。私は気晴らしにちょっと公園へやってきただけですがね」

鹿島は開き直ったふてぶてしい笑みを浮かべて言った。

(これは、思ったより難物だな)

話の順序を間違えれば、交渉どころではなくなるかもしれない。

「……分かりましたよ、鹿島さん。それじゃあ、あなたは散歩中に偶然、我々に出くわしたということにしましょう。我々としても、ちょうどあなたにお話ししたいことがあったんで、たまたま出会えたのは好都合だ」

「ほう、私にどんな話があるというんです?」

「ま、こんなところで立ち話もなんですから、あそこのベンチにでも座りましょう」

辻岡は遊歩道を外れた場所にあるベンチを指差した。

鹿島は警戒した目つきで辻岡を見つめていたが、やがて小さく肩をすくめてから、歩き出した。

ベンチの周りには他に誰もおらず、広場で駆け回っている子供たちもここまでは寄ってこなかった。

「鹿島さん、あなたのことを少し調べさせてもらいましたよ」

辻岡はそう切り出すと、鹿島はぴくりと頬を引きつらせて、

「調べて何が分かりましたか？」

「六年前に起きた女子中学生殺人事件で、あなたは捜査陣の中で重要な役割を果たしたそうですね」

「………………」

「後に冤罪が晴れて釈放されることになった井上孝彦を逮捕したのは、当時県警本部の捜査一課にいたあなただったと聞きましたが、本当ですか？」

鹿島は返事をせず、じっと地面を睨んだ。その顔は蒼白で、額に汗が滲んでいる。当時の記憶はいまだに薄れず、鹿島を苛んでいるようだった。

「あなたは責任を負わされ、所轄署へ飛ばされた。その上、専従捜査班の班長という島流しも同然の閑職へ押し込められた。違いますか？」

「……だからどうだというんだ？」

鹿島はじろりと憎しみの籠もった目で睨んでくる。

「別に私はあなたの古傷をえぐろうとしてるわけじゃありません。あなたが今の境遇に決して満足していないんじゃないかと思っているだけです」

「そんなもの、お前の知ったことか」

「当時の捜査本部の内情を知っている人間の間では、今でもあなたへの同情が囁かれていると聞きましたよ。あなたは決して独断で井上逮捕に踏み切ったわけじゃなかった。それなのに、県警の大失態を取り繕うためスケープゴートにされたんだ、と」

「………」

鹿島は険しい形相のままだったが、その怒りは、辻岡ではなく当時の捜査幹部たちに向けられているように見えた。

「今もまた、あなたはこうして汚れ仕事を押しつけられている。……どうです、鹿島さん、自分を殺してこんな理不尽な扱いに耐えているくらいなら、いっそ我々と手を組むというのは？」

「なんだと？」

「もしあなたが我々の捜査に協力してくれるなら、こちらからも情報を提供しましょう。今、我々が追っている犯人は、六年前の事件に深く関わっている可能性があります。調べていけば、そちらの真相も明らかになるかもしれない」

辻岡がそう言うと、鹿島はぎょろりと目を動かした。明らかに、この提案に心を動かされた様子だ。

「捜査の状況によっては、警視庁と岐阜県警との間で合同捜査本部を設けることにもなるでしょう。そのときは、もちろん専従捜査班の班長であるあなたが、県警側の責任者として招集されることになるはずです。どうです、埃をかぶった捜査資料の番人をしているよりは、よほど有意義な役回りだと思いますが」

「そして、犯人逮捕のあかつきには、事件解決の功労者として凱旋し、島井たちに『ざまあみろ』と言えるわけか」

「いかがです。我々と手を組んでくれますね？」

辻岡は、鹿島のぎらついた目を見つめた。

鹿島はすでに心を決めていて、後はうんと頷くのを待つだけに思えた。

ところが、ふいに鹿島の顔色が変わった。それまでの激情が一度にさめてしまったかのように、目の光が弱々しくなる。

「……いや、そいつは無理ですよ、辻岡さん」

「なぜです？」

「確かに、今の私にすれば心が躍るお話です。できることなら、やりましょう、とあんたの手を握りたいところだ。いや、もし私が身一つなら、間違いなくその提案に飛びついたでしょう」

そう言ってから、鹿島は力なく笑い、

「だが、私にはこれまで散々苦労をかけた女房がおりましてね。この年になってから、また苦しい思いをさせたくはないんですよ」

「しかし……」

「いや、まあ最後まで聞いて下さい。もし六年前の事件を解決できれば、県警本部の連中だって、表向きは私の功績を認めてくれるでしょう。しかし、実際のところは、それで私への評価が変わるわけじゃない。いや、指示に逆らい勝手に動いたということで、余計に憎まれるだけだ。そうなれば、次の異動では今よりもっと酷(ひど)い目に遭わされるかもしれません。辻岡さんだって警察組織の一員なんだ、その辺の事情は分かるでしょう」

「………」

「今の私の立場は哀れなものだが、それでもじっと屈辱に耐えてさえいれば、少なくとも定年までは勤め上げることができる。そういうことなんですよ」

鹿島はベンチから立ち上がると、

「せっかくの提案をお断りするのはまことに心苦しいですが、どうかご勘弁を」

と一礼し、去っていった。

辻岡はぼんやりとその後ろ姿を見送った。

「もう一押ししてみないんですか?」

源野がいかにも惜しそうに言う。

「仕事も家庭も放り捨てる覚悟で手を貸せ、とは言えないさ」

「まあ、そうですよね……」

しばらくして、辻岡たちも車に戻った。

「これからどうします？」

「さっき言っただろう、もう打つ手が無いって。こうなったら手ぶらで東京へ戻るしかないさ」

「じゃあ、帰りの新幹線を調べましょうか」

「いや、こうなったら慌てたところで仕方ない。予定通り、明日の晩までに帰ればいいさ。せっかくだから、どこかで観光して美味いものでも喰っていこう」

辻岡が半ば自棄気味に言うと、意外に源野は、

「はあ」

と気のない返事だった。

「どうした。あれだけ名所を調べてたじゃないか」

「いやあ、そうは言っても、本当に収穫ゼロで終わったんじゃ、のんびり観光って気分にもなれませんよね。せめて一つ二つ、有力な情報を仕入れていれば、大手を振って遊びに行けるんでしょうけど」

のんきな顔をしていても、さすがに腹の中では刑事として忸怩たる思いがあるらし

い。

結局、二人は相談して、今夜のうちに帰京することに決めた。

となれば、まずは警察署に寄って、挨拶を済まさなければならない。島井のしたり顔など見たくもなかったが、形だけでも協力の礼を言っておかなければ、警察官としての仁義を欠くことになる。

レンタカーを返した後、徒歩で警察署に着いたときには、午後七時になっていた。

（島井め、もう帰宅してくれてりゃいいんだけど）

それなら代理の誰かに一言挨拶するだけで済む。

だが、受付で取り次ぎを頼むと、すぐに当人が出てきた。

「やあ、何かありましたか？」

「いえ……実は、今夜の内に東京へ戻ることになりまして、ご挨拶にと」

「それはそれは」

島井はにんまりと緩みそうになった口元をすぐに引き締め、

「何のお手伝いもできず、申し訳ありませんでした」

「いえ、こちらこそお手数をおかけしました」

何か嫌みの一つでも言ってやりたいところだったが、しょせん負け犬の遠吠（とおぼ）えにしかならないだろう。

挨拶が終わると、島井はさっさと刑事部屋へ戻っていった。誰かに駅まで送らせる、とも言わなかった。

仕方なく自分たちでタクシーを呼び、駅に向かう。

車内で、辻岡の意識はすでに明日からの捜査へ向けられていた。小池聡美の小学校時代の友人グループという、事件の最も重要な背景が不明なまま、果たしてどこまで真相に迫れるのか、考えるだけで気が滅入ってくる。

駅に着き、改札を通ったところで携帯が鳴り始めた。取り出してみると、未登録の番号が表示されている。

「……もしもし」

「あ、辻岡さんですか？　私です、鹿島です。いま、どちらにいらっしゃいますか？」

「駅ですよ。これから東京へ戻るところでしてね」

「まだ電車に乗る前ですね？　よかった。申し訳ないが、もう少しそこで待っていてもらえませんか？　これからすぐにそちらへ向かいますので」

「それは構いませんが、何の御用です？」

「会ってからお話しします。では」

電話は慌ただしく切られた。

（今更、何の話があるんだ）

訝しく思いながらも、駅員に頼んで改札から出してもらった。

十分ほど待つうちに、鹿島が車で現れた。

「やあ、どうもお待たせしました」

鹿島は車を降りて二人に声をかけると、

「もしよろしければ、車の中で話をさせてもらえませんか」

と言った。周囲の目を気にしている様子だ。

「いいですよ」

辻岡は助手席に、源野は後部座席に乗った。

鹿島は車を発進させ、駅前通りをゆっくりと流した。

「それで、お話というのは？」

辻岡がそう切り出すと、鹿島はしばらく言いにくそうにしていたが、

「……実は、さっき家に戻ってから、辻岡さんの話を女房に相談してみたんです。そうしたら、どやしつけられましたよ。そんな願ってもない話をどうして断ったりしたんだ、ってね。一人娘は嫁にやった後だし、たとえ警察をクビになったって、夫婦二人、どうやったって喰っていけないことはないんだ。そんなことを言うんです」

「そうですか。奥様がそんなことを……」

「それで、どうですかね。もし辻岡さんにその気があれば、さっきの提案に乗らせて

もらいたいんですが」

「それは、もちろん、我々からしてもありがたい話ですよ。ぜひお願いします」

「よかった」

鹿島はほっとしたように笑みを浮かべた。

「それにしても、なかなか立派な奥様のようですね」

「いやいや。私よりも頑固な上に、何しろ口が悪い女でしてね。私が今みたいに毎日ぼんやり暮らしてたんじゃ定年前に呆けそうだから、そっちの方が心配だ、なんて言いやがるんですよ。……それでもまあ、刑事の女房としては上出来な方かもしれません」

鹿島としては精一杯の惚気だったのだろう、照れ臭そうに頭を掻いた。

ともかく、これで状況は一変した。

「源野、新幹線の予約をキャンセルしておいてくれ」

「はい！」

源野は元気よく応じる。

「では、鹿島さん。どこか落ち着ける場所で、明日に向けての作戦会議をしましょうか」

「分かりました」

頷く鹿島も生気をみなぎらせていた。

# 六章

## 1

翌日、宿まで迎えに来た鹿島の車に乗って、辻岡たちは捜査を開始した。

「島井のやつ、警視庁の刑事を追い返してやったって、朝から鼻息が荒かったですよ」

鹿島がにやりと笑って言った。

辻岡たちがM市に残って捜査を継続していると知られたら、またどんな妨害を受けるか分からない。当面は隠密（おんみつ）で行動することにしていた。

三人がこれから向かうのは、五十嵐沙耶の親の住居だった。事件当時のアパートから引っ越した後、数年経ってまた転居したらしいが、鹿島はその新しい住所も把握していた。

「何もするなと命じられてはいても、そこはそれ、刑事の習性というやつでしてね」

沙耶の親はM市を出て、隣市のマンションに住んでいるそうだ。

以前住んでいたアパートがかなり粗末な物件だったので、今のマンションも安手の造りだろうと想像していたのだが、着いてみると意外にもまだ新しく立派な建物だった。

エントランスにはオートロックのドアがあり、鹿島はインターホンで目的の部屋を呼び出した。

「……どちら様ですか？」

しばらくして、警戒した女の声が聞こえてきた。沙耶の母親、由梨だろう。

「どうもご無沙汰しております。私、M署の鹿島と申しますが、覚えておいでしょうか？」

鹿島はインターホンのカメラに顔を突き出した。

「ああ……覚えてますけど、今更、何しに来たんですか？」

由梨の口調は刺々しかった。

「それがですな、実は事件の捜査で大きな進展がありまして、五十嵐さんにぜひ確認させてもらいたいことがあるんです」

鹿島が勢い込んで言うと、しばらく間を置いてから、由梨はぼそりと答えた。

「お断りします」

「えっ……何かお聞き間違いじゃありませんか？　私は、捜査が進展した、と申し上げたつもりなんですが」

「ええ、もちろんそう聞こえてます。だけど、それが信用できないって言ってるんですよ」

「なぜです？」

「なぜって……」

由梨は鼻で笑うと、

「逆にこちらが聞きたいですよ、どうして信用されると思うのか、って。犯人を捕まえたと言って私たちを喜ばせたと思ったら、それがまるきり大間違い。自分たちだけで勝手に大騒ぎして、私たちの問い合わせもずっと無視。その挙げ句に、何年も捜査のことなんて放り出しておいて……あなた、私に会いに来たのはいつ以来なのか、覚えてます？」

「いや、それは……」

由梨の痛烈な批判に、鹿島は返す言葉もないようだった。

「もう、あなた方に何を話しても無駄だと思ってます。違うって言うなら、まずは誰が犯人なのか突き止めて、それからうちに来て下さい。そしたら、裁判のために幾らでも協力しますから。それでは」

そう言って、由梨は一方的に通話を切ってしまった。

「……いやあ、参りました」

鹿島は苦い顔で振り返り、

「確かに、この奥さんの言うとおりです。ご遺族が我々のことを信用してくれなくて当然ですよ。どうも、お恥ずかしいところをお見せしました」

「いえ、遺族が証言を拒むケースは、我々も何度か経験していますから」

しかし、そうはいっても、このまま引き下がるわけにはいかない。

「……どうでしょう、もう一度部屋を呼び出して、今度は私の方から話をするというのは。東京の事件について説明すれば、さすがに興味を持ってくれると思うんです」

「ああ、そうですな。では、お願いします」

ところが、辻岡が呼び出しのボタンを押しても、由梨は応答しようとしなかった。何度試してみても同じだ。完全に拒絶されてしまっているらしい。

「弱りましたなあ」

「こうなったら、多少強引なやり方をするしかなさそうですね」

三人はマンションを出て、路上に停めてあった車に戻った。そして、建物の出入り口の監視を始める。

二時間ほど待ったところで、

「あ、あれです。あれが被害者の母親です」

と鹿島が指差した。

見ると、マンションから女が出てくるところだった。心労でやつれ果てた女を想像していたのだが、実際に目にした由梨は、四十一という年齢よりもずっと若々しく見えた。暮らしにも余裕があるように感じられる。

辻岡たちは車を降り、駐車場へ向かう由梨の後を追った。

由梨が軽自動車に乗り込もうとしたところで、奥さん、と鹿島が声をかける。

「……ちょっと、待ち伏せしてたんですか？」

振り返った由梨は、鹿島の顔を見て険悪な声を上げた。

「申し訳ありません。私がどうしてもとお願いしたもので」

さっと辻岡は前に出て、名刺を差し出しながら、

「私は警視庁の辻岡と申します。実は、先日東京で発生した殺人事件と、五十嵐沙耶さんの事件に関連があることが分かりまして、捜査をしているところなんです。はるばる東京からやってきて、関係者と話をすることもできずに帰る、というわけにもいかないので、こうしてご迷惑は承知の上で、待たせてもらいました」

「東京の事件……？」

由梨は戸惑ったように言った。名刺を受け取って、じっと眺める。

「ええ。小池聡美という名前に聞き覚えはありませんか？　小学校の頃、沙耶さんと

友達だったはずなんですが」

「……さあ、初めて聞くと思いますけど、もしかして、その子が殺されたとか？」

「そうなんです。どうでしょう、事件についても詳しくご説明したいので、少しだけ時間をいただけませんか？」

辻岡が頼み込むと、由梨はまだ迷う様子を見せていたが、やがて、

「分かりました。この後の予定もあるので、三十分くらいでしたら」

と答えた。

辻岡たちは車に戻り、先を行く由梨の軽自動車に従って、近くのファミレスへ移動した。

「それではまず、現在我々が捜査中の事件についてお話ししておきましょう」

テーブルに着いてから、さっそく辻岡は事件の説明を始めた。

要点を整理しても長い話になったが、由梨はずっと真剣な面持ちで聞き入っていた。

「……何だかややこしい話で、ちゃんと理解できたかどうか自信がないんですけど、要するに、沙耶の小学生時代の友達の中に犯人がいるかもしれない、ってことですか？」

説明が終わると、由梨は難しい顔でこめかみを押さえながら言った。

「ええ、そういうことです。ですから、当時の沙耶さんのお友達について、覚えてい

る限りのことを教えて欲しいんですが」

「はあ、そうですね……さっき話に出てきた、坂崎敦子って子の名前は、何となく聞いたことがある気がします。でも、他にとなると……」

「沙耶さんの日記帳などは残っていませんか?」

「ない、と思います。今の部屋に引っ越すとき、あの子の持ち物はほとんど処分したんです。大事に取っておいたって、結局、あの子が死んだときのことを思い出して悲しくなるだけですから……」

「たとえば、名前を知らなくても、顔を見れば、沙耶さんがよく遊んでいた子だと思い出すようなことはありませんか?」

小池家から借り受けてきた卒業アルバムは、源野がバッグへ入れて持ち歩いている。

「さあ……あの子が友達を家に連れてくるなんてこと、一度もなかったもので」

「そうですか……」

期待していた情報が何一つ得られないことに、辻岡は内心で苛立ちを覚えていた。

そのとき、ふいに源野が口を挟んできた。

「でも、それってちょっと変ですよね。小学生くらいの女の子が、家に一度も友達を呼ばないなんて」

「え?」

由梨は戸惑ったように源野を見る。

「最初から友達がいなかったならともかく、少なくとも小池さん、坂崎さんとは親しかったわけじゃないですか。何か、家に呼べない事情でもあったんですか？」

「それは……」

明らかな動揺が由梨の顔に表れていた。

（何か隠しているのか？）

辻岡からしても予想外の展開ではあったが、すかさず、

「どうなんです、五十嵐さん」

と厳しい声で追及した。

「……その、当時、夫が夜の勤めをしていたもので、昼間は家で寝ていることが多く、それを邪魔しては困るので禁止してたんです」

由梨の答えを聞き、辻岡はちらりと鹿島を見た。鹿島は小さく頷く。少なくとも、夫が夜に働いていたというのは本当のようだ。

（しかし、そんな真っ当な理由があるなら、なぜ動揺するんだ）

辻岡はじっと由梨を見据えた。

「五十嵐さん、改めて念を押すまでもないと思いますが、事件の解決にはご遺族の協力が不可欠です。何か話しにくいようなことでも、正直に答えていただけますか」

「もちろん、そんなこと、言われなくても分かってます」

由梨は気分を害したように辻岡をにらみ返した。

そこで、鹿島が二人の間に割って入るように、

「ところで、旦那さんは今、ご自宅で休まれているんですか？　でしたら、また後ほど、旦那さんからもお話を伺いたいんですがね」

「いえ、あの人はもういませんよ」

「いない？」

「もう何年も前に出て行っちゃったんです。毎日線香の匂いを嗅ぎながら暮らすのにはうんざりした、とか言って。こっちだって、せいせいしましたけどね」

「ほう、そうでしたか……では、連絡先はご存じですか？」

「知りません」

由梨はきっぱり言うと、腕時計に目をやり、

「さあ、もう時間が来たようなので、私はこれで失礼します」

と席を立った。

たとえ次の約束があるにしても、事件の説明を聞いている遺族にしては不自然な態度だった。まるで、これ以上追及されるのを避けたようにも思える。

由梨が店を出て行くと、

「鹿島さん、さっきのやり取りからすると、どうも五十嵐さんのところは家庭の事情が複雑なようですね」

と辻岡は尋ねた。中学時代の沙耶は素行不良で、何度か補導歴があるという話を思い出していた。

「ああ、辻岡さんはまだご存じなかったですか。実は、旦那というのが、いわゆる内縁の夫というやつで、籍は入ってなかったんです。名前は……そうそう、原口(はらぐち)といいました。あの奥さんが昔、水商売をしていた頃に知り合ったらしくて、定職にもつかずに雀荘(ジャンそう)へ入り浸っているようなロクでなしでしたよ。今、奥さんがそれなりにいい暮らしができているのは、あの男と切れたからかもしれませんな」

「沙耶さんと血の繋がりはなかったんですね？」

「ええ、あの子は、奥さんが前に離婚した夫の子供だったそうです」

「ということは、沙耶さんからすれば、原口は義理の父親というよりも、母親の新しい男、といった存在だったかもしれませんね」

沙耶が友人を家に招かなかった本当の理由は、そこにあるのかもしれない。義父と強い確執があれば、友人に会わせたいとは思わないはずだ。由梨が隠そうとしていたのは、その辺りの事情なのだろうか。

「ちなみにですな、我々も初動捜査の段階で、原口のアリバイは確認しております」

鹿島が辻岡の思考を先回りするように言って、

「事件当日、原口は飲み仲間数人と名古屋の競馬場へ遊びに行っておりまして、完璧なアリバイが存在しました。それで、捜査対象から外れたんです」

「なるほど」

いずれにしても、これまでの捜査の結果を踏まえれば、原口が事件に関わっている可能性は薄い。

「しかし、母親への聞き込みも空振りに終わるとは思いませんでしたねえ」

源野ががっかりしたように言った。

「なに、捜査は始まったばかりですよ。次に期待しましょうや」

鹿島がそう励まし、伝票を摑んで席を立った。

2

坂崎敦子の両親は、以前と同じような団地の一室に引っ越していた。

「はあ、そうですか、あの子の事件を……」

在宅していた母親の晴枝(はるえ)は、辻岡たちが再捜査しているのだという説明を聞くと、困惑の色を浮かべながらも部屋へ上げてくれた。

リビングは狭く、四人座るのもぎりぎりだった。掃除は行き届いているが、傷の目立つテーブルといい、テープで補修した椅子といい、苦しい生活ぶりが見て取れる。

「……では、あの子は自殺ではなかったということですか？」

事件の詳しい説明を聞いても、晴枝の目はどこか虚ろで、反応は鈍かった。先ほどの由梨とは対照的に、五十四という実年齢よりも十歳は老けて見える。

「ええ、その可能性があります。ですから、これらの三つの事件の繋がりをはっきりさせるためにも、ぜひご協力をお願いしたいんです」

「はあ……あの、主人がいれば、色々としっかりしたお話もできると思うんですが、私一人ですとお役に立てるかどうか……」

晴枝はおどおどした態度で言う。

「ご主人は、今どちらへ？」

「仕事で、北陸の方へ行っております。内装工事の下請けをしているものでして、帰りは来週の予定です」

では、夫の帰りを待つというわけにもいかないようだ。

あまりに萎縮した晴枝を見かねたように、鹿島が、

「奥さん、決して難しいことをお尋ねするつもりはありませんから、気を楽にして下さい。娘さんについて、覚えているだけのことを話してくれればいいんです」

と励ますように言った。晴枝は小さく頷く。

「では、お尋ねしますが、敦子さんが小学生の頃に、五十嵐沙耶さんや小池聡美さんと友人だったことはご存じでしたか？」

辻岡が質問すると、晴枝はすぐに、

「もちろん知っていました」

と答えた。

「本当ですか？」

辻岡は思わず聞き返していた。これまでの捜査がことごとく期待はずれに終わっていただけに、どうしても慎重になってしまう。

「ええ、本当です。あの子、小さい頃から引っ込み思案で、あまり仲の良い友達もいなかったものですから、私もずっと心配していたんです。それが、小学六年生になってから急に友達ができて、毎日外へ遊びに行くようになったんで、よく覚えているんです」

「五十嵐さん、小池さんの他にも、一緒に遊んでいた仲間はいましたか？」

身を乗り出して辻岡は聞いた。

「それは……」

と晴枝はしばらく記憶を探っていたが、

「はい、もう一人いたはずです。いつも四人で遊んでいたみたいで」

「その子の名前は分かりますか？」

「津川さん、という子だったと思います」

それを聞いて、源野が急いでバッグから卒業アルバムを取り出した。テーブルの上に広げて、興奮に震える手でページを捲っていく。

「……あった、この子じゃないですか？」

四組のページで、源野は手を止めた。人差し指で押さえているのは、津川真莉奈という名前の少女の写真だった。色白でふっくらした上品な顔立ちをしている。

「……はい、この子で間違いありません」

晴枝が頷くのを見て、辻岡はぐっと拳を握りしめた。

(よし、ついに見つけたぞ)

源野たちと視線を交わし、頷き合ってから、

「この津川という子について、もっと詳しく教えてもらえますか？」

「はあ……その、私は直接話をしたことはなくて、娘から聞いた話ばかりなんですが、お父さんが何かの会社の社長さんらしく、かなり裕福な家の子だったみたいです」

「なぜ、違うクラスなのに親しくなったんでしょう」

「さあ、それが私も不思議で、娘に聞いてみたんですが、あまりはっきりしたことは

言わなくて……。こんなことを言うとあれですけど、娘が通っていた小学校は、わりと荒れている地域の子も多くて、うちの子も周りから悪い影響を受けないかと心配していたんです。特に、最初、五十嵐さんと一緒にいるところを見かけたときなんて、どきりとしました」

「というと、五十嵐さんの評判は良くなかった？」

「これもあくまで噂で、ＰＴＡの会合で耳にしただけなんですが、学校でときどき問題行動を起こして先生に手を焼かせていると聞いていました。といって、友達付き合いを止めるようにと娘に言うのもどうかと思ったので、内心ではらはらしていたんです」

どうやら沙耶の素行不良は、小学校の頃から始まっていたらしい。

「ですが、五十嵐さんだけでなく、小池さん、津川さんも一緒に遊ぶようになったと聞いて、現金な話ですが、ほっとしまして。津川さんは、今言ったとおり、いいところのお嬢さんのようでしたし、小池さんは学校でもたびたび表彰されるような優秀な子でしたから、それならかえって娘も良い影響を受けるんじゃないかと思いました」

「娘さんたちは、四人で集まってどんな遊びをしていたんでしょう」

「そうですねえ、漫画を読んだりゲームをしたり、外でバドミントンをしたり、娘の話からすると、いかにも小学生らしい遊びをしているみたいでしたが」

「何か大人に隠れて、悪い遊びに手を出しているような気配はありませんでしたか？」

「さあ、私としては、小池さんや津川さんが一緒なら安心だと思って、娘の言葉を疑ったりしたことはなかったもので……」

「そうですか……」

もし本当に何の裏もない友達グループなら、なぜ聡美は家族にその話を一切していなかったのだろうか。

「中学になって、小池さんは別の学校になったそうですが、津川さんはどうだったんでしょう？」

「あの子も別の学校に進みました。中高一貫の私立校だそうです。あの辺じゃわざわざ遠くの私立へ通うなんて珍しい話でしたが、ご実家が裕福だったからでしょうね」

晴枝はそう言ってから、

「今更、こんなことを愚痴っても仕方がないんでしょうけど、もしあのまま四人が揃って同じ中学へ進んでいたら、うちの子たちが死ぬこともなかったんじゃないかって、そう思うんです。五十嵐さんが何か無茶なことをしでかそうとしても、小池さんたちが止めてくれてたんじゃないか、って……」

と表情を歪めた。

その後も、色々と質問を重ねてみたが、晴枝もそれ以上のことは知らないようだった。

（そろそろ切り上げどきだな）

辻岡は辞去の挨拶のタイミングを窺った。

ところが、そこで晴枝が思いもかけないことを口にした。

「……あのう、そういえば、これは刑事さんたちが調べている件とはまるで関係ないかもしれないんですが……」

「はい、ご遠慮なさらず、何でも仰って下さい」

「娘や五十嵐さんの事件が起きてから、しばらく経って、ふと気付いたことなんですけど……私、十二、三年ほど前に、ある食品工場で働いていたことがあるんです。その頃、うちの娘はまだ小学校の低学年で、学童が終わると私の勤め先までやってきて、二人で一緒に帰っていました」

何を話し始めるのかと思ったが、辻岡は黙って聞き入ることにした。

「工場のパート仲間に、けっこうなお婆ちゃんの人がいて、よく一緒にお昼の弁当を食べたりしてたんですが、ある時期から、その人の息子さんもパートで働くようになったんです。息子さんはもう四十過ぎでしたか、前の勤め先が倒産してしまったので、という話でした。その年代の男の人がパートで採用されるのは珍しいことでしたが、お母さんが頼み込んだんでしょうね。物覚えはいい方で、仕事ぶりも真面目でしたけど、どうも人付き合いが苦手な性格らしくて、パート仲間ともほとんど口を利きませんでした。それに、三ヶ月も経たないうちに、社員さんに厳しく叱られたのがきっかけで仕事が嫌になったらしくて、急にぱったり出勤してこなくなったんで、私も一度も話をしないままでした」

そこで晴枝は湯飲みに残っていた茶を一口啜ってから、

「ただ、その人も、小さな子供を相手にするぶんには平気らしくて、うちの娘が工場にやってくると、私が帰り支度を済ませるまでの間、よく遊んでくれていました。器用に折り紙を作ったり、かくれんぼの相手になったりしてくれて、娘はとても喜んでました。その人が工場を辞めた後、オジさんはいつになったら戻ってくるの、と娘に聞かれて、返事に困った覚えがあります」

「その男の人が、何か事件に関係してくるわけですか？」

なかなか要領を得ない話に、源野がつい我慢しきれなくなったように尋ねた。

「はい。その人のお母さんは、井上さんって呼ばれてました。息子さんの名前は覚えていないんですが、もしかしたら、五十嵐さんの事件のときに間違って逮捕された、井上孝彦って人だったんじゃないかって」

「何だって⁉」

鹿島が衝撃を受けたように声を上げた。

## 3

帰りの車の中で、それが興奮したときの癖なのか、鹿島はずっと右膝を揺すっていた。

「いやあ、あの話が事実とすれば、これはとんでもないことですよ」

鹿島の言うとおり、井上孝彦と坂崎敦子の間に面識があったのなら、事件の構図は再び根底から覆される可能性があった。

これまで、井上は不運にも事件に巻き込まれただけの第三者と見られていた。だが、実際は、もっとより深い部分で事件に関わっていたのかもしれない。

津川真莉奈の件も気にはなったが、まずは井上についての話が事実なのかどうか、裏付けを取ることにする。

辻岡たちは、晴枝が勤めていたという食品工場に向かい、事務長に面会を求めた。

「はあ、うちの工場で働いていたパートさんの記録ですか？　ええ、それなら二十年くらい前まで遡って調べられると思いますが」

詳しい事情を説明しなくても、事務長は警察の捜査と聞いただけで、全面的に協力する姿勢を見せた。

事務長は、事務室の旧式パソコンをしばらく操作してから、

「……ええと、井上孝彦さん、でしたね。それなら、確かにうちの工場で働いていた記録があります。といっても、ほんの三ヶ月ほどのようですが」

と報告した。その名前が何を意味しているのか、気付いていないようだ。

記録をプリントアウトしてくれないかと頼むと、これもあっさり承知してくれる。

「……こいつは、あの井上で間違いなさそうです」

印刷された名簿の住所を確認して、鹿島は言った。

工場を後にすると、次はいよいよ井上の自宅へ向かうことにした。車で十分とかからない距離だ。

「……ところで、井上への聞き込みは、お二人に任せても構いませんか？」

路面の荒れた山道を登っていく途中、ふいに鹿島が言った。

「どうしてです？　鹿島さんこそ、井上からじっくり話を聞きたいんじゃないかと思っていましたが」

「もちろん、その気持ちはあります。ですが、私が井上を逮捕して取り調べたとき、それこそさんざんに絞り上げましたからね。そのことを、やつが未だに恨みに思っていても不思議じゃない。私の顔を見れば、それだけで騒ぎ立て、マスコミやら弁護士やらに連絡するかもしれませんので」

鹿島は苦笑いを浮かべて言った。

「なるほど、その心配はあるかもしれませんね」

井上の家に着き、前庭に車を停めると、辻岡と源野だけが降りた。

「うわ、廃墟みたいですね、ここ」

源野が建物を見上げて言った。

玄関のチャイムはボタンが壊れていた。引き戸に手をかけると鍵はかかっていなかったので、少し開けて、

「井上さーん、こんにちは」

と呼びかけてみる。

だが、しばらく待ってみても何も反応がなかった。

「留守ですかね？」

「そうだな……」

井上がどこへ出かけたのか、近隣で聞き込んでみることにした。

といっても、周辺は空き家ばかりで、山道を五百メートルばかりも下ってやっと人の住む家を見つけた。

「はあ、井上さんですか？　……そういえば、ここしばらく見てませんなあ」

いかにも耳の遠そうな仕草を見せる老人が、そう答えた。

「あんた、井上さんとはふだん付き合いがあるんですか」

鹿島がそう尋ねると、

「いやあ、全くないですな。あそこの母親が元気だった頃は、うちともよく行き来していたもんですが、それが亡くなって、倅の一人暮らしになってからは、さっぱりです。挨拶もしませんよ」

「じゃあ、井上さんを見かけることも滅多にないわけですか？」

「いや、週に二回ほど、自転車で町へ買い出しに行く姿を見かけますよ。何しろボロい自転車で、うちの前を通るときもギコギコうるさいもんで、通ればすぐに分かるんです」

「では、その買い出し姿をしばらく見ていない、と」

「ええ」

どうやら井上はただ家を留守にしているだけではなさそうだ。

念のため、さらに山道を下って、最寄りのスーパーへ行ってみた。

「ええ、あの井上さんなら、うちのスーパーを利用されてますよ。例の事件のせいで、まあ、この辺りでは一種の有名人ですから、みんな顔は知ってます」

対応に出てきた店長が、そう証言した。

「では、最近も買い物に来ていますか？」

「どうでしょう……ちょっとレジ係に確認してみましょう」

店長は辻岡たちを事務室で待たせると、レジ係たちにひととおり話を聞いて回って、

「三月の第二木曜日に来店されたのが、最後ではないかという話です」

と報告してくれた。

今日は四月四日だから、それから二週間以上が経過していることになる。やはり、井上の身に何かあったのは間違いないようだ。

「やつが今回の事件に関係していて、警察の取り調べを受ける前に姿をくらませた、という可能性はありますかね」

鹿島がひそひそと言うのに、辻岡は頷いて、

「ええ、充分にあり得る話でしょう。ともかく、井上の行方を捜して、話を聞いてみる必要がありそうです」

「ところで刑事さん、もう一つお耳に入れておいた方が良さそうな話がありまして」

店長が遠慮がちに切り出した。

「何でしょう」

「警察の人が来ていると聞いて、アルバイトの子が言い出したんですが、三月の初め頃に妙なお客さんを見かけたそうなんです。店の出入り口近くに休憩コーナーを設けてあるのはご覧になりましたか？　自販機と長椅子を一つ置いてあるだけの場所です

が、そこで青い顔でぐったりしているお客さんがいたらしいんです。で、アルバイトの子が心配になって、『大丈夫ですか?』と声をかけたところ、『たった今、殺されそうになって逃げてきた』なんてことを言い出したそうで」

「ほう」

穏やかでない話を聞いて、鹿島の表情が引き締まる。

「そのお客さんは東京から来た記者で、例の女子中学生殺人事件について井上さんに取材しようとしたところ、斧で襲いかかられた、というような話だったらしいです」

「斧で? その話、警察には届けたんでしょうか?」

「いえ、アルバイトの子は、頭のおかしな人の妄想かもしれないと思って、特に上に報告したりはしなかったそうなので……それで私も、今になって知ったわけでして」

「男はその後、どうしたんですか?」

「話をするうちに気持ちも落ち着いてきたようで、水を飲んで『もう大丈夫』と言ったので、アルバイトの子はその場を離れたと聞いています」

そこで辻岡が横から質問を挟んだ。

「三月の初め頃の話だそうですが、それは井上さんが最後に買い物に来たときより前になりますかね?」

「ええと……確認してまいります」

店長は慌ただしく部屋を出て行くと、十分ほどして戻ってきた。

「井上さんが最後に見えられたときより、一週間ほど前になるそうです」

では、その男とのトラブルがきっかけで井上が姿を消した、というわけでもないようだ。

辻岡たちは改めて店長の協力に感謝して、スーパーを出た。

「……東京から来た記者というと、この前聞いたのと同一人物かな」

「誰のことです？」

源野が尋ねてくる。

「五十嵐沙耶が住んでいたアパートへ聞き込みに行ったとき、大家が言ってただろ。東京から記者が取材に来たって」

「ああ、思い出しました」

「もし同一人物だったとしたら、井上の行方について何か知っているかもしれない。念のため、事情を聞いておいた方がよさそうだ」

幸い、その男の名前と連絡先は手帳に書き留めてある。

辻岡は車に乗り込むと、山森に電話をかけた。事情を説明して、上林壮一というウェブマガジン編集者のところへ誰かを遣って、事情聴取してくれるよう頼んだ。

辻岡の連絡が終わると、今度は鹿島が、

「さっきの話が被害届として出ていないか、署の方へ確認してみます」

と言って携帯を取り出した。

照会にしばらく時間がかかったが、やがて、

「井上が関係したような届け出はないそうです」

と鹿島は報告した。

果たして井上は事件にどのような形で関わっていたのか、そして、今回の失踪は何を意味しているのか。謎は多かった。だが、こちらの線を追うのは、上林への事情聴取の結果を待ってから、ということになりそうだ。

「では、次は津川真莉奈の連絡先を調べましょう。小学校へ行けば、記録が残っているかもしれない」

辻岡が言うと、源野は頷いて車のエンジンをかけた。

## 4

八年も前の卒業生ということで、津川真莉奈の記録は小学校に残っていなかった。

しかし、真莉奈の父親が、津川建設という会社の社長だったことを記憶していた教員がいた。

さっそくネットで会社の連絡先を調べ、電話してみる。だが、すでに時刻が午後六時を回っているせいか、代表電話には繋がらなかった。

「仕方ない、直接訪ねてみましょうか。これくらいの会社なら、事務所と自宅が隣り合っているかもしれません」

鹿島の意見に従って、津川建設に向かった。

その推察通り、津川建設の三階建てビルと同じ敷地に、社長宅が建てられていた。和モダン風の邸宅だ。

住居側の門へ回り、鹿島がインターホンを押す。

しばらくして、年配の女の声が応じた。

「はい、どちらさまでしょう」

「遅くに済みません。私、M署の鹿島と申しますが、こちらの真莉奈さんというお嬢さんに、少しお話を伺いたく、お邪魔しました」

「真莉奈に……どのようなお話ですか？」

女の声が警戒したものに変わる。どうやら母親のようだ。

「我々が捜査中の事件に、真莉奈さんの昔のお友達が関係している可能性がありまして。そのお友達の話を聞かせてもらいたいんです」

「それは、どんな事件ですか？」

「詳しいことは、ご本人に直接申し上げます」

「ですが……ともかく、中へお入り下さい」

門扉のロックが外れる音がした。

庭を抜けて玄関に着くと、ドアが開いて先ほどの声の女が三人を迎えた。

女はやはり真莉奈の母親で、涼香といった。ふくよかで、いかにも社長夫人にふさわしい優雅な身ごなしだった。

辻岡が名刺を差し出して挨拶すると、警視庁という肩書きを見て、涼香は少し戸惑った様子だった。しかし、その場で事情を聞いたりはせず、まずは三人を広々とした応接室へ案内する。

「家政婦さんが帰った後なので、済みません」

涼香はそう詫びながら、自分でコーヒーを用意して運んできた。

「それで、真莉奈さんはご在宅なんでしょうか?」

まず、辻岡はそう尋ねた。

「……はい、家におります」

「でしたら、ここへ呼んでいただけませんか?　もし何か心配がおありなら、お母様も同席されて結構ですから」

「いえ、それが……」

涼香は困ったように眉をひそめてから、

「……実を言いますと、娘は去年の秋頃から精神的に不調でして、通っていた名古屋の大学も休み、こちらへ戻ってずっと療養しているんです」

「そんなにひどい状態なんですか？」

「夜はほとんど眠れず、食欲もなく、部屋に籠もりっぱなしなんです」

「病院へは通われていますか？」

「それが、娘がどうしても嫌だと拒んでいまして。仕方なく、私が代わりにお医者様へ何度か相談に行ったんですが、やはり当人と面会しないことにはどうにもならない、ということで……」

「そうですか……」

辻岡はじっと涼香の表情を窺った。娘を刑事に会わせないための作り話、という可能性もある。

「刑事さんは、どのような事件を捜査されているんですか？」

涼香にそう聞かれて、辻岡は事件のあらましを説明した。

「……じゃあ、あの殺された中学生の女の子と、うちの娘が友達だったっていうんですか？」

信じられない、という顔で涼香は言う。

「ええ、そういう証言がありましたので」

「それ、何かの間違いじゃありません？　もしその話が本当なら、事件が起きたとき、娘が私に黙っているはずありませんから」

「何か、お母様にも打ち明けられないような事情があったのかもしれません」

「どんな事情です？」

「たとえば、娘さんも何らかの形で事件に関係していたという可能性もあります」

「そんな……うちの娘が事件に関わってただなんて、とても信じられません」

「もちろん、まだそうと決まったわけではありません。実際のところ、真莉奈さんは事件と無関係だったのかもしれない。被害者と友達だったという証言についても、何かの勘違いだったという可能性もあります。ですから、その辺りを確認するためにも、ぜひご本人に会って、話を伺う必要があるんです」

「はあ、それは分かりますが……」

涼香は迷う様子を見せながら、

「本当に、娘は人と会えるような状態ではないんです。私でさえ、ドア越しに声をかけるのがやっとなくらいですから。それに、強い刺激を受けることで、あの子の状態がもっと悪くなる心配もありますし」

「しかしですね、これは殺人事件の捜査なんですよ」

それからしばらく押し問答が続いたが、涼香は頑として譲ろうとしなかった。

ものの柔らかな外見ながらよほど芯が強いのか、それとも、これが子を守ろうとする母親の強さなのか、どれだけ辻岡たちが言葉を尽くしても無駄だった。

「ともかく、明日、お医者様のところへ行って、娘に事件の話をしても構わないか相談してみます。それで許可が出れば、刑事さんに代わって、私が娘に話を聞きましょう」

最終的に、涼香はそんな妥協案を提示した。

「分かりました。では、そのように」

仕方なく、辻岡は頷いた。

今はまだ、真莉奈は参考人の一人に過ぎず、任意での協力を要請している段階だ。母親の拒絶を押しのけて真莉奈に会おうとするなら、令状が必要になる。

「また明日、お医者様に会った後でご連絡します」

涼香はそう言って、辻岡たちを門の外まで見送った。

塀の角を曲がり、涼香の姿が見えなくなったところで、源野が両腕を突き上げ伸びをした。

「あーあ、せっかくここまできたのに、何だかお預けを食った気分ですねえ……って、辻岡さん、どこへ行くんですか。車を停めてあるのはあっちですよ」

「本当に娘が心を病んで引き籠もっているのか、聞き込みをして確かめるんだ」

「ああ、なるほど。さすが、疑い深いですね」

道路を挟んだ隣家を訪問して、出てきた主人に尋ねてみると、

「ああ、真莉奈ちゃんですか。確かに、去年から休学して戻ってきてるって話ですよ。いや、姿を見たことはないんですが、二階の部屋のカーテンはいつも閉めっぱなしで、夜中まで明かりが点いているみたいです」

と証言してくれた。

礼を言って家を後にすると、鹿島が苦笑を浮かべて、

「実は私も、母親は事情を全て知った上で娘を庇っているんじゃないか、なんて疑っていたんですが、どうも考え過ぎだったようですね」

「ええ。ただし、真莉奈が心の病を装い、母親さえも騙している可能性はあるでしょう。じっと部屋に籠もっているふりをして、そっと窓から家を抜け出し、犯行に及んだということもあり得ます」

「なるほど、それなら医者の診察を拒むのも当然ということになりますな」

今日の捜査はこれで切り上げにして、辻岡たちは昨夜と同じ宿に向かうことにした。

「ところで、せっかくですから、宿に荷物を預けた後、どこかで一緒にお食事でもいかがです？　美味い地元料理を食べさせる店があるんです」

鹿島が誘うと、源野が嬉しそうに、

「お、いいですね。僕たち、こっちへ来てからまだろくなもの食べてないんですよ。ぜひお願いします。ね、辻岡さん」

辻岡としても反対する理由はなかった。

宿で部屋を取った後、鹿島が案内してくれたのは、住宅地の中にあるこぢんまりした居酒屋だった。洒落た雰囲気のまだ新しい店で、三十代くらいの若さの主人と女将が二人で切り盛りしていた。メニューには全国の名酒がずらりと並んでいる。

「へえ、意外だなあ」

源野が店内を見回しながら言う。

「何がです？」

「いや、鹿島さんが案内してくれると聞いて、もっと渋めの、年季の入った店を想像してたんですけどね」

「ははは、まあそうでしょうな。実をいえば、私も最初にこの店を紹介されたとき、どうにも居心地が悪く感じたんですが、何しろ主人が研究熱心で、酒も料理も美味いものですから、すぐにファンになったんです」

鹿島の言葉に、主人がちらりと顔を上げ、爽やかな笑みを浮かべて会釈した。

実際に料理を食べてみると、鹿島の賞賛が決して大げさなものでないことが分かった。朝市を巡って仕入れてきたという新鮮な食材に、様々な工夫を凝らし、元は素朴な郷土料理だったものを、洗練された味わいに仕上げていた。

源野はすっかり上機嫌で、メニューを見て気になったものは片っ端から注文していた。

「さあ、どんどんやってください。ほら、辻岡さんも」

鹿島に勧められ、辻岡も明日に残らない程度に酒を楽しんだ。

店を出たのは午後十時過ぎだった。鹿島が、今夜はご馳走すると言って譲らず、結局、支払いは任せることになった。店の前で鹿島と別れ、辻岡たちはタクシーで宿へ帰った。

宿は安いビジネス旅館で、二人は同室だった。

かなり飲み過ぎた源野は、布団を敷くのにも苦労していた。枕を抱えたままうろうろしていたので、どうしたのかと辻岡が尋ねると、

「枕が見つからないんですよ」

という返事だった。

辻岡が枕を取り上げて布団の上に置いてやると、

「あ、あった」

とほっとしたように言って、源野は寝転がった。そのまますぐに寝息を立て始める。

辻岡は源野が脱ぎ散らかした衣服をハンガーにかけてやり、温い風呂にゆっくり浸かってから、寝支度をした。

ふいに辻岡の携帯が鳴り始めたのは、布団に入って眠りに落ちる寸前のときだった。慌てて身を起こし、枕元の携帯を手に取る。画面には知らない番号が表示されていた。

「……もしもし」

辻岡が呼びかけても、相手は無言だった。

間違い電話かとも思ったが、それにしては相手は一向に電話を切らなかった。

しばらく待った後、もう一度呼びかけようとしたところで、

「これ、刑事さんの電話ですよね？」

という声がした。ぼそぼそとした聞き取りにくい声だ。

「ええ、警視庁の辻岡ですが、どちら様ですか？」

「……私、津川真莉奈です」

思いがけない名前を聞いて、辻岡はどきりとした。

「やあ、どうも。お電話をいただけるとは思いませんでしたよ」

「さっき、刑事さんが置いていった名刺を見つけて、母から事情を聞いたんです。わざわざうちまで来てもらったのに、お会いもせずに帰らせることになって済みません

でした」

「いえ、それは構わないんですが……」

「私に五十嵐さんや坂崎さんたちの話を聞きたい、ってことでしたよね？」

「ええ、そうです。できれば、直接お会いして話を伺いたいんですが」

「いいですよ。そのつもりでお電話しましたから。ただし、幾つか条件があります」

「何でしょう」

「まず、母から説明があったと思いますが、私はもうずっと部屋に籠もりっきりの生活をしているので、いきなり外へ出て行くのは難しいんです。だから、会うなら私の部屋でということにしてもらえますか？」

「もちろん、それで結構です」

「それと、母はまだ私が刑事さんに会うことに反対しているんです。会えば、また具合が悪くなるんじゃないかって心配してて。それで、母は明日の午後から家を空けるんで、その間にうちへ来てほしいんですけど」

「分かりました」

「最後にもう一つ、今日、刑事さんは三人でいらっしゃったそうですが、私もあまり大勢の人と顔を合わせてお喋りできる自信がないんで、明日は誰か代表の方一人だけと会う形にしてもらっていいですか？」

「それでしたら、私が一人で伺わせてもらうことにします」

「お願いします」

明日、母親が外出したところでまた連絡するという約束を交わして、電話を終えた。

(さて、素直に喜んでいいのかな……)

話が上手く進むと、逆に警戒心が湧いてくる。一人で会いに来るように、という条件からして、何か罠が仕掛けられているような気がしてならなかった。

「おい、起きろ」

辻岡は源野に相談しようとしたが、どれだけ揺すっても、高いびきをかいたままで目を覚ます気配はなかった。

仕方なく、辻岡は夜明け近くまで、一人で思案にふけった。

翌日、津川邸の付近に車を停め、じっと待機しているうちに、真莉奈から電話がかかってきた。

「今、母が出かけました。門と玄関の鍵は開けておくので、入ってきて下さい。私の部屋は、二階へ上がって、廊下の突き当たりの左側にあります」

「分かりました」

電話を切ると、辻岡は車から降りた。

「本当に一人で大丈夫ですかね。せめて、源野さんだけでも同行しては?」

鹿島が不安そうに言う。

「いえ、約束を破って信頼を損ない、彼女が口を閉ざすようなことにでもなれば、本末転倒ですから」

「少しでも危険を感じたら、すぐに大声で呼んで下さいよ。いつでも突っ込めるように準備しておきますから」

珍しく緊張した顔で源野が言った。

「ああ、分かってる」

辻岡は頷き、一人で津川邸に向かった。

## 5

上林壮一はキーボードを打つ手を休めると、モニター端の時計を見た。午前七時過ぎ。徹夜するつもりはなかったのだが、原稿書きがあまりに捗(はかど)ったので、切り上げ時が見つからなかったのだ。

しかし、さすがに疲れた。何か簡単なものを腹に入れて、寝ることにする。

冷凍庫を探って焼きおにぎりを取り出し、電子レンジで温める。缶ビールも取り出して、ノートパソコンの前に戻った。

今取り組んでいるのは、出版予定の単行本の目玉記事だった。当初は「M市女子中学生殺人事件」を扱う予定だったが、現地での取材が苦い失敗に終わったため、記事にまとめるのを諦めていた。

その代わりに題材として選んだのは、滋賀県の少女失踪事件だった。そちらも、白骨死体発見のニュースは事件とは無関係という結果に終わっていたが、後日、新たな手がかりが見つかったのだ。

情報をくれたのは、知り合いのライターだった。彼は、近年頻発しているインターネットを介して起きる未成年者誘拐事件について取材していたのだが、その中でインタビューした男の一人が、どうも滋賀県で行方不明になった少女に関係していたらしい、と教えてくれたのだ。

その男は久村(ひさむら)という名で、名古屋に住んでいた。以前は、株や外国為替の取引で大儲(もう)けして、高級タワーマンションで暮らしていたという。そして、インターネットを通じて知り合った少女を誘い、自宅に出入りさせていたそうだ。その中には明らかに未成年の少女も交じっていたが、久村は構わず、彼女たちが望むままに部屋を与え、ときには一ヶ月ほども滞在させることもあった。その結果、捜索願の出ていた十五歳の少女を泊めているときに、警察に踏み込まれて、未成年者誘拐罪で逮捕されることになった。久村は余罪を追及され、裁判で懲役三年の実刑を受けた。

上林はさっそく連絡先を教えてもらい、久村に取材を申し込んだ。

久村は出所後、名古屋に戻っていた。上林は電話で約束を取り付けると、現地に向かって車を飛ばした。

名古屋駅付近の喫茶店で対面した久村は、すっかり落ちぶれた印象だった。

「いやね、出所した後、勘も戻ってないのに焦って大きな取引に出たら、ことごとく失敗しちゃってさ」

資産のほとんどを失ってしまったのだと、久村はにやにや笑いながら言った。強がっているのか、それとも頭のネジが外れているのかは分からなかった。

「で、誰ちゃんだっけ？」

「藤村美桜、という少女なんですが。当時は小学六年生でした」

「ああ、はいはい。名字は知らないけど、美桜ちゃんって名前は覚えてるよ」

久村は、関係した少女のことはみんな詳しく覚えていた。美桜は一年ほど名古屋近辺をうろうろしていて、ときどき久村の部屋に泊まっていったらしいが、ある時期を境にふっつりと姿を消したという。

「親がいつも夫婦喧嘩(げんか)してて、しかも母親が何かの先生と不倫してるのが分かって、もう何もかも嫌になって家を飛び出した、って言ってたなあ」

久村の話は、美桜が行方不明になったときの状況と一致していた。当人と見て間違いないようだ。

「名古屋を離れてどこへ行くのか、言っていませんでしたか？」

「それは知らないけど、たぶん、僕と知り合ったみたいに、ネットの掲示板で世話してくれる人を見つけたんじゃないかな」

取材後、謝礼金の二万円を渡すと、これで久しぶりにまともな飯が食える、と久村は嬉しそうに笑った。

美桜のその後の行方が分からないのは残念だったが、何らかの事件に巻き込まれて死んだと思われた少女が、実は生きていたと分かったのは大きな収穫だった。未解決事件マニアたちがあれだけ多様な説を打ち立てていたのに、蓋を開けてみればただの平凡な家出に過ぎなかったというのは、何とも味気ない話かもしれないが。

ともかく、警察ですら摑めなかった被害者の足取りが分かったのだ。目玉の記事に仕立て上げるには充分だった。

これまで書いた原稿を読み返した後、上林はノートパソコンを閉じてベッドに向かおうとした。

そのとき、玄関のチャイムが鳴った。

上林はどきりとした。来客の予定などないし、こんな時間に宅配があるはずもない。

恐る恐るインターホンの受話器を手に取った。

「どちらさまですか？」

「あ、どうも。早い時間に済みません。警察の者ですが」

（警察？　警察が何の用なんだ？）

嫌な汗が流れた。警察に捕まるようなことをした覚えはないが、仕事柄、知らないうちに何か事件に関わってしまった可能性はある。

「ちょっとお話を伺いたいんですが、よろしいですか？」

警察官の声は愛想が良かった。しかし、油断はできない。

「あ、えーと、済みません。寝起きなんでちょっと身支度させてもらっていいですか」

「ええ、どうぞ」

通話を切ると、上林は慌てて室内を見回した。何か警察に見られてまずいものはないだろうか。

（……あ、やばい）

テーブルの上のノートパソコンに目を留める。その中には、様々な取材の録音データが詰まっていた。大半はごく穏当なものだが、違法な商売をする人間にインタビューしたものも幾つかあった。違法薬物売買、管理売春、窃盗団。記事にするときは当然伏せ字にする実名も、ところどころに出てくる。

もし警察がノートパソコンを証拠品として押収したら、関係者に迷惑がかかるばかりではなく、「上林がサツにタレこんだ」ということで、その筋の人間が落とし前をつけにやってくるかもしれない。

上林は急いでノートパソコンを抱え、どこかへ隠そうとした。

しかし、ワンルームのマンションだ。隠し場所などなかなか見つからない。トイレ、浴室、キッチンの収納。どこも警察が戸を開ければ、すぐに見つかってしまう。

仕方なく、部屋の隅に積み重ねた雑誌の間へノートパソコンを押し込んだ。ここなら、警察が家宅捜索で部屋の隅々まで調べない限り、見つからないだろう。

「どうも、お待たせしました」

玄関のドアを開けると、スーツ姿の男が二人立っていた。刑事らしい。

「済みません、お手間を取らせます。警視庁の金井と申します」

刑事の一人が名刺を差し出して挨拶した。作り物かと思うほど整った顔立ちだ。

もう一方の刑事は外橋といい、どことなく蛇のような眼差しが不気味だった。

「お邪魔してもよろしいですか？」

「あ、はい、汚いところですけど……」

そう答えてから、

（しまった、何か理由をつけて断れば良かったか）

と思った。しかし、ここで拒めば余計に怪しまれるだけかもしれない。

床に散らばったものを片付け、刑事二人が座れる場所を作った。刑事たちは一礼して正座する。

「昨夜は遅くまで飲まれたんですか？」

ふいに、外橋がそんなことを聞いてきた。

「いえ、別に……どうしてそう思うんですか？」

「寝起きのわりに、お酒の匂いがしているものですからね」

「あ、それは……夜中に一回目が覚めちゃって、どうしても寝付けなかったもんだから、ちょっと酒を飲んだんですよ。そのせいだと思います」

上林のとっさの言い訳を信じたのかどうか、なるほど、と外橋はそっけなく頷いた。

「えっと、それで、何を話せばいいんですか？」

「上林さんは、ウェブマガジンの編集者をされているそうですね」

「ええ、まあ」

金井が確認してきた。

「先月、岐阜県M市へ取材に行かれましたね？」

「はい」

「そのとき、井上孝彦さんのお宅を訪問しましたか？」

「……しました。井上さんは、過去に冤罪で逮捕されたことがあって、当時のことについてコメントをもらおうとしたんです」

「そこで井上さんと何かトラブルがあったんですか？」

「いや、トラブルっていうか……」

（何でそんなことを警視庁の刑事が調べにくるんだ？）

刑事の意図が読めず、上林は返答に迷った。

「近所にあるスーパーの従業員の話では、東京から取材に来た記者が『井上さんに斧で襲われた』と言っていたらしいんですが、これはあなたのことでは？」

「確かに、それは僕のことだと思います」

「その話は事実だったんですか？」

「はい、一応は」

「警察には届け出ましたか？」

「……いえ」

「どうしてです？」

金井の声がやや詰問調になる。

上林は少し迷ったが、何もかも正直に話すことにした。

「実は、井上さんの家を訪問したとき、最初は留守かと思って、無断で庭へ入り込んだんですよ。それを井上さんに見つかった形になったんで、下手に警察に届け出たら、僕の方が不法侵入で捕まるんじゃないかと、そんな心配があったんです」

「しかし、斧で襲われたとなれば、場合によっては殺人未遂となる事件ですよ。警察が被害者の些細な落ち度を咎めるとは思えませんが」

「あれが東京で起きたことなら、僕もそう思ったかもしれません。でも、取材して回ったときの印象では、あの土地の人たちはかなり閉鎖的で、よそ者に冷たかったんです。だから、警察も含めて、誰も頼りにはできないぞ、っていう孤立感があったものですから」

「なるほど」

「それに、襲われた直後は、本当に殺されそうになったと思ってたんですけど、後で冷静になって考えてみたら、あれはただの脅しだったんじゃないか、って気がしてきまして。もし本気で殺す気なら、幾らでもチャンスがあったのに、僕が這いずって庭から逃げ出すのを何もせず見送ってましたからね。だから、警察に届けたところで、せいぜい厳重注意で済まされるんじゃないかと思ったんです」

「そうでしたか……いや、よく分かりました」

上林の説明に、金井は納得した様子だった。

「ところで、そんなことを調べに来たってことは、井上さんに何かあったんでしょうか？」

「それは……」

金井は少し考える様子を見せて、

「今からお話しすることを、当面は記事にしないと約束してもらえますか？　もしネット上で大々的に広まるようなことになれば、捜査に支障が出る可能性もありますので」

「……ええ、お約束します」

「それではお話ししますが、実は井上さんは三月の中頃から姿を消してしまっているようなんです。最後に目撃されたのは、あなたが会ってから一週間後くらいだそうです。ですから、井上さんの失踪の理由を何かご存じないかと思って、こうしてお伺いしたわけなんですが……」

「知りません、僕は全く」

上林は慌てて言った。関係を疑われ、厳しく追及されるようなことにでもなったらたまらない。

ともかく自分は井上と無関係であることを分かってもらおうと、あの日取材に行くことになった経緯を、藤村美桜の一件を含めて詳しく説明した。必要ならば編集長に裏取りをしてくれとも言った。編集長は巻き込まれて嫌な顔をするだろうが、背に腹は替えられなかった。

幸い金井は、上林の話に納得してくれたようだった。

「どうもご協力ありがとうございました。もし、後で何か思い出すようなことがあれば、そちらの名刺の電話番号へご連絡ください」

そう言って金井が立ち上がったときには、上林はほっとした。

「あの、もし向こうの警察が井上さんの家を捜索するようなことがあれば、キヤノンの一眼レフカメラがどこかに転がってなかったか、確認してもらえませんか？　それ、僕のなんですけど、逃げるときに落としたまま、取りに行けなかったんで」

そんなお願いをする余裕も生まれる。

「分かりました。聞いておきましょう」

金井は律儀に手帳を取り出して、今の話をメモした。

改めて一礼してから、金井は部屋を出て行った。

ところが、外橋の方はなぜかその場に留まったまま、上林を見つめていた。

「あのう、まだ何か……？」

最初に質問した以外は、事情聴取の間、外橋はずっと黙ったままだった。そして、ほとんど瞬きもしないような目付きで上林の顔をじっと眺めていたのが、どうにも気味悪かった。

ふいに外橋は部屋の隅に重ねた雑誌を指差した。

「あそこに、何を隠してるんです？」

「……な、何のことです？」

ぎくりとしながらも、上林は懸命にとぼけた。

「いえね、きっと無意識なんでしょうけど、さっきからあなたが何度もちらちらちらとあそこに目を向けるのが気になってましてね。そういうのって、何かを隠している人間がよくやる仕草なんです。だから、私もつい気になってしまいまして」

上林はどっと冷や汗が吹き出すのを感じた。

（くそ、どうすりゃこの場を切り抜けられる？）

懸命に考えようとしたが、極度の焦りでほとんど頭が回らなかった。口がぱくぱくと動くだけで、声が出ない。

そこで、外橋がにんまりと笑った。

「いやいや、私もちょっと気になっただけですから、無理に聞き出すつもりはありませんよ。もしそこに何があるのかを確認してしまえば、我々も知らん顔はできませんからね。お互いに面倒を増やすような真似をしても仕方ない」

では、と挨拶して、外橋は部屋を出て行った。

上林はしばらく啞然としていた。

（……あいつ、刑事のくせに人をからかいやがって）

腹が立ってきたのは、しばらく経ってからだ。

だが、ともかく、何事もなく刑事たちが帰っていってくれたことに、上林はほっとしていた。雑誌の間に突っ込んでいたノートパソコンを抜き出し、テーブルに戻した。急に疲労と眠気が押し寄せてきて、ベッドの上に横になる。

井上の身に何があったのか、上林としても気になるところだった。やはり、六年前の事件に関係してのことだろうか。だとすれば、上手く立ち回れば大きなネタを摑むことができるかもしれない。

この先の計画をあれこれ考え、山中の住居で目にした井上の姿を思い返すうち、上林の意識は混濁していって、いつしか眠りに落ちていた。

## 6

お邪魔します、と声をかけてみたが、反応は一切なかった。

辻岡はそっと靴を脱いで廊下へ上がった。邸内はしんと静まり返っている。

二階への階段は、玄関のすぐ近くにあった。

辻岡は緊張しながら、ゆっくりと階段を上っていった。

二階に着くと、昨夜、電話で真莉奈に教わったとおりに廊下を奥へ進んだ。

やがて、真莉奈の部屋の前に着いた。

「警視庁の辻岡です。開けても構いませんか？」

ドアをノックしてから、そう呼びかけた。

「……どうぞ」

辛うじて聞き取れるくらいの、か細い声が応じた。

ドアをゆっくり開けると、中は真っ暗だった。廊下も薄暗いので、部屋の様子は全く分からない。微(かす)かな異臭が漂い出てくる。

「部屋を明るくしてもらってもいいですか？」

「駄目、絶対に」

部屋の奥から鋭い拒絶が飛んできた。

「話をするならこの状態のままにして。それが嫌なら帰って」

「……分かりました。このままで結構です」

しばらくすると暗がりに目が慣れ、物の輪郭くらいは分かるようになった。かなり雑然と物が置かれているようだ。

「失礼します」

足元に注意しながら、ゆっくりと部屋に入った。

真莉奈は窓際に置かれたベッドの上に座っているようだった。毛布か何かを頭から被っている。

「そこに座って下さい」

真莉奈に指示され、辻岡はカーペットの上に正座した。何かあったとき、すぐに立ち上がれるよう身構えておく。

「……五十嵐さんたちの昔の話を聞きたい、ってことでしたよね」

真莉奈の声は弱く掠れていて、聞き取りにくかった。衰えきった体が想像される。

「はい。津川さんは小学六年生のとき、五十嵐沙耶さん、坂崎敦子さん、それに小池聡美さんと、四人で友人グループを作っていたそうですね？」

「友人グループ……まあ、周りはそう思ってたんでしょうね」

「違うんですか？　いつも四人で遊んでいたと、坂崎さんのお母さんが言われていましたが」

「……いつも四人でいたのは確かです。でも、あの子たちを友達と思ったことは一度もありませんでした」

「では、あなたたちはどういう繋がりだったんですか？」

いよいよ核心に迫り、辻岡の声には力が籠もった。

「私たちは三人とも、沙耶に支配されていた、って言えばいいんでしょうか」

「支配、ですか？」

「そうとしか言いようがありません。本人は女王気取りで、私たちがいいなりになるのを見て喜んでたんですから」

「なぜ、そんなことになったんでしょう」

「私たちは沙耶に弱みを握られ、脅されてたんです」

「その、弱みというのは？」

そこで真莉奈はしばらく沈黙した。

表情を窺うことはできないが、強く葛藤（かっとう）している気配が闇を通して伝わってきた。

辻岡がじっと待つうちに、真莉奈はようやく心が決まったのか、再び口を開いた。

「……私たちが小学六年のとき、学校に教育実習の先生が来たんです。全部で四人だったと思うんですけど、その中にとてもかっこいい男の先生がいるって、初日の全校集会の挨拶のときから、女子の間できゃあきゃあ騒がれてました。名前は沢本由洋（さわもとよしひろ）という先生でした」

思いがけない話が始まったが、辻岡は黙って耳を傾けていた。

「実習の先生たちの受け持ちは、一年生か二年生のクラスだったんで、私たち高学年の生徒たちと触れ合う機会はほとんどありませんでした。それでも、ませた女子たちのグループは、何かと沢本先生の後を追い回して、構ってもらおうとしてました。沢本先生はいかにも繊細そうな、物静かな人で、女子に囲まれるといつも困ったように笑ってました。私は先生を囲む輪に入ったことはありませんでしたが、内心で憧れは抱いてました。今から思えば、あれも集団心理の一種で、みんなで騒ぐことで実際以上に素敵に見えていた、ということはあるかもしれません」

そこで一度言葉を切ってから、少し間を空けて、真莉奈は話を続けた。

「……あるとき、私は学校で沙耶と敦子に声をかけられました。二人とはそれまで一度も話をしたことがなかったから、いきなりのことで戸惑いましたが、言われるままに近くの空き教室へ入って話を聞くことになりました。そこで二人は、『今度沢本先生の部屋に遊びに行くんだけど、津川さんも一緒にどう？』と誘ってきたんです。沙耶の説明では、沢本先生は実習に役に立てるため、高学年の児童にも色々質問したり、本音を聞いてみたりしたいんだけど、学校だと何かと騒がしくてゆっくり話もできないから、自分の部屋に招いたんだ、ってことでした。どうして私に声をかけたのかって聞くと、ぜひ話を聞いてみたい児童の一人として先生が名前を挙げたからだ、ってことでした。大人が聞けば、こんな怪しい話もないし、どう考えても犯罪の匂いがしますよね。でも、小学生を騙すには、これくらいの話でも充分でした。私は、先生が数多くの女子児童の中から私を選んだってことにすっかり舞い上がって、深く考えもせず、一緒に遊びに行くことを約束したんです」

話の先行きが見えてきて、辻岡は耳を塞ぎたいような不快な気分を覚えていた。

「先生が住んでいたのは、高級マンションの一室でした。学生が短期契約で住めるような部屋じゃありませんでしたが、先生の実家はかなりの資産家らしくて、贅沢な暮らしをしているみたいでした。初めのうち、私たちは普通にお喋りをしてました。といっても、沙耶が先生と楽しそうに話しているのを、私と敦子が静かに聞いてるだけ、って感じでしたけど。私が体の異変を感じ始めたのは、一時間くらい経った頃でした。後から考えれば、たぶん、出されたジュースに少量のアルコールが混ぜられてたんだと思います。何だか頭がくらくらして、そのくせ気分だけはハイになって、沙耶のつまらない冗談に大笑いしたり、自分から積極的に先生に話しかけたりしてました。コップが空くたび沙耶がお代わりを注いで、そのうち私は泥酔してしまい、いつの間にか意識を失っていました」

真莉奈はそこまで言うと、しばらく沈黙した。話を続けるのをためらうというより、久々に長く喋って息が切れているような感じだった。

やがて、真莉奈は話を再開した。

「……次に気付いたとき、私は服を脱がされていることを知りました。私が先生に何をされたのかは、説明しなくても分かりますよね？　もちろん、それだけでも最悪なんですけど、もっと酷かったのは、そのとき起こった全てを沙耶がビデオで撮影してたことなんです。酔いがさめるのを待ってから、私たちは先生の部屋を出たんですが、帰り道で沙耶がこう言いました。『もしあんたが今日のことを誰かに話したら、さっきの動画がネット中にばらまかれることになるよ』って。それからですよ、私が全て沙耶のいいなりになったのは」

「念のため確認しておきたいんですが、沙耶さんもまた、その沢本という教師の犠牲者の一人だったんでしょうか。あなたと同じような被害に遭い、脅されて沢本の手伝いをしていたと」

「いえ、違います」

真莉奈はきっぱり否定した。

「敦子は脅されていましたが、沙耶は自分から進んで先生の手伝いをしてたんです。というより、むしろ先生を操っていたのは沙耶だったのかもしれません」

「まさか……」

「後になって沙耶が得意そうに言ってたんですけど、最初はあの子の方から先生を誘惑したらしいんです。先生が幼い少女に興味があることを見抜いて、校内の人目に付かない場所で誘いをかけたら、あっさり食いついてきたって言ってました。先生が私や敦子に手を出したのも、沙耶がそそのかしたからなんですよ」

「しかし、沙耶さんだって同じ小学六年の女の子だったんでしょう？　そんな振る舞いをするなんて、想像するのが難しいですね」

「沙耶がどういう環境で育ったのか、知ってますか？」

「ええ、ある程度のことは。なかなか難しい家庭環境にあったそうですが」

「あの子、私とかには絶対に弱みを見せませんでしたけど、敦子には結構いろいろと打ち明けてたみたいなんです。それで、敦子から聞いた話だと、沙耶は小学四年くらいのときにはもう、義理の父親から性的虐待を受け始めていたそうなんです。母親もそのことに薄々気付いていながら、ずっと知らん顔をしていたから、虐待は段々とエスカレートしていったみたいで。父親が飲み友達を家に連れてきて、金をもらって沙耶の体を触らせる、なんてこともしてたそうです」

（そうか、沙耶の母親の不自然な態度は、それが理由だったのか）

先日聞き込みをしたとき、母親が家庭の事情を問われて動揺していたのが未だに引っかかっていたが、内縁の夫の虐待が事実であるなら、納得できる話だ。事情によっては、今からでも刑事責任を問われる可能性があるのだから。

「学校の他の友達の前ではそんな素振りを見せたことはなかったけど、沙耶が男を見る目は、完全に子供離れしてました。小学生同士のカップルを見ると、鼻で笑ってましたよ。男がどれだけ醜くて馬鹿な生き物なのか、全然知らないんだろうな、って」

辻岡は卒業アルバムに載っていた沙耶の顔写真を思い出した。あの可愛(かわい)い少女がそんな裏の顔を持っていたとは、にわかには信じがたかった。

「次に聡美を狙うように、って先生に提案したのも沙耶でした。もちろん、私と敦子もそれに協力するよう言われました。聡美は私なんかと違って、見え見えの罠に引っかかるようなこともなく、沢本先生の家に誘われたことを他の教師に相談するような素振りも見せたんで、沙耶も焦ったみたいでしたね。でも、そこからが沙耶の狡賢いところで、その次は敦子一人で聡美のところへ行かせたんです。本当は私も先生の家に行きたくないんだけど、沙耶に強く誘われていて断りにくい。心細いから一緒に付いてきて欲しい、なんてことを言わせたみたいです。聡美の正義感と面倒見の良さを上手くついたやり方ですよね。それで、聡美もとうとう先生の部屋へやってきて、私と同じ目に遭ったってわけです。ビデオを撮られた後は、さすがに聡美も抵抗する気力を無くしたみたいでした。いくらしっかりしてるって言っても、しょせんは小学生ですから。その後は、私たちと同じように、沙耶に命じられるまま何でも従うようになりました」

あまりのグロテスクな告白に、辻岡はじっとりと嫌な汗をかいていた。

これで、男性と交際したことがないはずの聡美が、誰と性交渉を持ったのかという捜査上の疑問に、答えが出たことになる。まさか、これほど無惨な真相だったとは想像もしていなかったが。そして、その経験が聡美に男と性に対する嫌悪を抱かせ、異性との交際を長らく忌避させたに違いない。

「先生は四週間くらいで教育実習を終えました。小学生の頃の感覚だと、ずいぶん長い間学校にいた気がしたんですが、実際はたったそれくらいなんですよね。とにかく、それで先生は学校からいなくなりましたが、私たちとの繋がりが切れたわけじゃありませんでした。休みのたびに、沙耶が私たちを呼び集めて、先生が車で迎えに来るのが習慣になったんです。それを、敦子の母親は、みんなで楽しく遊んでいると思ったんでしょうね」

真莉奈は微かに皮肉な笑いを漏らした。

「しかし、沙耶さんはなぜあなたや聡美さんを狙ったんでしょう。それまで、同じ学校でも、何の接触もなかったんですよね？」

「……きっと、沙耶は私たちが憎かったんですよ。顔でも、頭の良さでも、沙耶は学校の誰にも負けてないと思ってたみたいでした。それなのに、生まれた家が悪かったばっかりに、誰よりも惨めな暮らしを送ってたわけですから、誰が憎いっていうより、世の中全部を呪ってたのかもしれません。その象徴として、同級生の中でも恵まれた家庭で育っているように見えた私や聡美に、憎しみが向かったんだと思います」

そうした歪んだ心理は、辻岡がこれまで相対してきた多くの犯罪者の中にも見いだせるものだった。問題は、それがわずか十二歳に過ぎない少女の身のうちに生まれていたということだが。

「小学校卒業後は、あなたたちは別の中学に進んだと聞きましたが、それからも関係は続いたんですか？」

「いえ、それを機会に、沙耶たちとは縁が切れました。あれくらいの年頃だと、学校が違うっていうのは、別の世界に住んでいるのと同じようなものですから。それでも、いつか沙耶から電話がかかってきて呼び出しを受けるんじゃないかって、半年くらいは毎日びくびくして暮らしてましたけど」

「では、沙耶さんが殺害されたとき、一体何があったのか全くご存じないわけですか」

「ええ、残念ですが。あの子が殺されたってニュースを見たとき、本当にびっくりしましたよ。同時に、ほっとしましたけど。ああ、これでもう沙耶の影に怯えて生きて行かなくていいんだ、って」

「お葬式などには行かれなかったんですか？」

「はい。連絡も回ってきませんでした。事情が事情だけに、沙耶のお母さんは警察の解剖が終わった後、すぐに死体を火葬にして、葬儀もごく限られた身内だけのものにしたみたいです」

そう言ってから、真莉奈は少し声の調子を変えて、

「もしお葬式の連絡が回ってきてたら、私も出席してたと思いますよ。それで、あの子の死に顔を眺めて、ざまあみろ、って言ってやったでしょうね。さっき、沙耶が死んだって聞いてほっとしたって言いましたけど、本当はそれだけじゃないんです。心の底から嬉しく思ったんです。誰かが私に代わって復讐してくれたんだって、犯人に感謝したくらいでした」

何かの拍子に喚き出しそうな、不安定な声の響きだった。

少し間を置いてから、辻岡は次の質問をした。

「敦子さんの事件のときはどうです？　聡美さんは、事前に彼女から電話で相談を受けたそうですが、あなたには何か連絡はありませんでしたか？」

「何もありませんでした。敦子が死んだのを知ったのだって、事件から一年くらい経ってからでしたから。……私、正直言って、敦子のことが好きじゃありませんでした。私も沙耶には逆らえませんでしたけど、敦子がいつだって沙耶の顔色を窺っておどおどしているのを見てると、本当に苛々してきて、つい冷たく当たってたんです。だから、敦子の方も、私には全く心を許してなかったと思います」

「そうですか……」

「でも、状況から考えて、沙耶の事件にも、敦子の死にも、きっと沢本先生が関わってると思います。というよりも、あの人が犯人に違いありません。聡美もそのことを確かめようとするうちに、先生に殺されちゃったんですよ」

「確かに、その可能性はあるかもしれません」

「ね、この後、先生を逮捕してくれるんですよね？」

「捜査の結果、沢本が犯人だという証拠が見つかれば、そうなるでしょう」

「じゃあ、場合によっては逮捕しないかもしれない、ってことですか？」

「もし有力な証拠が見つからなければ。推測だけで逮捕はできませんから」

「冗談でしょ？　何人も殺した犯人をこのまま放っておくなんて」

「では、まずは未成年に対する強制性交等罪で沢本を逮捕するというのはどうでしょう。小学生のあなたを襲った件については、まだ時効にはなっていないはずです。告訴すれば間違いなく逮捕できます」

「嫌です。それはお断りします」

強い口調で真莉奈は拒絶した。

「しかし、逮捕して取り調べることができれば、殺人についても追及して、自白させることができるかもしれないんですよ」

「だとしても、私には無理です」

「…………」

どう説得したものかと辻岡が考えていると、真莉奈はベッドの上から腕を伸ばし、

床に置いたペットボトルを手にした。蓋を開け、中身をごくりと一口飲んでから、

「……私がこうやって引き籠もるようになったのは、大学の飲み会で男子に言われた冗談がきっかけでした。酔っ払った男子たちが何人かで騒いでて、そのうちの一人が私の方を向いて言ったんです。『こいつ、この前ネットで見たポルノ動画の女が津川さんに似てたって、興奮してるんだ』って。別に悪気があって言ったわけじゃなくて、酔った勢いで友達をからかってるだけだってことは分かりました。でも、そう言われた瞬間、私は血の気が引きました。それまでずっと忘れていた、例のビデオのことを思い出したからです。私を脅していた沙耶は死んだけど、あのビデオがその後どうなったのかは分かっていません。もしかしたら、誰かが何かのきっかけで手に入れて、それをネット上に流したって可能性もあります。私はショックを受けて、トイレに駆け込んで吐きました。……それからです。何を食べても、しばらくしたら全部戻してしまうようになったのは」

「しかし、その動画があなたのものだったということは、ありえないでしょう。もし小さな女の子が襲われている映像なら、たとえ酔っ払っていても、冗談で口にはしないはずですから」

「それは分かっています。でも、一度その恐怖に取り付かれたら、どうやっても振り払うことはできませんでした。毎晩、自分の映像がネット上に流れているのを見つけ

るっていう悪夢を見て飛び起きるようになって、もう眠るのが恐くなりました。寝ることも食べることもできなくなったら、まともに暮らすなんて無理ですよね。だから、こうして実家に戻ってきたんです」

「余計な差し出口かもしれませんが、医者に相談してはどうです？」

「お医者さんが何を解決してくれるって言うんですか？　せいぜい何か薬を出して、嫌なことを忘れなさい、って気休めを言うだけでしょう？　現実に存在するビデオをどうにかしてくれるわけじゃないんですから」

「それは……」

「それとも、刑事さんが保証してくれますか？　絶対にネット上に流出させたりしない、って。だったら、私だって喜んで告訴しますよ」

「………」

その場しのぎの無責任な約束などできなかった。もちろん、沢本の手元にデータがあれば、証拠品として差し押さえることはできる。だが、それがすでに複製されて様々な人間の手に渡っていたとしたら、もはや警察の力だけでどうにかできる問題ではなかった。

「私も、警察に被害届を出すことを考えなかったわけじゃありません。でも、たとえ裁判で被害者の身元を隠したとしても、こんな田舎じゃ噂はあっという間に広がって

『津川の娘が訴えたんだ』ってすぐにバレますよ。自分がどんな目に遭ったのかをみんなに知られるだけでも耐えられないのに、もしその情報がきっかけになって、ネットに流出したビデオに出てるのが私だって特定されたら、なんて想像すると……いっそ、死んだ方がましです」

そのとき、ふいに家の前の道から車のクラクションが聞こえてきた。

真莉奈ははっとしたようにカーテンの端を捲って、窓を覗き込んだ。その拍子に、真莉奈の横顔がわずかに浮かび上がり、辻岡はどきりとした。

「……母の車じゃなかったみたいです。でも、もう帰ってきてもおかしくないので、そろそろ引き上げてもらえますか？」

さっとカーテンを閉め直して、真莉奈が言った。

「分かりました。今お伺いした話については、また後ほど……」

「いえ、私がこの話をすることは二度とありません。たとえ先生が逮捕されて、刑事さんが私に証人になるように求めてきても、お断りするつもりです。そんな話をした覚えはない、って」

「……そうですか。ともかく、貴重な情報をいただき、ありがとうございました」

「先生が犯人なのは間違いありません。証拠を見つけて、必ず逮捕して下さい」

辻岡は立ち上がって一礼し、部屋を後にした。

邸宅を出て車に向かう間、辻岡の頭にあったのは、ほんの一瞬だけ目にした真莉奈の横顔だった。

かつての色白でふっくらした少女の面影などまるでない、頭蓋骨に皮だけを張ったような、老婆を思わせる顔。

辻岡が真莉奈の説得を諦めたのは、あの顔を見たからだった。今以上に精神的負荷を与えることになれば、真莉奈は間違いなく死を選ぶだろう。

ともかく、沢本という男の存在が判明しただけでも、大きな収穫だった。真莉奈の話が事実なら、沢本こそが全ての事件の犯人である可能性は高い。

辻岡はいよいよ事件の核心に迫ったという手応えを感じていた。

# 七章

## 1

車に戻った辻岡は、源野たちに真莉奈の告発のあらましを伝えた。

「ほう、沢本、というと……」

鹿島がやや首を傾げて言った。

「何か、心当たりが?」

「……いえ、ともかく、小学校に行って身元を調べてみましょう」

辻岡たちが小学校を再び訪れると、前回と同じ教員が対応してくれた。

「うちで受け入れた教育実習生の記録、ですか」

児童の個人情報ではなく、学校の業務記録であるせいか、それほどガードは堅くなかった。事情を詳しく説明するまでもなく、教員は該当年度の教育実習生の記録を印刷して持ってきてくれた。

そこに並んだ四人の実習生の記録の中に、沢本由洋の名前も確認できた。

「この沢本由洋という実習生ですがね、もしかして、あの沢本家の？」

鹿島が尋ねると、教員は、

「ええ、そうらしいです。本家の次男坊だか三男坊だという話で。当時、私はまだこの学校にはいなかったんですが、受け入れるに当たって、校長以下、色々と気を遣うことが多かったそうですよ」

「でしょうね」

教員に礼を言って学校を出ると、辻岡はさっそく、

「沢本家、というのは何なんですか？」

と鹿島に尋ねた。

「最初に名前を聞いたとき、私もまさかとは思ったんですが、嫌な予感が的中しましたよ。沢本の実家は単なる資産家じゃない。この辺りでは一番の名家なんです。江戸時代の殿様の血筋だそうで、代々の当主は県や市の行事などでよく来賓として最上席に座ってますよ。私も、県警主催のイベントで目にしたことがあります。血縁関係には現役の国会議員もいれば、地元テレビ局の重役もいると聞きますし……うかつに手を出せば、我々の方が大火傷をすることになるかもしれません」

鹿島は厳しい顔で言った。

「となると、いきなり任意同行を求めて事情聴取、というわけにはいかないようです

ね」

「この際、強引なやり方は出来るだけ控えた方がいいでしょうな」

殿様だ名家だと言われても、辻岡にはいまひとつピンとこなかった。だが、鹿島がこうまで言うのなら、その判断に従うしかなさそうだ。

「分かりました。どう接触するかは後々考えるとして、まずは沢本の現在の所在を突き止めましょう。ここには市内のマンションの住所が載ってますが、これは教育実習中に借りていた部屋みたいですね。携帯の番号が書いてありますから、電話してみましょうか」

辻岡が言うと、鹿島は首を振って、

「いや、もう少し慎重にいきましょう。由洋が犯人だった場合、捜査の手が伸びてきたと知れば、どこかへ身を隠してしまう可能性もあります。なにせ、逃亡資金に不自由することはありませんし、沢本家の令息から頼まれたとなれば、身を挺してでも匿おうという人間が幾らでもいるでしょうからな」

「では、どうやって調べます？」

「……とりあえず沢本の本家の周辺で聞き込みをしてみましょう。沢本家の人々の動向は、近所の住人からしても格好の噂の種でしょうから、由洋が今どこで何をしているのか、ある程度のことは分かるかもしれません」

鹿島の提案に従って、辻岡たちは沢本の本家に向かって車を走らせた。

沢本家の屋敷は、市内を一望する小高い丘の上にあった。何でも、江戸時代に藩主の隠居所があった場所だそうで、周囲に高い塀を巡らせた、いかにも広壮な建物だった。すぐ側(そば)には川が流れていて、往時には天然の堀となっていたのかもしれない。

屋敷の近くに車を停めると、辻岡たちは手分けして聞き込みを行うことにした。

「いいですか、由洋が殺人事件の犯人かもしれない、などという話はおくびにも出さないで下さいよ。この辺りでは沢本家を尊崇している老人が少なくありません。たとえ警察が相手でも、おかしなことを言うなと怒り出すかもしれませんからね」

事前に鹿島がそう釘(くぎ)を刺していた。

この辺りの住宅はほとんどが古い一軒家だった。

数軒回っても留守ばかりだったが、やっと庭の小さな菜園で作業をしている老婆を見つけ、声をかけた。

「はあ、本家の由洋さんですか。確か、大学を卒業してからお屋敷の方へ戻ってこられて、今でもそちらへお住まいのはずですよ。ときどき、車を乗り回している姿をお見かけしますし」

老婆は辻岡を縁側に座らせ、お茶を出した後、そう教えてくれた。

「それにしても、東京の警察の方が、どうしてまた由洋さんのことを？」

「ええ、実は、ネットバンクを利用した詐欺事件を捜査する中で、沢本由洋さん名義の口座がリストに出てきたもので、念のため調べに来たんです。しかし、ご本人がこちらへお住まいということは、単に犯人グループに利用されただけのようですね」

「そうですか。難しい話はよく分かりませんが、由洋さんが無関係と分かったんなら結構なことです」

　老婆はほっとしたように何度も頷いていた。

　その後、菜園の野菜で作った漬け物まで振る舞われたので、辞去するのが遅くなった。

　車へ戻ってみると、他の二人の姿はまだ無かった。

　しばらく待つうちに、鹿島が戻ってくる。

「町内会の世話役をしているという老人から話を聞けまして、詳しいところまで分かりましたよ。由洋は、大学を出てからも、結局は教員にならず、一族で経営する会社の役員に収まったそうです。といっても、それも形だけのもので、実際はぶらぶらと遊んで暮らしているようなものだとか」

　現在は屋敷の中にある一棟で暮らしているというのは、辻岡が聞き込んできた話と一致していた。

　それから、源野が戻ってくるのを待ったが、三十分が過ぎてもまだ姿を見せなかった。

（あいつ、何をやってるんだか）

痺れを切らして、辻岡は電話してみた。

「あ、済みません、遅くなっちゃいまして。今、ちょっと手が離せないんで、もう少し待ってもらえます？」

源野は忙しげに応じた。

「待つのは構わないが、どこで何をしてるんだ？」

「いやまあ、ちょっと……」

答えが妙に曖昧で、状況がよく分からないので、ともかく居場所を聞き出して様子を見に行ってみることにした。鹿島には車で待っていてもらう。

源野は屋敷の前の川を少し下流に向かったところにいた。呆れたことに、河原で釣りをする子供たちに交じって、竿を握っていた。

「おい、何を遊んでるんだ」

「それが、話を聞くついでにちょっと釣り方のアドバイスしたら、実際にやってみてくれとせがまれちゃいまして」

四、五人の小学生くらいの子供たちは、すっかり懐いた様子で源野を取り囲んでいる。突然現れた辻岡には怪訝そうな顔を向けてきた。

「あと一匹釣れたら解放してもらえる約束なんで、もう少し待ってもらえませんか」

「早くしろよ」

仕方なく、辻岡は少し離れた場所で待つことにした。

土手には数本の桜の木が植えられていて、間もなく満開を迎えようとしていた。咲き誇る花の下で子供たちが川遊びに興じている様は、牧歌的で絵になる風景だった。しばらくの間、事件のことを忘れてくつろいだ気分になる。

が、ふと上流に視線を向けたところで、辻岡ははっとした。土手の向こうに沢本家の屋敷が見えたからだ。

(これはいい見張り場所かもしれないな)

屋敷の塀には幾つも監視カメラが設置されていて、下手に周りをうろつくこともできない。しかし、ここからなら、警戒されずに見張ることができるだろう。

少し場所を移動してみると、ガレージのシャッターも見えた。

鹿島が聞き込んできた話によれば、由洋はダークブルーのジャガーに乗っているそうだ。もし、ガレージにその車が停まっていれば、由洋は在宅しているということになる。

「済みません、お待たせしました。やっと釣れましたよ」

そう言いながら源野がやってきた。

「もうちょっと釣りをしてろ。五匹がノルマだ」

「えーっ」

源野を追い返した後、鹿島にも電話をして事情を説明し、もうしばらく待ってくれるよう頼んだ。

ガレージのシャッターが開いたのは、それから一時間ほどが経ってからだった。出てきたのは、白の軽自動車だ。中年の女が運転している。

そして、ゆっくりとしまっていくシャッターの奥の暗がりに、ジャガーが停まっているのを確認できた。

「おい、行くぞ」

辻岡は源野に声をかけ、土手を上がっていった。

釣りにも飽きて子供たちと水切りをしていた源野は、石を捨てて慌てて追ってくる。

「バイバーイ！」

子供たちは賑やかに手を振って二人を見送った。

「何か分かりましたか？」

車まで戻ると、鹿島が尋ねてきた。

「ええ、ガレージに由洋の車が停まっているのを確認しました。やつは在宅してます」

「これからどうするつもりです？」

「こうなれば、思い切って由洋に面会を申し込んでみますよ。過去のことは何も知らないふりをして、あくまでも関係者の一人に聞き込みをするだけ、という体でいけば、向こうも逃げ隠れはしないんじゃないでしょうか」

「……そうですな。遠くから怖々眺めているだけでは、何も話が進みませんからね」

　地元の刑事がいれば、かえって向こうも居丈高に出るかもしれないということで、辻岡と源野だけで聞き込みに向かうことにした。

　鹿島の運転で屋敷の前まで行くと、辻岡たちは車を降りて、大きな門に向かった。

　インターホンのボタンを押してしばらく待つうちに、

「はい、どちら様でしょう」

　と若い女の声が応じた。

「私、警視庁の辻岡と申します。こちらにお住まいの沢本由洋さんに、少し話を伺わせてもらいたいんですが」

　カメラに向かって警察手帳を示しながら告げ、

「先ほど、ガレージに由洋さんの車が停まっているのを目にしたもので、今ならご在宅かと思い、訪問させていただきました。いきなりお約束もなく、申し訳ありません」

と、居留守を使われないよう釘を刺しておいた。

「……はあ、少々お待ち下さい」

女は少し困惑したように言って、一度通話が切れた。

屋敷が広いせいか、それとも話を聞いて由洋が対応に迷っているのか、かなり長く待たされた。

やがて、門の脇にある通用口のドアが開いた。

顔を覗かせたのは、気難しそうな顔をした老人だった。痩身をきっちりしたスーツで包んでいる。

「こっちへ」

老人は無造作に手招きした。

言われるまま、辻岡たちは通用口から中へ入る。

塀の内側は、広々とした砂利敷の前庭になっていた。母屋らしい建物が遠くに見える。

「あんたら、警視庁の刑事だそうだな」

「ええ」

辻岡が名刺を差し出すと、老人はひったくるように手に取り、じっと眺めた。

「……それで、東京からわざわざ何の用だ？」

どうやらこの場に立たせたまま応対するつもりらしい。

「先ほども申し上げましたとおり、由洋さんに少しお話を伺いたいんです」

「どんな話だ？」

「それは、ご本人に直接申し上げます」

「そうはいかん。この屋敷では、客を取り次ぐかどうかは全てワシが決めることになっている。事情も聞かずにご家族に会わせるなど、とんでもない話だ。たとえ、相手が警察だろうとな」

（くそ、面倒な爺さんだ）

昔で言えば、家宰といったところだろうか。主家以外は人を人とも思わない性格のようだ。

「分かりました。では、簡単にご説明しましょう。我々は東京で発生した殺人事件の捜査を行っております。被害者がこちらの出身でして、過去の人間関係を調べていたところ、小学生の頃に教育実習生だった由洋さんと交流があったという話を耳にしました。そこで、当時のことを何でもいいから聞かせてもらえないかと思い、ご訪問した次第です」

「由洋坊ちゃんが教育実習生をしていたといえば、もう十年も昔の話じゃないかね」

「正確には八年前になりますね」

「だとしても、ずっと昔のことなのに違いはない。今の事件に関係があるとはとても思えんのだがな」

「ええ、見込みはかなり薄いかもしれません。しかし、現在、捜査が難航しておりまして、どんな些細な手がかりでも掻き集めていかなければならない状況なんです」

辻岡が懸命に訴えると、老人はしばらく思案していたが、

「……分かった。そういうことならば、ワシが由洋坊ちゃんに話を聞いてきてやろう。誰のことを聞きたいのか、名前を教えてくれ」

「いえ、それでは困るんです」

辻岡は慌てて言った。由洋と対面し、少しずつ事実を突きつけていく中で向こうの顔色がどう変わるのか、それを確かめるのが本来の目的なのだ。間に人を挟んだのでは何の意味もない。

「それで不服なら、このまま帰るんだな」

「そのような態度を取られていると、かえって由洋さんに迷惑がかかる事態になるかもしれませんよ。捜査への協力を拒むとなれば、何か後ろめたいことがあるのではないかと考えるのが普通ですからね」

「つまらん脅しはよせ。東京の警官が管轄外でいきり立ったところで、何を出来るというんだ。むしろこちらが、お前たちを不法侵入者として通報してもいいんだぞ」

老人は冷ややかに言った。

これ以上ことを荒立てれば、老人は本当に通報しかねないように思えた。

「……分かりました。では、小池聡美という児童のことを覚えていないか、由洋さんに聞いてみて下さい」

「よし、しばらくここで待っていろ」

老人は母屋の方へずんずんと歩いていった。

取り残された辻岡たちは、しばらく手持ちぶさたの時間を過ごした。

「せめて家に上げて欲しいですよね」

源野が花壇の縁石に腰を下ろしてぼやいた。

そのとき、屋敷に車が戻ってきた気配がした。シャッターの作動音がして、少し経ってからガレージのドアが開く。先ほどの中年女が戻ってきたのかと思ったが、入ってきたのは若い女だった。

女は辻岡たちに気付くと、ちょっと驚いたように足を止めた。が、辻岡が会釈すると、向こうも頭を下げて、すぐに母屋の方へ去っていった。

(今の女……)

どこかで見たことがあるような気がした。

「辻岡さん、どうかしました?」

「なあ、さっきの女に見覚えはないか？」

「えっ、女？」

ぼんやり空を眺めていたせいで、見ていなかったらしい。

辻岡はしばらく記憶を探ったが、どこで会ったのか思い出せなかった。少なくとも、岐阜に来てからなのは間違いないのだが。

そのとき、母屋から老人が戻ってきた。

「待たせたな」

「由洋さんは何と仰っていましたか？」

「そんな児童のことは覚えていない、とのことだ」

「そうですか」

まさに予想通りの答えだった。

「さあ、これで用は済んだろう。さっさと帰ってくれ」

「ええ、分かっています」

辻岡は素直に通用口へ向かいながら、

「ところで、さっき戻ってきた女性はどなたですか？」

「女性？　……ああ、あれなら、由洋坊ちゃんの秘書だ」

「秘書にしては、若すぎるような気もしますが」

「そんなのは、あんたの知ったことじゃない」

老人は忌々しそうに答えた。その苛立ちは辻岡に対してというより、あの女に向けられたもののように思えた。秘書と称して若い愛人を囲っている、というのが実情なのかもしれない。

「ご協力ありがとうございました」

外へ出ると、辻岡は丁寧に挨拶したが、老人はふんと鼻を鳴らしただけでドアを閉めた。

鹿島は川にかかった橋の向こう側に車を停めて待っていた。

「首尾の方はどうでしたか？」

「いけませんね。思いがけず、厄介な番人がいまして」

辻岡は老人のことを説明した。

「そうですか……まあ、あれだけの名家となれば、そうした海千山千の使用人がいて当然かもしれませんな」

鹿島は慰めるように言ってから、

「では、この後はどうします？」

「そうですね……やはり、何としても由洋に直接会うつもりです。そこで小池聡美との関係について追及し、やつが虚偽の説明を重ねる、あるいは供述を拒んで逃げるようなことになれば、東京の捜査本部へ連絡して、重要参考人として出頭要請を出してもらいましょう」

それでも要請を拒むようなら、逮捕状が出ることになる。

「相手が警視庁となれば、さすがに沢本家も圧力のかけようがないでしょうな」

鹿島はにやりと笑って言った。

しばらく相談してから、丘を下っていく道路の途中に車を停め、由洋が外出するのを待ち構えることにした。

すでに日は大きく傾いて、辺りは濃い夕闇に包まれようとしていた。

「今のうちに買い出しに行っておきましょう」

腹が減ったのか、源野が提案してきた。

屋敷の周辺には店が一軒もなかったので、町まで降りてスーパーに立ち寄った。これから長時間の張り込みも予想されるため、多めに飲食物を買い込んでおく。

鹿島の携帯が鳴ったのは、三人が車へ戻ったときだった。

「はい、鹿島です……え？　本当ですか？」

鹿島は表情を引き締め、相手の話に耳を傾けていた。

「……分かりました。ただちに対応します」

そう言って電話を切ると、鹿島は辻岡たちを見て、

「まずいことになりましたよ」

「どうしました？」

「今のは刑事課長の島井からの電話だったんですが、地元の市議を通じて沢本家から要請があったそうです。東京から来た刑事が二度と屋敷へ近付かないようにしてくれ、と。すでにパトカーを一台派遣していて、私にも辻岡さんたちを探して署に連れてくるようにと命令が下りましたよ」

「なぜ、そんな要請に応じるんですか？」

辻岡が腹立ちを覚えながら言うと、

「沢本家の影響力というのもあるんですが、その市議というのが、定年になった幹部職の再就職先をあれこれ世話してくれるもので、署の上の連中も頭が上がらないんです」

と鹿島は恐縮したように説明した。

しばらくすると、スーパーの前の道をパトカーが通り過ぎていった。あれが屋敷の周辺を巡回するのであれば、付近で由洋を待ち伏せするという計画は諦めた方が良さそうだ。

「とりあえず、今日のところは引き上げましょう」

鹿島はそう言って、駐車場から車を出した。

辻岡たちを昨日と同じ宿へ送り届けた後、

「これから署に戻って、島井がどういう腹づもりでいるのか、探りを入れてみます」

と言い残し、鹿島は走り去っていった。

「おや、今夜もお泊まりですか」

すっかり顔なじみになった宿の主人が、部屋へ案内してくれた。

「夕食はご用意しましょうか？」

「いえ、明日の朝食だけお願いします」

張り込み用に買い込んだ食料を無駄にしないよう、晩飯に回すつもりだった。

「……昨日の店は美味かったですねえ」

部屋で冷たいおにぎりを頬張りながら、源野が侘びしげに言った。

食事を終えて、しばらくくつろいでいると、鹿島から連絡があった。

「いや、どうにも手に負えませんよ。普通、外部からの要請で仕方なく腰を上げたときは、相手方が納得する程度のポーズを見せて終わりにするものなんですが、今回は島井が意地になっていましてね。あなたがたを東京へ追い返したと得意になっていた手前、面子を潰されたと思っているようです。沢本家の要請とはいえ下手な肩入れはしない方がいいと忠告してみたんですが、全く聞き入れませんでした」

「では、屋敷の警護はしばらく続くということでしょうか」

「それどころか、刑事を二人、由洋に張り付かせて、あなたがたが接触してくるのを待ち構える計画だそうです」

「まさか我々を逮捕するつもりじゃないでしょうね」

「さすがにそこまでは。しかし、管轄からの退去を命じて、それを拒むようなら警視庁へ厳重に抗議を入れるくらいはするでしょう」

そうなった場合は、警視庁も岐阜県警と全面的に対立するのを避けるため、辻岡たちに引き上げを命じる可能性が高い。

「分かりました。こうなると、由洋を直接追及するのは諦めた方が良さそうですね」

「申し訳ありません。同じ警察同士で捜査の妨害をするなど、情けない限りです。私にもう少し力があれば良かったんですが……」

「いえ、鹿島さんには感謝の気持ちしかありませんよ。下手をすれば、ご自身の立場が危うくなるというのに」

「なあに、私は辻岡さんたちと一蓮托生(いちれんたくしょう)の覚悟ですから。しかし、明日からの捜査はどうしますか？」

「そうですね……今のところは何の当てもありません。今夜一晩、源野とも相談しながら考えてみます」

「お願いします。私も、無い知恵を絞ってみますので」

電話を終えると、辻岡は鹿島の話を源野に伝えた。

「はあ、面倒なことになりましたね。由洋に手を出せないんじゃ、どうにもならないんじゃないですか？」

「それをどうにかする方法を考えろ、って話だよ」

辻岡は畳の上に寝転がり、天井を見上げながら思案した。

ともかく、捜査本部が由洋に出頭要請を出してしまえば、島井も妨害のしようがないだろう。だが、現状では、由洋を重要参考人として扱うのは、捜査本部も二の足を踏むに違いない。沙耶と敦子の事件について、由洋が何らかの形で関与しているのは確かだとしても、まだ犯人だと言い切れるだけの証拠は揃っていないのだ。少なくとも、由洋が何故(なぜ)二人を殺害したのか、その動機を捜査幹部が納得できるように説明できなければ、出頭要請が出されることはないはずだった。

「……中学に入ってから、沙耶と由洋の関係はどうなっていたんだろうな」

その点について、別の中学に通った真莉奈は何も知らなかったが、動機を探るならむしろ一番重要な部分かもしれない。

「明日、沙耶と敦子の母親に、改めて話を聞きに行ってみますか？」

「そうだな……」

どちらの母親も、娘たちと由洋の繋がりを認識していたとは思えず、あまり期待は持てなかった。だが、他に聞き込みをする相手も思い付かない。

それから、二人は順に風呂へ入り、布団を敷いて横になった。ほとんど会話もなく熟考を続けたが、名案が浮かぶということもなかった。

「あ、そうだ」

ふいに源野ががばっと身を起こした。

「どうした、何か思い付いたか？」

「あ、いや、今のうちにビールでも買っておこうかと思いまして」

「は？」

「ほら、この辺ってコンビニがないらしいじゃないですか。酒を買うならすぐそこの角に酒屋があるけど、午後八時には閉まる、って宿の主人が言ってたんです」

「やれやれ」

辻岡はまた布団へ寝転がった。

「どうです、辻岡さんも何か飲みますか？」

「ああ、ビールを二本くらい買ってきてくれ」

源野が部屋を出て行ってしまうと、じっと考え込む気力もなくなり、テレビを点けて適当なチャンネルに合わせた。

二十分ほど経ったところで、源野から電話がかかってきた。

「あ、辻岡さん。済みませんが、ちょっと店まで来てもらえます?」

「どうした?」

「それが、店の爺さんに未成年じゃないかって疑われて、困ってるんです。携帯と小銭入れしか持ってこなかったから、身分証もなくて」

「お前が未成年?」

思わず辻岡は笑った。風呂上がりにジャージに着替え、洗い髪をざっと乾かしたままだったからだろう。

「笑いごとじゃないですよ。このままだと、警察に連絡して補導してもらう、なんて言ってるんですから」

「分かった分かった。すぐに行ってやる」

電話を切った辻岡は、宿の浴衣(ゆかた)を脱いで、シャツとスラックスに着替えた。玄関脇の帳場にいた主人に一声かけ、靴を履いたときだった。

(そうか、補導だ)

ふいに閃(ひらめ)きが起きた。

急いで靴を脱ぎ、部屋まで引き返すと、鹿島に電話をかけた。

「やあ、辻岡さん、どうかしましたか?」

「捜査のことで一つ思い付いたことがありまして」

「ほう、お聞かせ下さい」

「五十嵐沙耶は、中学時代は素行が悪く、何度か補導歴があるという話でしたね？」

「ええ、そうです」

「では、当時補導を担当した警官に話を聞けば、沙耶の中学時代のことが詳しく分かるんじゃないでしょうか。由洋との関係を含め、事件に繋がるような背景が見えてくるかもしれません」

「ああ、なるほど。確かにその通りです」

「担当した警官を探せますか？」

「やってみましょう。ただ、島井たちに気取られないよう行動する必要がありますから、少し時間がかかるかもしれません。こちらから連絡するまで、宿でお待ち下さい」

「分かりました。よろしくお願いします」

　これで新たな捜査方針も決まり、辻岡はほっとした。

　無意識のうちに浴衣に着替え、布団に横になる。

　鹿島の首尾についてあれこれ思いを巡らせているうちに、携帯が鳴り始めた。見ると、源野からの電話だ。

「ちょっと、辻岡さん、まだなんですか？」

「あ、悪い、すっかり忘れてた」

辻岡はまた慌ただしく着替えて、酒屋へ向かった。

## 2

翌朝、山森から電話がかかってきた。上林に事情聴取した結果の報告だった。

「結局、上林は井上の行方について何も知らなかったそうだ。念のため、後で誰かに滋賀の失踪事件の裏取りをさせるつもりだが、まあ、嘘は言っていないだろう」

「そうですか……」

もし井上に事情聴取することができれば、一気に事件の真相に迫れる可能性もあるのだが。

「そっちの地元署に事情を説明して、井上捜索の協力を頼めないか？」

「それが、あれからまた面倒な事態になっていまして」

辻岡は昨日の件について説明した。

「そうか、孤立無援というわけか……ともかく、今の段階では、こちらから何か手助けしてやることはできん。その代わり、沢本由洋を重要参考人として扱うのに充分な証拠が揃えば、たとえ県警からどんな横やりが入ろうと、必ず首根っこを押さえて東京まで連行してやるからな」

「はい」

電話を終えると、辻岡は源野と共に宿の食堂へ行って、朝食をとった。

鹿島からの連絡はなかなか入らなかった。部屋でじりじりしながら待つうちに、時計は正午を指した。

「鹿島さん、大丈夫なんですかね。僕たちに協力しているのがばれて、島井たちに拘束されてる、なんてことがなければいいんですけど」

源野が不安そうに言う。

まさか警官同士で軟禁されるようなことはないだろうが、自由に連絡もできない状況に置かれている可能性はあった。

だとしても、辻岡たちに何かできることはなく、辛抱強く待ち続けるしかなかった。

宿では昼食が出なかったので、二人は近所の定食屋に足を運んだ。味気ない食事を黙々と済ませて、すぐに宿へ戻る。

辻岡の携帯が鳴ったのは、午後二時を過ぎたときだった。鹿島からだ。

「いや、どうもお待たせしました。補導を担当した者はすぐに分かったんですが、すでによその署に異動していまして、連絡を付けるのに手間取ってしまったんです」

「それで、話を聞けることになりましたか？」

「今夜八時に会う約束になりました。我々があちらさんの勤務地まで出向くことになっていまして、車で片道一時間半ほどはかかりそうなんですが、構いませんか？」

「ええ、もちろんです」

「では、余裕を見て、午後五時にはそちらの宿へ迎えにあがります」

嫌な想像が全て杞憂に終わって、辻岡は安堵した。

午後五時前になると、二人は身支度をして宿の前に出た。時間通りに鹿島の車がやってくる。

「担当者は西川友美という警部補で、現在は生活安全課で係長をしているそうです」

道中、鹿島はそう説明した。

「我々の置かれた状況について説明するかどうか迷ったんですが、電話で話すうちに、彼女がしっかりした筋を通す人間だという印象を受けたので、思い切って打ち明けてみました」

「で、反応はどうでした？」

「幸い、身内同士で捜査の妨害をしているという話に、非常に憤ってくれましてね。彼女自身、殺された沙耶の無念を晴らしてやりたいという気持ちがあったそうで、協力を約束してくれましたよ。我々に会うことは、決して他言しないそうです」

「それは助かりますね」

もう一人味方が増えたというのは心強かった。

西川が面会の場所として指定したのは、駅裏の小さな通りにある喫茶店だった。店内の照明は絞ってあり、ジャズが流れている。

約束の時間の十五分前に、西川が現れた。紺のパンツスーツ姿で、年は四十代半ばくらい。女性にしては背丈のあるがっちりした体格だった。

挨拶を済ませると、西川はさっそく本題に入った。

「五十嵐沙耶を補導したときの話を聞きたいそうですね」

「はい。彼女は何回くらい補導されたんでしょうか」

「私の知る限りでは、五回だったと思います。そのうち一回は集団万引きによるもので、他は全て深夜徘徊(はいかい)が理由でした」

「その万引きは非行歴に残ったんですか？」

「いえ、取り押さえた店側が穏便に済ませたいと申し出たので、事件化はしませんでした」

「金に困っての犯行だったんでしょうか」

「違いますね。スリリングなゲームとして、仲間たちと万引きを楽しんでいたようでした。彼女の場合、小遣いには不自由していなかったんじゃないでしょうか。逆に、仲間たちに色々と奢(おご)っていたくらいです」

「その金はどこから出ていたんでしょうね。実家の経済状況からすると、娘にたっぷり小遣いを渡すような余裕はなかったはずですが」

「分かりません。私も何か犯罪に絡んでいないかと心配で、何度か問い詰めてみたんですが、彼女は決して出所を明らかにしませんでした。ただ、仲間の一人から聞いた話では、彼女が金を使い果たしたとき、誰かに電話をして小遣いをねだっているのを見たことがあったそうです」

(由洋だ)

辻岡は確信した。やはり、沙耶と由洋の関係は中学生になってからも続いていたらしい。ただ、露骨に金銭を要求するというのは、小学生の頃にはなかった話だ。沙耶が中学生になってより知恵を付けたことで、由洋との関係性も変化していたのだろうか。

「彼女が連れていた仲間というのは、学校の同級生でしょうか」

「いえ、同じ学校だったのは一人だけだったはずです。確か……」

「坂崎敦子、ですか？」

「ええ、そうです。他は、みんな夜遊びをするうちに知り合ったようで、不登校児だったり、家出をしていたり、それぞれ問題を抱えた少女たちでした」

「坂崎敦子は、その中でどういう立ち位置だったんでしょう。五十嵐沙耶の親友として、グループの中心にいた感じですか？」

「いえ、あの子だけは、出来ることならグループから抜けたいと思っているようでした。真面目な性格で、私たちに反抗の色を見せたこともありませんでしたね。補導の後、母親が迎えにきたときは、いつも泣いて謝っていたのを覚えています」

「それなのに、どうしてグループから抜けないのか、理由は言っていましたか？」

「その辺りの事情は、どれだけ聞いても、口を閉ざしたまま何も明かしてくれませんでした。単に気が弱くて仲間に逆らえないというだけでなく、それ以上に何か理由があったようなんですが……」

ビデオの存在については、西川には伏せていた。長年、少年係を担当してきた警察官だけに、それを聞けば激高して思わぬ行動に出る恐れもあったからだ。

「西川さんから見て、五十嵐沙耶はどういう少女でしたか？」

最後に、辻岡はそう尋ねてみた。

「そうですね……とても頭が良くて、それだけになかなか手に負えない子でした。自分の価値も充分に分かっていて、他の多くの不良少女たちとは違い、安易に男に身を任せるようなこともありませんでした。もし彼女が更生していたら、きっと社会で大きく活躍できる人材になっていたに違いありません。でも、彼女は決して大人を信じず、私たちの言葉もまるで心に届いていないようでした。ですから、彼女があんな事件に巻き込まれたのも、私たちの力不足が原因だったように思えて、未だに悔いが残っています」

西川はしんみりと語った。

重ね重ね感謝して西川と別れた後、辻岡たちはM市へ引き返した。帰りは源野がハンドルを握る。

「どうです。今日の話は収穫になりましたか？」

鹿島が言った。

「ええ、大いに参考になりました」

「ほう、何か摑んだようですな」

「これまでの情報と合わせて、事件の大枠が見えてきたような気がします」

「本当ですか？　ぜひ、それを聞かせてもらえますか」

「そうですね……もう少しだけ、自分の中で整理させてもらえますか。M市に着く頃には、順を追って説明できると思いますので」

「分かりました」

それから一時間ほど、辻岡は車窓を流れていく闇を見つめながら沈思した。

やがて、車は峠道を越え、町の灯り（あか）が見えてきた。

「どうします？　このまま宿へ直行しますか？」

源野が言った。

「いや、どこか腰を落ち着けて話せる場所へ寄ってくれ」

「分かりました」

しばらく走るうち、国道沿いにファミレスを見つけたので、そこへ入った。

「考えの整理がつきましたか？」

テーブルに案内され、注文を済ませると、さっそく鹿島が尋ねてきた。

「はい。……恐らく、五十嵐沙耶の事件は、こういう流れだったと思うんです。まず、事件の直接の発端を作ったのは、坂崎敦子でした。彼女は、沙耶を中心とした非行グループから抜けたいと考えていました。本人が真面目な性格で、非行に馴染めなかったからというのもあるでしょうし、母親に迷惑をかけて申し訳ないという気持ちもあったでしょう。しかし、例のビデオが存在する限り、敦子は沙耶に逆らうことが出来なかった。沙耶は、何でも自分のいいなりになる敦子を、決して手放そうとしなかったに違いありません。そこで、敦子はあるとき思い切った行動に出た。由洋の部屋へ呼ばれたときに、隙を見て、ビデオを盗み出したんです。それはビデオカメラだったかもしれないし、ノートパソコンや、他の記録媒体だったかもしれませんが、ともかく、脅迫のもとになったデータを奪うことに成功しました」

「それを敦子は処分したんでしょうか？」

源野が言った。

「いや、そうしてしまうと、激怒した沙耶が何をしてくるか分からない。最悪の場合、敦子を脅して部屋へ連れ込み、また同じようなビデオを撮影するということだってあり得る。だから、敦子はビデオを交渉の材料に、二度と自分に構うなと沙耶に言ったんだろう。もし何かちょっかいを出してくれば、ビデオを警察に提出すると脅してな。警察がビデオを見れば、当然由洋は逮捕され、沙耶も共犯者として厳しく処罰されるはずだ」

「その時点で、なぜ警察に届け出なかったんでしょうな」

鹿島が疑問を呈した。

「それはやはり、素朴な中学生からすると、警察と世間が恐ろしかったからでしょう。自分も厳しく取り調べを受けるかもしれないし、メディアが殺到して世間のさらし者になってしまうかもしれない。敦子としては、とにかく非行グループから抜けることさえ出来れば充分だったわけですから、問題を大きくしたくなかったんだと思います」

「なるほど」

「そして、ここで事件に関わってきたのが井上孝彦でした。ビデオを手に入れた敦子は、それをどこに保管しておくか頭を悩ませたはずです。自宅に置いておいたのでは、親の留守中に沙耶たちが押しかけてきて、家捜しして見つけ出すかもしれない。かといって、学校だの駅のロッカーだのといった場所に隠しておけば、何かの拍子に第三者に見つかって、中身を見られてしまう恐れがあります。そこで敦子が思い出したのが、井上の存在だったんでしょう。冷静に考えれば、子供の頃にわずかに交流を持っただけの男を頼るなど、かえって危険に思えるかもしれませんが、敦子は切羽詰まっていましたし、親以外に頼れる大人となると、井上しか思い浮かばなかったのかもしれません。そして、井上は、突然訪れてきた敦子の頼みを受け入れて、ビデオを預かりました」

そのとき井上がどんな心境だったのか、想像するのは難しかった。追い返すのも面倒で仕方なく預かったのだろうか。それとも、昔のことを忘れていなかった敦子を可憐に思って、一肌脱ぐ気になったのか。

「一方で、敦子から絶縁を告げられた沙耶は、大人しく引き下がるつもりはありませんでした。あらゆる手を尽くしてビデオの所在を探し、ついに井上の家に預けられていることを突き止めます。そして、井上が外出するのを待って家に侵入し、ビデオを取り返しました。そこで沙耶が素直にビデオを由洋に返していれば、あんな事件は起きなかったでしょう」

「つまり、沙耶はビデオにもっと利用価値があると思ったわけですね」

源野は話の先行きが呑み込めてきたような顔をしていた。

「沙耶は由洋に金を要求するようになっていたようだが、中学生になって夜遊びを覚えると、小遣い程度の額では満足できなくなっていたのかもしれない。由洋の方でも、段々と手に負えなくなってきた沙耶を、疎ましく感じていた可能性はある。二人の間に険悪な空気が生まれていれば、ビデオの一件は、関係性を一変させるきっかけになっただろう」

「えーと、そうすると、ビデオを手に入れた沙耶は、それをまたどこかに隠したってことですね。そして、近くで待機していた由洋のところへ行って、『これからは私が主人だ』とかなんとか宣言したと。逆らえばビデオを警察に提出すると脅して」

「誤算だったのは、沙耶が思っていたほど由洋も大人しい男じゃなかった、ってことだな。思いがけない脅しに遭ってかっと頭に血が上ったのか、由洋は沙耶の首に手をかけて絞め殺してしまった。その後、慌てて車で死体を近くの小屋に運んで隠したんだ」

「沙耶を殺したことは、敦子に教えたんでしょうか」

鹿島が言った。

「報道で沙耶の死を知った敦子が、慌てて警察へ駆け込むようなことがないよう、あらかじめ教えていたと思いますね。本当なら、そのとき敦子も始末したいところだったでしょうが、証拠を残さず殺すには、準備の時間が足りなかった。そこで、とりあえず脅して口止めだけしておいたんです。敦子もそのままなら、口を噤んだままでいたかもしれません。しかし、思いがけず井上が犯人として逮捕されるという事態になりました。そうなると、敦子としては黙って見ているわけにはいきません。せめて井上の冤罪だけでも晴らそうと、新聞記者の佐藤に連絡を取りました」

その後のことは、佐藤の証言によって明確になっている。

「新聞記事により、敦子が口止めの約束を破ったと知った由洋は、もはや生かしてはおけないと考えたでしょう。放っておけば、次は誰が犯人であるのか警察に告げるかもしれない。そこで、何か適当な口実で敦子を呼び出し、自殺に見せかけて橋から突き落としたんです」

「しかし、敦子も由洋のことを恐れ、警戒していたでしょうから、そう簡単に呼び出しに応じたとは思えませんが」

「その場合は、どこかで敦子を襲って車に押し込み、橋まで運んだと考えられます。そこで多少の外傷が付いたとしても、深い渓谷へ転落して川を流れる間に、死体はひどく損壊したでしょうから、警察による解剖では溺死したという事実が分かるだけで、自殺か他殺か判断するのは困難だったはずです」

「なるほど……よく分かりました。全て筋の通った説明になっていると思います」

鹿島は感服したように言った。

「ただ、この説明は、今の段階では全て私の推測でしかありません。裏付けとなる証拠を手に入れなければ、捜査幹部たちは納得してくれないでしょう」

「例のビデオはその後どうなりましたかね。由洋が回収したんでしょうか」

「沙耶が山中へ埋めるなどして隠したなら、由洋が見つけるのも困難だったはずです。未だにどこかの土の下に眠ったままかもしれません。ただし、それから六年が経過しているとなれば、どんな媒体だろうとすでに壊れているでしょう。見つけ出して証拠にするのは、まず無理かと思います」

「うーむ、そうですか……」

「事件発生当時、鹿島さんが捜査をした中で、何か裏付けとなりそうな事実はありませんでしたか？」

「それが、ご存じのとおり、当時の捜査本部は完全に初動捜査に失敗し、見当違いの方面ばかりを調べていましたからね。五十嵐沙耶の交友関係についての聞き込みさえ、ろくに人員を割いていなかったくらいで」

「では、やはり新たに証拠を探していくしかなさそうですね」

「ええ。しかし、それもなかなかに難しいでしょうな」

鹿島は厳しい顔で腕組みをした。

　発生から六年という月日は、あらゆる物的証拠を消し去っているだろう。たった三人だけでは、広い範囲にわたって関係者に聞き込みをするということもできない。鹿島はベテラン刑事の経験から、裏付け捜査がどれほど困難なものになるか予想がついているようだった。

「こういうときは、止めたタバコを吸いたくなりますな」

　鹿島が苦笑しながら言って、手洗いへ立った。

　このまま三人で額を突き合わせて考え込んでいても、打開案が生まれるようには思えなかった。

（今夜のところは、これで宿へ引き上げるか）

　鹿島が戻ってきたところで、辻岡は伝票に手を伸ばした。

　と、そこでふいに源野が言った。

「この際、発想を切り替えてみるのはどうですかね」

　何か思い付いたのか、目が輝いている。

「どういうことだ？」

「つまり、過去の事件を掘り下げていくのはこの辺でいったん止めて、現在に目を向けるんですよ」

　そう言われても、辻岡にはまだぴんとこなかった。鹿島もやや戸惑い顔だ。

「いいですか、佐藤の話によれば、小池聡美は犯人の見当がついたと言ってたんですよね。ということは、彼女は少なくとも犯人が由洋であることが分かっていたわけです。まあ、六年前、敦子が電話で相談してきたときに色々と事情を聞いたでしょうから、調査を始める前から目星はついていたと思います。ただ、それだけじゃ警察に告発はできないんで、裏付けとなる証拠を得るために、色々と事件のことを調べて回ったんでしょう……ですよね？」

「ああ、そうだな」

「で、ここからがポイントなんですが、聡美は調査を進める中で、由洋に直（じか）に会って問い詰めたことがあったと思うんです。正月には帰省していたそうですから、きっとそのときに。たとえ由洋が面会を拒もうとしても、自分の性被害について警察に訴えると脅せば、会わざるを得なかったはずです。そして、そのときのやり取りの中で、聡美は由洋が犯人だという確信を持ったんじゃないですかね」

「そうか、そういうことか！」

　辻岡は思わず声を上げた。

「沢本の屋敷の周辺で、聡美を目撃した人間がいないか探すってことだな？　事件の前に由洋が被害者と接触していたという証言があれば、参考人として出頭要請するのに充分な根拠になる」

「ははあ、なるほど、考えましたな」

鹿島も感心したように何度も頷いた。

「いやあ、お二人のお墨付きをもらえてよかったですよ」

源野は得意顔だった。

「……だが、その着想はいいとしても、実際にどうやって聞き込みをするかが問題だな。屋敷周りでパトロールしている連中に見つかれば、捜査はそこでお終いだ」

「あ、それについても、ちゃんと考えてあるんです」

「本当か？」

「はい。……ええと、鹿島さん、済みませんが、幾つか用意してもらいたいものがあるんですが」

「どうぞ、何でも言って下さい」

鹿島は手帳を開くと、源野が口にした品を書き込んでいった。

## 3

翌日の午後三時過ぎ、辻岡は源野と共に、沢本屋敷の前を流れる川の河原にいた。

二人は作業着を身につけ、右手に火ばさみ、左手にゴミ袋を持っていた。一見したところ、どこかの業者が河原の清掃をしているようにしか見えないだろう。巡回中のパトカーが土手道を通りかかったとしても、それが警視庁の刑事とは夢にも思わないはずだ。

「そろそろだと思いますよ」

源野は腕時計を見て言った。

二人が待っているのは、先日、釣りをしていた小学生たちだった。源野が聞いた話では、いつも学校が終われば河原へ遊びに来ているそうだ。

「この川だと冬でもニジマスが釣れるって、子供たちが言ってたんです。だから、冬休みにも毎日ここへ遊びに来てた可能性はあります」

もし聡美が正月に帰省したとき、沢本屋敷を訪問していれば、子供たちがその姿を目撃したかもしれない。

しばらくして、どこからか子供たちが賑やかに騒ぐ声が聞こえてきた。

「あ、きたきた」

四、五人の少年が土手道に姿を現した。

おーい、と源野が手を振ると、子供たちは一瞬、戸惑ったように足を止めたが、すぐに相手が誰なのか気付いたようだった。嬉しそうに駆け寄ってくる。

「おっちゃん、今日はどうしたの、その格好」

「おっちゃんじゃなくて、お兄さんだろ。この格好は、言ってみればカモフラージュさ。意味分かるか？」

「わからん」「かまふれーじゅ？」「隠れるやつでしょ」「今日も釣りすんの？」

それぞれが騒がしくまとわりつくので、源野も話をまとめるのに苦労していた。

「よーしよし、まあ落ち着け。今日はな、君らに頼みがあってきたんだ」

「なになに？」

「まずはこの写真を見てくれないか」

源野は子供たちの中で一番年長で落ち着いて見える少年に、聡美の写真を見せた。

「……だれ、この人？」

「実は、お兄さんたちはな、この女の人を捜してるんだ。今年の正月にそこの屋敷を訪問したらしい、って噂を聞いて、それが本当かどうか調べてるんだよ」

「へえ」

「君らは正月もここへ遊びに来たのか？」

「俺とタケシとユタカは来たよ。サンガニチだっけ、それが終わった後から」

「じゃあ、この女の人に見覚えはないか、写真をよーく見てくれないかな」

源野が差し出した写真を、少年が受け取ろうとした。

が、そこで仲間の一人が少年の腕を押さえた。

「なにすんだよタケシ」

「ジュンちゃん、このオジサン、怪しくない？」

「え？」

「こんな変装までして、こそこそと人を捜すなんて、変だよ。犯罪者かもしれない」

タケシと呼ばれた少年は、黒縁眼鏡の奥から源野をじっと見つめた。

「いや、お兄さんたちは決して怪しい者じゃないよ」

源野は慌てて言ったが、タケシだけでなく、ジュンやその仲間たちも警戒の色を浮かべ始めていた。お巡りさんを呼ぶ？　という囁きも聞こえる。

（やれやれ、仕方ない）

後ろでじっと見守っていた辻岡は、一歩前に出た。

「分かった。君たちが怪しむのももっともだ。だから、オジサンたちの正体を教えてあげよう。だけど、これは秘密の話だから、絶対に他の人に言っちゃいけないよ」

少年たちは好奇心と不安の入り交じった眼差しを辻岡に向ける。

「さあ、これが何か分かるかな？」

辻岡はポケットから警察手帳を取り出した。

「あ、警察手帳！」

タケシが弾んだ声を出した。

「そうだ。オジサンたちは刑事なんだよ。ほら、よく見てみな。開いてもいいよ」

辻岡はタケシに警察手帳を渡した。

タケシは手帳を開き、そこに印刷された写真と辻岡の顔を見比べた。

「なあタケシ、これって何て書いてあるんだ？」

「『警視庁』。東京の警察ってことだよ」

「じゃあ、オジサンたち、東京から来たの？」

「そうだ」

「うわー、すっげー！」

「しっ、静かに」

辻岡は急いで少年たちの興奮を鎮めた。

「さあ、これでオジサンたちが怪しい者じゃないって分かっただろ？　オジサンたちは今、東京で起きた事件について調べてるんだ。だけど、極秘任務というやつで、世間の人たちには知られちゃいけないことになってってね。分かってくれたかい？」

「はい」

タケシは興奮した面持ちで頷き、警察手帳を返してきた。

「それじゃ、改めて聞き込みの続きをさせてもらうよ。君たち、この写真の女の人に見覚えはないかな？」

写真を渡すと、少年たちは食い入るような眼差しで覗き込んだ。何としても刑事の役に立ちたい、という熱意が伝わってくる。

辻岡は期待を抱きながら、じっと見守った。

だが、しばらくして少年たちの顔に浮かんだのは、落胆の色だった。

「なあ、お前は見覚えないの？」

「僕はない。ジュンちゃんは？」

「俺も……」

少年たちは互いに確認し合っていたが、結局、聡美に見覚えがある者は一人もいないようだった。

「そうか、協力ありがとう」

辻岡は内心の失望を隠し、明るい声で言った。

もちろん、少年たちが目撃しなかったからといって、聡美が屋敷に来ていないとは限らない。また何か別の方法を考え、目撃者を捜せばいいだけだ。もっとも、その別の方法を見つけるのが難しいのだが。

じゃあな、と源野が別れを告げ、河原から立ち去ろうとしたとき、

「そうだ、おっちゃん、じゃなかったお兄さん！」

とジュンが呼び止めてきた。

「どうした？」

「この河原で釣りをしてるのは俺たちだけじゃないんだ。他のクラスのやつらも、けっこう来てるんだよ。だから、そいつらを集めてあげようか？　誰かその女の人を見たやつがいるかもしれない」

「そりゃ、そうしてくれるんなら助かるけど」

「いいよ、任せときな」

　ジュンは元気よく言うと、仲間たちに指示を飛ばしていった。

「あ、ちょっと待ってくれ。ここに集まったんじゃ目立ちすぎる。どこか他にいい場所はないかな？」

　少年たちが駆け出す前に、辻岡は慌てて言った。

「じゃあ、この道を降りていって、最初の分かれ道を左に行ったとこに広場があるから、そこに集めるよ」

「分かった。それと、これが警察の捜査だってことは内緒にしておいてくれよ」

「そんくらい分かってるって」

　ジュンは笑って言うと、仲間たちと共に駆け去っていった。

　その後ろ姿を見送りながら、辻岡は溜め息を吐いた。

「とうとう子供頼みになるとはなあ……」

「まあいいじゃないですか。こういうときなんですから、頼れるなら子供だろうと犬だろうと使っていきましょう」

鹿島に電話をして事情を伝えた後、辻岡たちは指定された広場に移動して、少年たちが集まるのを待つことにした。

広場は、山の斜面の雑木林を切り開いて作られていた。隅の方に小さな鳥居と稲荷(いなり)の社がある他は、何の設備もなかった。夏祭りや運動会といった地元のイベントに使われているのかもしれない。

二十分ほど待っていると、最初にジュンたちが戻ってきた。新しい少年たちを三人連れている。さっそく聡美の写真を見てもらったが、残念ながら見覚えがあるという少年はいなかった。

その後も、仲間たちが次々と集まってきた。それぞれが数人の同級生を連れてきている。写真の確認が終わった子供も広場に留まって遊び始めたので、いつのまにか十数人もの集団に膨れ上がっていた。祭りでも始まったような騒ぎだ。近所の人間が不審に思って通報しないか心配なくらいだった。

「ほら、まだ写真を見てない子はいないか？　いたらこっちに来て！」

源野が引率の教師のように呼びかけていた。

ここまでの手間をかけても、やはり目撃者は現れないままだった。

（聡美が屋敷を訪れた、という推測自体が間違っていたのか？）

そんな疑念も頭をかすめる。

源野の呼びかけに応じる子供もいなくなり、そろそろ切り上げどきに思えた。

「おい、源野……」

辻岡が指示を出そうとしたところで、

「刑事さん、この子にも写真を見せてくれますか」

と声をかけられた。

振り向くと、そこにはタケシが立っていて、少し学年が下に見える子供を連れていた。珍しく女の子で、緊張した顔でもじもじしている。一人では名乗り出られなかったのかもしれない。

「ああ、いいよ」

辻岡は源野を呼んで写真を受け取り、女の子に渡した。

女の子はじっと写真を見つめていたが、やがてタケシに向かって小さく頷いた。

「見覚えがあるってこと？」

タケシが優しく尋ねると、女の子はもう一度こくんと頷いた。

「本当かい？」

辻岡は思わず勢い込んで尋ねた。女の子は怯えたように一歩後退る。

「ごめんごめん、このオジサンが脅かしちゃったかな」

源野がなだめるように笑顔で言って、地面に膝を突いて女の子と視線を合わせた。

「この写真の女の人を見たことがあるんだね？」

「……うん」

「いつ、どこで見たのかな？」

「大晦日(おおみそか)の前の日。橋の上でお兄ちゃんたちが釣りをするのを見てて、もう夜になりそうだったからそろそろ帰ろうと思ってたとき、お屋敷の裏口からこの人が出てきたの」

「一人だった？」

「オバサンが見送りに出てたけど、一人で帰っていった」

「そのオバサンは、どんな人だった？」

横から辻岡は尋ねた。

「太った眼鏡をかけた人。エプロンを付けてた」

今度は女の子も怯えないで答えてくれた。

「そうか。どうもありがとう。お陰でとっても助かったよ」

女の子はほっとしたように表情を緩めて頷いた。タケシも満足そうな顔をしている。

(この子が見たのは屋敷で働く家政婦だろう)

その女を見つけて、聡美を屋敷から送り出したという証言を得られれば、由洋に出頭要請を出す充分な根拠になるはずだ。

そのときだった。

「辻岡さん、まずいです！」

源野が鋭く言って、道路を指差した。

見ると、一台のパトカーが広場の前に停車するところだった。制服警官が二人降りてくる。

（くそ、子供たちの騒ぎを聞きつけたか）

雑木林へ逃げ込むことも考えたが、すでに姿を見られている以上、警官も不審者として全力で追跡してくるだろう。署へ応援も頼むはずだ。大騒動を引き起こした末に取り押さえられるようなことになれば、もう捜査どころではなくなる。

「源野、鹿島さんに連絡してくれ」

そう告げてから、辻岡は警官の方へ歩いた。

## 4

「ちょっといいですか。おたくら、こんなところに子供たちを集めて何してるの？」

警官が子供たちを掻き分けながら近寄ってくる。一人は三十前後の男性警官、もう一方は二十代半ばくらいの女性警官だった。

「聞き込みをしてたんですよ。東京で起きた事件の捜査でね」

素性を偽ることは考えなかった。警官が一度職質をかけた以上、身分証も確認せずに解放するなどあり得ないからだ。

「じゃあ、あんたらが、例の警視庁の刑事か？」

警官たちの顔に緊張が走った。

「そんなに身構えないで。逃げたりはしませんから」

「変装までして、ご苦労なことだな」

男の警官が、皮肉な口調で言った。

「まあ聞いて下さい。あなた方は、我々を見つけて署まで連れて来るように命令されているんでしょう？　こうなったからには、我々も抵抗するつもりはありませんよ。ただ、たった今、子供たちから事件に関する重要な目撃証言を得られたばかりなんです。その証言について確認するだけの時間をもらえませんか？　確認さえしてしまえば、喜んであなた方と署まで同行しますから」

「駄目だ。我々は、あんたたちを見つけ次第、署まで連行するようにと指示されている」

男の警官はそう言うと、

「小泉、無線で署に連絡しろ」

と女性警官に指示した。

はい、と返事をして、小泉と呼ばれた警官は慌ててパトカーへ駆け戻っていく。

「待って下さい。ほんの三十分ほどでいいんです。この目撃証言は、我々の手がけている事件にとって重要な意味を持つだけでなく、この土地で六年前に起きた女子中学生殺人事件を解決に導くものになるかもしれないんですよ」

「うるさい。余計なことは言わず、黙って待ってろ。何か言いたいことがあったら、署で刑事課長に聞いてもらうんだな」

警官は辻岡に対して敵意剝き出しだった。警官同士という身内意識は微塵も持っていないようだ。

(くそ、なんてやつだ)

怒りが込み上げてきたが、どうしようもなかった。

異様な空気を感じ取った子供たちは、遠巻きになって、息を呑んで事態を見守っていた。

そのとき、車が急停車する音が聞こえた。道路に目を向けると、鹿島の車がパトカーの後ろに停まっていた。

「おーい、待ってくれ！」

車を降りた鹿島が、呼びかけながら駆け寄ってくる。

「鹿島さん……」

警官が困惑した顔になる。

「やあ、君は、地域課の遠藤くんだったな？」

鹿島が息を切らせながら言った。

「そうです。鹿島さんは、なぜここへ？」

「悪いんだが、この人たちの扱いは俺に任せてもらえないか？　もちろん、君たちの手柄を横取りするつもりなんてない。経緯は後できっちり課長へ報告しておくから」

「鹿島さんに任せたら、この二人をどうするつもりです？」

遠藤の目つきには疑いの色があった。

「ここで少し事情を聞いてから、署の方に連れていくつもりだ」

「本当に？」

「それはどういう意味だ？」

二人は睨み合った。

そこへ小泉が駆け戻ってくる。

「署へ報告を入れました。すぐに応援が来るそうです」

「よし。……いいですか、鹿島さん。こんなことを言うのは心苦しいんですが、実は、あなたの言動には注意を払うようにと、島井課長から言われているんです。もしかしたら、指示を無視して警視庁の刑事に手を貸すかもしれない、って」

それを聞いて、鹿島は忌々しそうに顔を歪めた。

すっかり島井を出し抜いているつもりでいたが、やつもそこまで甘い男ではなかったようだ。

「そんなわけで、この二人をあなたに任せるわけにはいかないんです。あと十分もすれば署から応援がやってきます。何か言い分があるなら、そちらへどうぞ」

「……なあ、遠藤くん。もう聞いたかもしれないが、この一件は、六年前の女子中学生殺人事件にも関係しているんだ。君も、俺が専従班へ押し込められることになった経緯は聞いているだろう？　あの事件の解決は、俺の人生の悲願といってもいい。頼む、ここは見逃してくれ」

そう言って、鹿島は深々と頭を下げた。

だが、遠藤はにべもなかった。

「申し訳ないんですが、その頼みには応じられません。私情で上司の指示に背くわけにはいかないものでして」

「しかしな、その上司の判断が常に正しいとは限らないんだぞ。今回の島井の指示だって、やつの個人的な思惑によるところが大きいんだ。どんな事情があろうと、犯人を捕らえるのを妨害するなんて、警官としてあっていいはずがない。そうじゃないか？」

鹿島の熱弁も、遠藤の心には何も響いていないようだった。

ふいに、小泉が遠慮がちに言った。

「あの、先輩……」

「なんだ？」

「本当に、これでいいんでしょうか」

「いいんだよ。お前は黙ってろ」

「……はい」

気まずそうにうつむく小泉を、鹿島はじっと見つめて、

「君は確か、小泉毅郎（たけお）さんの娘さんだったな？」

「あ、はい……」

「毅郎さんとは、捜査一課の方で何年かご一緒させてもらった。立派な刑事だったよ、君の親父（おやじ）さんは。あの頃は俺もまだ駆け出しだったから、みっちりと刑事の心得を叩（たた）き込んでもらったもんだ」

「………」

「なあ、もし毅郎さんがこの場にいたら、どうすると思う？　上司に命じられたからといって、重要な証拠を見逃すような真似をするか？」

「それは……」

「おい、小泉、耳を貸すんじゃない」

遠藤が苛立たしそうに口を挟んだ。

「でも、先輩」

「お前はその親父さんみたいな刑事になりたくて、警察に入ったんだろう？　ここで手柄を挙げて課長の覚えがめでたくなれば、捜査一課への道だって開けるんだ。逆に、馬鹿な真似をして上から睨まれてみろ。定年まで交通課で違法駐車の取り締まりってことになるかもしれないんだぞ」

「はい、ですが……やっぱり、私としては、警察官としてどうあるべきか、鹿島さんが仰るとおりなんじゃないかと思うんです」

小泉の口調は控えめだったが、その目には強い意志の光があった。

「六年前の事件のとき、私の父はまだ現役で、直接関わる立場ではありませんでしたが、捜査の成り行きはずっと気にかけていました。冤罪で県警がバッシングを受けたときも、未解決のまま捜査本部が解散したときも、心を痛めていたのを覚えています。……もし、私たちが邪魔をしたせいで、事件の解決が妨げられたなんてことになったら、私は父に合わせる顔がありません」

「おいおい、じゃあどうするって言うんだ？　二人は捕まえましたが、上の指示が納得できないので逃がしました、って報告するのかよ。俺にはお前みたいな上昇志向はないけどな。それでも、この先ずっとお偉いさんに睨まれて過ごすなんてごめんだぜ」

「よし、それならこうしようじゃないか。君たちは警視庁の刑事らしい二人組を発見し、職質しようとしたが、俺が間に入って邪魔をしたせいで逃げられてしまった、と。これなら、責められるのは俺一人だけだ」

鹿島がそう提案すると、遠藤は迷いの色を見せた。

「……いいんですか、それで。あなたは警察官として完全に終わることになるかもしれませんよ」

「ああ、覚悟の上だ」

「小泉も、本当にいいんだな？」

「はい！」

「……分かったよ。好きにしてくれ」

遠藤は制帽を脱いで、頭を掻いた。

「ありがとう、二人とも」

鹿島はほっとしたように礼を言って、

「さあ、辻岡さん、源野さん、屋敷へ急いで下さい」

「分かりました。後をよろしくお願いします」

辻岡は出口へ向かう途中、子供たちの群れの中からジュンとタケシの姿を見つけて、手招きした。すぐに駆け寄ってきた二人に、

「聞き込みに協力してくれてありがとう。色々事情があってゆっくり礼を言う暇もないけど、君たちには心から感謝してる」

「役に立てて良かったよ。がんばってね！」

「ああ」

辻岡と源野は二人の少年とハイタッチしてから、出口へ急いだ。

屋敷までは走って五分とかからなかった。女の子の言っていた裏口は、川沿いの小道に面していた。

ドアの脇にはインターホンが設置されていた。ボタンを押してしばらくすると、はい、と女の声が応じた。

「済みません。私たちはこの付近で電気工事をしている者なんですが、この後、一時的に停電になるかもしれないので、ちょっとご説明に上がりました」

正直に警察と名乗れば、またあの老人が出てくるだけだろう。この際、手段を選ん

ではいられなかった。

「電気工事？　そんな予定、聞いてませんけど」

「ええ、配電のトラブルに対処するため、急遽(きゅうきょ)行われている工事なもので」

「……分かりました。すぐに行きます」

通話が切れると、辻岡は橋の方を振り返った。まだ追っ手は現れないようだ。

じりじりしながら待つうちに、ようやくドアが開いた。

「お待たせしました」

顔を覗かせたのは、期待していたのと違う顔だった。まだ若い、ほっそりした顔立ちの女だ。

「失礼。このお屋敷に勤めている家政婦さんは、あなただけですか？」

「は？　なぜそんなことを聞くんです？」

「いや……実は、こいつが以前にも工事の説明でこの屋敷にお邪魔させてもらったことがある、って言い出したんですよ」

辻岡は源野の肩をぽんと叩いて言って、

「もし、そのとき対応してくれた家政婦さんがまだいらっしゃれば、また一から説明する手間が省けるかと思いまして。何しろ、配電に関することですので、色々と専門用語を交えたややこしい説明になるんですよ」

「専門用語、ですか……」

女はげんなりしたように言うと、

「分かりました。以前対応した者の特徴は覚えてますか？」

「ふっくらした年配の女性で、眼鏡をかけてらっしゃいました」

源野が答えると、

「それなら、藤岡さんだわ。少々お待ち下さいね」

と女は引っ込んでいった。

それからまた、長く待たされた。

辻岡たちは何度も橋の方を振り返った。署からの応援は、もう先ほどの広場に到着しているに違いない。鹿島が辻岡たちの行方について口を噤んだとしても、屋敷に向かったと見当をつけるのは容易なはずだ。

（あの女、何をしてるんだ）

辻岡の苛立ちは限界に達した。

いくら屋敷が広いとはいえ、同僚を見つけるのにここまで手間取るとは思えない。もしかしたら、話を聞いた藤岡が「そんな作業員なんて知らない」と答え、不審を抱いて対応について相談しているのかもしれない。

そのとき、橋の方から車のエンジン音が聞こえてきた。しばらくして、乗用車が二台現れた。それが捜査車両であることはすぐに分かった。

「辻岡さん、どうします⁉」

源野が慌てて声を上げる。

辺りに隠れられるような場所はない。土手を下って河原へ降りれば、しばらくは逃げ回れるかもしれないが、そんなことをしても意味がなかった。

(こうなったら……!)

辻岡は思いきって裏口のドアに手を伸ばした。

もし鍵がかかっていれば万事休すだった。しかし、ノブを捻(ひね)るとドアはかちゃりと開いた。

「源野、来い!」

辻岡はドアの中へ飛び込んだ。源野もその後に続く。

ドアを閉めて、鍵をかけた。追っ手に姿を見られたかどうかは分からなかった。

改めて辺りを見回すと、すぐ目の前に母屋とは別棟と思われる建物があった。

その建物の勝手口のドアが、ふいに開いた。

出てきたのは、先ほどの女だ。後ろには眼鏡をかけたふっくらした中年女がいる。藤岡だろう。

「あっ! ちょっと、勝手に入ってこないで下さい!」

女は辻岡たちに気付くと、目を吊り上げて叫んだ。

辻岡はそれを無視して、藤岡に向かって歩いた。

「な、何なんです、あなたたちは？」

藤岡が怯えたように言った。

「失礼。先ほどは事情によって身分を偽ったんですが、我々は警察の者なんです」

辻岡は手帳を取り出して示す。

「警察？　あ、もしかして、この前の……」

横で女が声を上げる。

「藤岡さん、あなたに一つ確かめていただきたいことがありまして」

辻岡はポケットから聡美の写真を取り出し、藤岡に見せた。

「去年の大晦日の前日、この写真の女性が屋敷へ来たはずです。そして、帰り際にはあなたがそこの裏口から見送りに出た。そうですね？」

「え、あの、私……」

藤岡は目を泳がせる。

「藤岡さん、答えなくていいですよ！　警察が来ても何も喋るなって言われたじゃないですか！」

女が口を挟んできた。

しかし、辻岡が睨みつけると、怯えたように黙り込む。

「さあ、正直に答えて下さい。これは捜査に関わる重要な質問なんです」

そのとき、裏口のドアが激しく打ち叩かれた。

「おい、ここを開けろ！」

追っ手の警官のようだった。やはり辻岡たちの姿を見過ごさなかったのだ。

源野が急いでドアの前に移動し、女が余計な真似をするのを防いだ。

「お前ら、表に回れ！」

そう指示が飛んで、幾つもの足音が慌ただしく門の方へ向かうのが聞こえた。

連中がここへ駆けつけてくるまで、二、三分というところだろうか。

「時間がない、早く答えるんだ」

辻岡が迫っても、藤岡は蒼白な顔で黙り込んだままだった。警察よりも、雇い主の叱責の方が恐ろしいのだろうか。

(どうする、どうすればいい？)

脅して、無理に頷かせたところで意味はない。どうにかして自らの意志で証言してもらう必要があるのだ。

そのときふと、藤岡は事件の詳細について知らないのではないか、と気付いた。

「藤岡さん、この女性がどうなったのか、ご存じですか？」

そう尋ねると、藤岡は戸惑った顔でわずかに首を横に振った。

「彼女は殺害されました。あなたが会ってから、二ヶ月後のことです」

「……ほ、本当ですか？」

「彼女は小池聡美という名前で、二十歳を過ぎたばかりの大学生でした。理不尽にも彼女の命を奪った犯人を捕らえるためには、あなたの証言が必要なんです」

「…………」

藤岡の顔には激しい動揺の色が浮かんでいた。

「さあ、言って下さい。小池聡美さんは、この屋敷に来ていましたね？」

辻岡は目を覗き込んで尋ねた。

藤岡はなおもためらっていたが、やがて、

「……はい。その子は確かに屋敷に来ていました」

と認めた。

(よし、やったぞ！)

これでついに由洋の首根っこを摑んだことになる。

そのとき、荒々しい足音と共に三人の男が現れた。スーツ姿の刑事だ。

「あんたたちが警視庁の刑事だな？」

先頭の一人が険しい顔で睨みつけてくる。

「ええ、そうです」

「よし、そこを動くなよ」

そう指示してから、裏口まで行き、源野を押しのけて鍵を開ける。

「どうぞ」

刑事が呼びかけると、ドアが開いた。

入ってきたのは島井だった。

「お前たち、随分と俺をコケにしてくれたな」

島井の目は怒りに燃えていた。

「コケにしたつもりはありませんよ」

「黙れ。もう何一つ余計な口は利くな。これからお前たちを署へ連行する」

「待って下さい。たった今、彼女から事件に関する重要な証言を得られたんです。どうか、供述調書を取るだけの時間を下さい」

「黙れと言っただろう。これ以上ががた言うようなら、不法侵入でお前たちを逮捕する。いいか、これは本気で言ってるんだぞ」

交渉の余地は一切なさそうだった。辻岡が少しでも妙な真似をすれば、刑事たちは一斉に飛びかかってくるだろう。

その間に、女が藤岡の手を取って、建物の方へ引いていく。

（くそ、ここまできて……）

辻岡は歯がみしたが、どうにもならなかった。この後、藤岡はあの老人から、なぜ余計なことを喋ったと散々叱り飛ばされるのかもしれない。

「さあ、行けよ」

刑事の一人が辻岡の背中を突いた。

辻岡はよろめきながら裏口に向かった。

そのときふと、辻岡は視線を感じて振り返った。

二十メートルほど先にある建物の二階の窓に、若い男の姿があった。じっとこちらの騒ぎを眺めているようだ。遠目にも、ほっそりした体つきと、色白の顔が見て取れた。

（由洋だ）

直感的に辻岡はそう思った。

その顔つきをはっきり確かめたいと思ったが、男はすぐにカーテンを閉めてしまった。

（必ず、お前を逮捕しに戻ってくるからな）

辻岡は胸の内でそう呼びかけた。

「おい、ぐずぐずするな」

刑事にまた背中を突かれて、辻岡は歩き出した。

## 5

屋敷を出ると、捜査車両に乗せられた。両側に刑事が座る。源野はもう一台の車に乗せられた。まるで犯人を連行するような厳重さだ。

「電話をかけてもいいですか」

助手席に座る島井にそう聞いてみたが、

「駄目だ。携帯を取り出せば没収する」

と睨みつけられた。

署に着くまでの二十分ほどの間、辻岡は今後について懸命に頭を働かせた。

こうなれば、東京の捜査本部から藤岡へ参考人として出頭要請を出してもらうしかないだろう。しかし、沢本家の方でも、弁護士を前面に立ててあらゆる妨害をしてくるはずだ。どうにか藤岡から話を聞けたとしても、証言を翻す可能性はあった。

警察署に着くと、辻岡は源野と共に会議室の一つへ連れて行かれた。

そこで待っていた男は、副署長の富永と名乗った。堅太りして、口ひげを蓄えている。

「君たち、随分と困ったことをしてくれたようだね」

富永は冷ややかな口調で言った。

「ご迷惑をかけたことをお詫びいたします。しかし、我々に協力するどころか、先に妨害を仕掛けてきたのは……」

「いや、君たちと議論するつもりはない。すでに警視庁へ抗議の申し入れはしてある。後は、君たちをこのまま東京へ送り返すだけだ」

「では、六年前に発生した女子中学生殺人事件の真相に、興味はないということですか？」

辻岡が挑むように言うと、富永はせせら笑って、

「よそ者である君らに教えてもらうことなど何もない。そもそも、君の言う真相とやらは、中途半端な捜査の末の思い込みに過ぎないと私は思っているがね」

と言った。そして、テーブルの上の電話機を引き寄せる。

「……やあ、どうも、先ほどご連絡した富永です」

どこかへ電話した富永は、相手としばらくやり取りしてから、

「話したまえ。君の上司だ」

と受話器を辻岡へ渡してきた。

「もしもし、辻岡ですが」

「山森だ。事情はさっき富永さんから聞いた」

「済みません、ご迷惑をおかけしまして」

「いや気にするな。お前たちはよくやってくれた。だが、これ以上岐阜県警と揉めるのは得策でないと、上が判断した。捜査を切り上げて、こちらへ引き上げてこい」

「……分かりました」

「ご苦労だった。東京で待ってるぞ」

電話を終えると、辻岡は受話器を富永に返した。

「駅まで送らせよう。新幹線の切符も取ってある」

富永が合図すると、控えていた島井と二人の部下が、辻岡たちを部屋から連れ出した。

署のロビーまで降りると、鹿島がベンチに座って待っていた。

「鹿島さん、大丈夫でしたか?」

辻岡は声をかけて近寄ろうとしたが、

「止せ、勝手な真似はするな」

と島井が阻んだ。

「おい、別れの挨拶くらいさせてくれ」

鹿島が立ち上がって言った。もはや何の遠慮もない口調だった。

「何だと?」

「あんたの望み通り、俺は謹慎処分で、辻岡さんたちは東京へ送還だ。勝者として、惻隠(そくいん)の情を見せることもできんのかね」

「……ふん、好きにしろ」

島井は一歩下がって、辻岡を通した。

「辻岡さん、源野さん。私の力不足で、どうも申し訳ありません」

「とんでもありません。我々こそ、鹿島さんに迷惑をかけ通しで」

そこで鹿島はふいに声を潜め、

「屋敷での首尾はどうでしたか?」

「小池聡美が屋敷を訪れたことは確認できました。我々は、必ず由洋を逮捕するために戻ってきます。それまで、どうか辛抱してください」

「おい、何をひそひそ喋っているんだ。もう挨拶は済んだだろう」

島井が苛立ったように言った。

「本当にありがとうございました」

辻岡が鹿島と握手しながら挨拶すると、続けて源野も、

「鹿島さんが東京へ出てくることがあれば、今度は僕が美味い酒をご馳走しますよ」

「お二人とも、いずれまた」

鹿島は感情の高ぶりを抑えた様子で、最後にそう言った。

辻岡たちは捜査車両で駅まで送られた。

島井はホームまで付いてきて、二人が電車に乗り込むのを見届けるほど念を入れていた。もちろん別れの挨拶などなく、閉まったドアのガラス越しにしばし睨み合っただけだった。

「さて、これからどうなるんでしょうかね」

電車が駅を離れたところで、源野が言った。

「しばらくは、警視庁本部と県警のお偉いさんの間で折衝が行われるだろう。俺たちは結論が出るのを黙って待つしかないさ」

辻岡はそう答えると、空いたシートを見つけて腰を下ろし、疲れた足を休めた。

# 八章

## 1

新幹線の最終列車で東京へ戻り、警視庁本部へ着いたときには午前零時近くになっていた。

それでも、捜査幹部たちは全員が顔を揃（そろ）えて、会議室で辻岡たちを待っていた。

今回は捜査一課長のみならず、刑事部長までが臨席しており、辻岡はこれまでにない緊張を覚えながら報告することになった。

捜査の経過についてはこれまでも随時、山森に報告してあったが、改めて一から説明を聞きたい、というのが捜査一課長の要望だった。

ときおり質疑を挟みながら、最後まで説明を終えたときには、もう午前二時になろうとしていた。

「ご苦労。ゆっくり休んでくれ」

刑事部長の言葉に、辻岡は深く一礼してから、部屋を後にした。幹部たちはこれからまた、岐阜県警への対応について協議するらしい。

刑事部屋に入ると、がらんとした中で源野が待っていた。

「お疲れ様です。どうでした？」

「参ったよ、刑事部長まで顔を出してたんだから」

「マジっすか。いやあ、僕は出席せずに済んで良かったです。あ、コーヒーでも買ってきましょう」

二人でしばらく話しているうちに、山森が刑事部屋へ入ってきた。

「おう、ご苦労」

「協議の結果はどうなりました？」

辻岡は立ち上がって尋ねた。

「あちらさんの腹積もりをもう少し探ってみて、それからまた改めて協議をすることになった。この強硬姿勢は県警本部の意志なのか、それとも現場レベルの過剰反応なのか、その辺りを見極めないとな。明日、課長が向こうの本部へ連絡を入れると言っていた」

「何だか、悠長な話ですね」

源野が不満そうに言う。

「まあそう焦るな。お前たちのお陰で、魚を網に追い込んだも同然の状況なんだ。後は、網が破れないよう、慎重に引き上げるだけのことさ」

「では、その結論が出るまで、我々は何を？」

辻岡が言うと、

「しばらく休んでいろ。あっちにいる間、気を休める暇もなかっただろう。捜査本部の方針が決まれば、お前たちにはまた岐阜へ行ってもらうことになるはずだ。それまで、英気を養っておいてくれ」

「はい、ありがとうございます」

実際のところ、辻岡は神経がボロボロになるほど疲れ果てていて、山森の配慮が素直にありがたかった。

辻岡は本部に停めてあった源野の車で官舎まで戻った。

部屋に上がって少し酒を飲むと、たちまち重い疲労感が染み出してきて、たまらずベッドに横になった。そのまま朝までぐっすり眠り込む。

翌日は山森からの連絡もなく、辻岡はほとんどベッドの上で過ごした。幾ら眠っても足りない感じで、ようやく起き上がる元気を取り戻したときには夕方になっていた。

翌々日もぼんやりと一日を過ごし、夜になったところで山森から電話があった。

「おい、具合はどうだ？」

「二日もゆっくり休めたお陰で、もう体調は万全です」

「そうか、だったらさっそくだが、明日の午前八時までに本部へ顔を出してくれ」

「何か動きがあったんですか？」

「岐阜県警と話し合った結果、今後の捜査に向けて協力体制を築くことに異存はない、という返事を引き出せた。ただし、その前提条件として、これまでの捜査で判明した事実を共有したい、という話だった」

「それで、こちらはその要求を呑んだんですか？」

「ああ。明日、向こうの捜査一課からこの件の担当者がやってくるから、会合を開いて捜査情報を伝えることになっている。お前もそこへ立ち会ってくれ」

「しかし、大丈夫なんでしょうか」

「何がだ？」

「県警側に捜査情報を明かすのは、正直不安なんです。本当にあちらを全面的に信頼してもいいのかと思いまして」

「情報を聞くだけ聞いておいて、後は知らん顔で手柄を独り占め、という事態を心配しているのか？」

「いいえ、それだけならまだいいんです。最悪なのは、捜査を妨害するために利用されることです」

「ほう……」

「もちろん、県警全体が腐っているとは言いません。ただ、関係者の中に事件解決を望まない一派がいるのは確かです。そうした連中に捜査情報が漏れれば、間違いなく沢本家まで連絡が行って、何らかの対策を立てられてしまうでしょう。係長はそう思いませんか？」

「……確かに、絶対にあり得ないとは言い切れない話だ。だがな、情報提供の話は警視総監と県警本部長との間で直々に取り決めたことなんだ。今更ひっくり返すことはできんぞ」

「でしたら……」

と辻岡は素早く計算して、

「一部の情報を伏せるというのはどうでしょう」

「具体的に言うと？」

「津川真莉奈の名前だけは、連中に知られたくありません。彼女は公の場での証言を拒否しているとはいえ、今回の事件の最も重要な証人であることは確かです。仮に県警側に悪意がなくとも、大勢の刑事が彼女のもとを訪れたり、彼女の名前がメディアに漏れるようなことになれば、そのストレスでどんな反応を示すかわかりません。最悪、自殺することとさえあり得ます」

「なるほど、分かった。県警との会合の前に、刑事部長や課長とミーティングを行うことになっている。その場で了承を得ておこう」

「お願いします」

「それと、津川真莉奈の名を伏せるなら、用意してある資料も修正する必要があるだろう。お前、早めに出てきてその作業をやってくれるか？」

「もちろんです」

電話を終えると、すぐに辻岡は鹿島に連絡を取った。県警の上層部が捜査情報に関心を抱いているのなら、当然鹿島にも聞き取りを行うはずだ。

「ええ、捜査一課の連中がうちを訪ねてきましたよ」

鹿島はそう答えてから、

「ただし、余計なことは何も言っていませんから安心して下さい。私はただ道案内を頼まれて、辻岡さんたちを事件関係者のところへ連れていっただけで、そこでどういう話があったのかは何も聞かされていない、と答えてやりました。もちろん、それで向こうが納得してくれるはずもなく、しつこく追及されましたが、どうにかシラを切りとおしましたよ」

また何か動きがあれば報告する、と約束して、鹿島は電話を切った。

翌朝、午前六時には家を出て、警視庁本部に向かった。

七時には山森も刑事部屋に顔を出し、県警側に提出する資料のデータを渡してくれた。辻岡はさっそく修正作業に取りかかる。

午前九時過ぎ、幹部とのミーティングを終えた山森が戻ってきた。

「情報を伏せる許可は得たぞ。資料の修正はどうだ？」

「こちらも何とか終わりそうです」

仕上がった資料を印刷して、山森に確認してもらう。

「……よし、突貫作業にしちゃ上出来だ」

「本当なら、複数人で精査して仕上げたいところなんですが」

「残念ながらもう時間がない。行くぞ」

辻岡たちは急いで出席者の数だけ資料のコピーを取り、会議室に向かった。

会合に出席するのは現場の担当者だけの予定だった。警視庁からは、根岸、山森、そして辻岡が出ることになっている。

時間が来ると、会議室に岐阜県警の人間が入ってきた。

相手方も三人で、それぞれ捜査一課次長の池田（いけだ）警視、係長の小山田（おやまだ）警部、同じく係長の水原（みずはら）警部と名乗った。

その中で、辻岡の注意を引いたのは水原だった。色白で細面（ほそおもて）の風貌からしてまだ四十前だろうか、現場の警部としては異例の若さと言えるだろう。しかも、この重要な会合に臨席するということは、よほど上層部から手腕を買われているに違いない。

「本日は遠いところをご苦労様です。なにぶん急な話でこちらもドタバタしてしまいまして、不手際が目に付くかもしれませんが、ま、どうぞご容赦を」

根岸の肩肘張らない挨拶のお陰で、会合はそれなりに友好的な空気の中で始まった。説明役は山森が務め、県警側から突っ込んだ質問などがあれば、辻岡が補足して答えるという形になる。

小池聡美の事件の説明がひととおり済んで、話が五十嵐沙耶の事件に移ると、池田たちの表情が硬くなった。やはり自分たちの恥部を掘り返されているという意識があるせいだろう。ただし、そんな中でも水原一人だけは、涼しげな顔で資料を眺めていた。

「……なるほど、よく分かりました」

二時間にも及んだ説明が終わると、池田がそう言って嘆息した。

「ご説明を聞いて全く驚かされるばかりでしたが、もし二つの事件、いや坂崎敦子の件を加えれば三つとなりますが、その犯人が同一となれば、こちらとしても全面的に捜査に協力せざるを得ないでしょう」

それを聞いて、辻岡はほっとした。

（どうにか切り抜けられたか）

当初の計画どおり、説明の中で真莉奈の名は巧妙に伏せられていた。

「では、会合はこれで締めさせていただいて、後は各々の……」

と根岸が挨拶をしかけたところで、

「その前に一つよろしいですか」

と声が上がった。

発言したのは水原だった。辻岡はどきりとする。

「何でしょう」

「先ほどのご説明の中で、どうしても引っかかる箇所が一つありましてね。最後までお話を伺えば、疑問も解けるかと思ったのですが、結局はいまひとつピンとこないままになってしまったので、最後に改めて確認させていただきたいんです」

「具体的には、どの箇所に引っかかったんですかな？」

「ええと……ここですね」

水原は資料を捲(めく)って、ある一点を指差して、

「被害者たちが地元小学校へ通っていた当時、教育実習生として派遣されていた沢本由洋と特別な関係にあったことが確認された、とあります。その後、彼らの関係についての詳しい説明が続きますが、一体これは誰から聞き出した話なんでしょう」

「ですから、そこにあるように、小学校関係者からと……」

「なぜ、具体的な名前が無いんです？」

水原の口調が鋭くなった。

「この報告書は非常によくできています。明快な文章で、過不足なく情報が盛り込まれ、一読すれば捜査の状況がすらすら頭に入ってくる。ところがです。なぜかこの箇所に限って文章に乱れがあり、前後関係が不明瞭です。いかにも不自然で、あえてそうしたかのように思えるくらいです」

（まずいな）

辻岡は冷や汗を流した。何もかも見抜かれているようだ。

「それはですな……」

さすがに根岸も返答に困った様子で、

「……山森くん、どうかな？」

と助け船を求める。

「確かに、こうして改めて見てみますと、資料に不備があるようです。ご指摘の点に関しては、我々の方で確認を行い、後ほどまた報告させていただきたいと思います」

山森は何食わぬ顔で応じたが、水原はそれで誤魔化されるような男ではなかった。

「いや、わざわざ席を改める必要はありませんよ。そこにいる辻岡さんが、実際にこの事件を捜査したんでしょう？　となれば誰よりも事情に通じているはずなんですから、この場で彼に確認すればいいだけだ。違いますか？」

「さあ、それは……」

「そのように曖昧な態度を取られ続けていると、私の方でも妙な疑いを抱いてしまいますよ。実は、あなた方が最も重要な捜査情報を隠しているんじゃないか、とね」

「まさかそんな」

山森は愛想笑いで応じたが、もはや返答に窮しているのは間違いない。

「では、水原の言うとおり、今からそこの辻岡くんに質問をしても構いませんね？」

強い語調で言ったのは池田だった。先ほどとは顔色が一変している。

（こうなったら、じたばたしても仕方ない）

辻岡は内心で覚悟を決めた。

素直に事実を明かし、隠蔽の責任を自分が負えば、池田たちもこれ以上ことを荒立てることはしないだろう。

「あの……」

と辻岡が発言しようとしたところで、

「いや、申し訳ない」

と山森が頭を下げた。

「つまり、情報を隠していたことを認めるわけですか？」

池田はじっと睨み据えて言う。

「隠していたというと語弊がありますが、証人の方から『自分の名前は出さないでくれ』という要望があり、我々としてもそれにできるだけ応じようとしたわけでして」

「しかしそれは、外部に対しての話でしょう。今後、合同捜査本部を立ち上げることになれば、我々に対してそのような垣根を作られては困ります」

「ええ、全くごもっともなお話です。このとおり、改めて謝罪いたします」

山森が再び頭を下げたので、辻岡も急いでそれに倣った。

「謝罪はその辺でもう結構です。それよりも、肝心の証人が誰なのか、名前を聞かせていただけますか」

「もちろんです」

山森は頷いて、

「証人の名は、『篠原早苗』と言いまして、被害者たちのかつての同級生です」

（あっ）

辻岡は危うく声を上げそうになった。

「しのはら、さなえ……、ですね」

池田たちはさっそく手帳に書き込んでいる。

さすがに水原も、明かされた名前に疑問は抱かなかったようだ。

（まったく、この人ときたら……）

呆れていた。

　この土壇場でぬけぬけと相手を騙そうとする山森に、辻岡は感心を通り越して半ば呆れていた。

「ただし、彼女は現在、精神的に非常に不安定な状態にあり、下手に刺激を与えるとどういう行動に出るか分かりません。ですから、くれぐれも我々に無断で接触するようなことのないよう、お願いいたします」

「ずいぶん都合の良い注文のようにも聞こえますが、まあいいでしょう」

　警視庁の急所を握ってやったという満足感があるせいか、池田はあっさり頷いた。

　その後、証人についての補足説明を行った後、今度こそ会合は終わりになった。

「では、今後の段取りについては、本部とも相談の上、本日中に改めてご連絡します」

　そう言い残して、池田たちは会議室を出て行った。

　身内だけになり、辻岡はほっと息を吐いてから、

「……それにしても、係長、よくとっさにあんな嘘を言えましたね」

「なに、ああいうこともあるんじゃないかと、前もって心の準備はしておいたんだ」

「篠原早苗というのは、全くの思いつきですか？」

「いや、卒業アルバムの中にあった名前を覚えていたんでな。使わせてもらった」

「しかし、県警が調べて嘘だと分かったときはどうするつもりだ？」

根岸が尋ねた。

「その辺はまあ大丈夫でしょう。我々の了承を得ずには証人には接触しない、と約束を取り付けましたから。もし勝手に手を回して調べた場合、我々との協定をあちらが平然と破ったことになるわけで、たとえ虚偽と判明しても真っ向から抗議するというわけにもいかないはずです」

「なるほど……だが、沢本を逮捕して公判が始まれば、ずっと偽名で通すわけにもいかんだろう？」

「そのときは、私がうっかり証人の名前を勘違いしていた、と謝りますよ。事件さえ解決してしまえば、連中もそう面倒なことは言わないでしょう」

山森は笑って言った。

（この人にはかなわないな）

辻岡が刑事として十年修業を積んでも、とても山森の域には届かないように思えた。ともかく、山森の機転のお陰で、真莉奈の名を明かすことは避けられた。これで余計な心配をせずに、これからの捜査に臨めそうだ。

それでも念には念を入れて、鹿島に連絡し、真莉奈の周辺におかしな動きがないかしばらく見張ってもらえないか、と頼んだ。あの水原という男なら、密（ひそ）かに捜査を進めて真莉奈の存在を突き止めるのではないか、という不安があったからだ。

「ええ、そういうことなら任せてください。一日中家で寝ているのにも飽き飽きしていましたから」

鹿島は快諾してくれた。

## 2

改めてトップ同士で談合した結果、近日中に合同捜査本部を立ち上げるという結論に至った。

だが、辻岡からすれば、そんな迂遠(うえん)な話に興味はなかった。

「それよりも、沢本由洋への事情聴取はいつ実現するんですか?」

山森と顔を合わせるたび、そうせっついたが、

「まあ、待て。あちらでも色々と調整を進めているそうだから」

となだめるように言われるだけだった。

(やつら、隠蔽工作のために時間稼ぎをしてるんじゃないだろうな)

何の進展もないまま時間だけが過ぎていく中、そんな疑いも生まれてくる。

やっと岐阜県警からの連絡があったのは、会合から五日が経(た)ったときだった。

「喜べ、沢本由洋への事情聴取が決まったぞ」

山森もさすがにほっとした顔だった。

「いつですか？」

「明日、行うらしい。随分と急な話だが、沢本家からそう通達があったんだそうだ」

「我々も立ち会えるんでしょうね？」

「ああ、もちろんだ。ただし、あれこれと条件が付いているそうだ」

まず、事情聴取は沢本家の屋敷で行うこと。また、その場には沢本家の顧問弁護士が立ち会い、更に警察側の参加者は警視庁、県警からそれぞれ一名ずつに限ること、というのが条件だった。

「それじゃまるきり由洋の言いなりじゃないですか。脇からいちいち弁護士に口を挟まれたんじゃ、話を聞き出すどころじゃありませんよ」

「分かってるさ。だが、条件について交渉するとなれば、事情聴取が先送りになるばかりだ。ともかく、まずは由洋の面を拝んでみようじゃないか」

「では、警視庁側からの一名というのは……」

「もちろん、お前に任せるさ」

それを聞いて、辻岡はほっとした。もっと上位の人間に任せるべきだ、という意見が出るのではないかと心配していたからだ。いや、そういう声もあったに違いないが、山森や根岸が辻岡を強く推してくれたのだろう。

その日の午後遅く、辻岡は単身、新幹線に乗って岐阜へ向かうことになった。ともかく急な話だったために、他に体が空いている者がいなかったのだ。

「僕がいなくて心細いでしょうけど、何かあればすぐに連絡して下さいね。相談に乗りますから」

駅まで見送ってくれた源野が真面目な顔で言った。

M市に着いたのは午後九時過ぎだった。車で迎えに来ていたのは、池田と水原だった。

「こちらでホテルを用意してありますから、お送りしますよ」

少なくとも表面上の扱いは丁重だった。

車中、明日の事情聴取について簡単な打ち合わせをした。

「我々の方から出席するのは、この水原になります」

池田がそう言うと、ハンドルを握っていた水原はちらりと振り向いて会釈した。

(やりにくいな)

それが辻岡の正直な感想だった。

水原が同席者となると、何か辻岡の不手際を突いて横やりを入れてくるのではないかという心配がある。だが、他の人間に替えてくれとも言えなかった。

ホテルに着くと、辻岡はロビーで池田たちと別れて部屋に上がった。

本当なら、事情聴取について水原ともっと入念に打ち合わせをすべきだったのかもしれない。しかし、できるだけこちらの手の内を明かしたくない、という意識の方が勝っていた。

山森に報告の電話をした後、辻岡は捜査資料をテーブルに広げて、深夜まで明日の作戦を練った。

翌日、ホテルのビュッフェで軽く朝食を取った後、早めにロビーへ降りた。

「やあ、今日はよろしくお願いします」

すでに到着していた水原が、挨拶してきた。

今日は池田は来ておらず、代わりに若い刑事が一人同行していた。

事情聴取は午前十時から行われる予定で、まだ二時間ほど余裕があったが、早めに現地へ向かうことにした。ホテルを出て車に乗り込む。若い刑事が運転手役を務めた。

「昨日はよくお休みになれましたか？」

水原が微笑を浮かべて尋ねてきた。

「ええ、良い部屋を取っていただいたお陰で、よく眠れました」

実際は強い緊張のせいもあって、明け方にうつらうつらした程度なのだが、できるだけ弱みは見せたくなかった。

「今日、同席することになっている弁護士は、聞いた話ではかなりやり手だそうです。

以前、沢本家の親族の一人が酒気帯び運転でひき逃げをしたことがあったのですが、あの手この手を使って不起訴にまで持ち込んだことがあるそうですよ」

そう説明しながらも、水原はこの前と同じように涼しい顔をしていた。

午前九時前に屋敷へ到着した。

二人で車を降り、門のインターホンで身分を告げると、すぐに通用口が開いた。

「こちらへどうぞ」

母屋へ案内してくれたのは、初めて見る顔の家政婦だった。まだ高校を出たばかりのような年頃だ。

「あの、藤岡さんは今日は出勤されてますか?」

途中、さり気なく辻岡が尋ねると、

「え? ……藤岡さんなら、つい先日お辞めになりましたけど」

(やっぱりか)

あの老人が、重要な証人をそのままにしておくはずがなかった。

あんたたちのせいで、と水原に嫌味の一つも言ってやりたかったが、今は内輪揉めをしている場合ではないと思い、ぐっと我慢した。

二人が通されたのは洋風の応接室だった。高級な革張りのソファセットが置かれている。

約束の時間が来るのを待つ間も、辻岡はほとんど水原と口を利かなかった。お互いに黙って膝の上に広げた資料に目を通していた。

やがて午前十時になると、ドアがノックされて、男が一人入ってきた。

「お待たせしました。私は本日事情聴取に立ち会わせていただく弁護士の斉藤と申します」

如才なく挨拶する斉藤は、五十歳くらいで、髪をグリースで撫でつけ縁なし眼鏡をかけていた。やり手と聞いたせいか、どことなく胡散臭い印象を受ける。

「それで、由洋さんは？」

「間もなくいらっしゃいます」

それから五分ほど待たされて、ようやくドアが開いた。

（いよいよご対面か）

辻岡はさっとソファから立ち上がり、由洋を迎えた。

無言で入ってきたのは、青白い顔をした青年だった。痩せてはいるが、どこか締まりのない顔をしている。ただ、睫毛が濃く、鼻筋が通っているので、女子児童に騒がれたというのも分からなくはない。

「どうも、警視庁の辻岡です。本日はよろしくお願いいたします」

辻岡はじっと睨みながら挨拶した。

由洋は目を合わせないまま、ちょこんと頭を下げただけでソファに座る。

（この男が、小池聡美たちを殺した犯人なのか）

とても三人もの人間を殺したとは思えないほど、ひ弱な印象を受けた。

だが、もちろん、外見から受ける印象ほどあてにならないものはない、ということを辻岡はよく知っていた。いかにも誠実で穏やかそうな風貌の人間が、実は利己的で残忍な殺人犯だったなどという実例は、数えあげればきりがないほどだ。

「では、さっそく、お話を伺わせていただきましょうか」

辻岡が手帳を構えた途端、

「あ、その前に、私の方から一つ確認させていただいてよろしいですか？」

と斉藤が口を挟んできた。

「何でしょう」

「今回の事情聴取は、今年の二月末に東京で発生した殺人事件、及び六年前にＭ市で発生した女子中学生殺人事件に関連したもの、ということでよろしいですね？」

「……ええ」

「由洋さんには関係者として事情を伺いたいという申し出でしたが、実際のところ、容疑者として見られているんじゃないですか？」

「それは……」

辻岡はちらりと水原を見た。

（県警はどこまで捜査の内情を明かしているんだ）

しかし、水原は他人事（ひとごと）のような顔をして座っているだけで、助け船を出す気配はなかった。

「……そう受け止めていただいて結構です」

仕方なく、辻岡は認めた。

「では、そちらが質問を始める前に、私の方からある重要な事実を伝えさせていただきます」

「と言いますと？」

「由洋さんのアリバイですよ。どちらの事件に関しても、由洋さんには完璧なアリバイがあるんです。由洋さんが決して犯人ではあり得ないということを分かっていただければ、お互いに無駄な時間を過ごさずに済むかと思います」

「ほう……」

思いがけない話に、辻岡はどきりとした。

だが、決して動揺が顔に出ないよう努力しながら、

「確かに、アリバイがあるというのなら話が早いですね。一応、伺っておきましょうか」

「それではまず、東京の事件の方ですが、被害者が亡くなったのは二月二十六日の午後九時半から午後十時半頃、ということでよろしいですね？」

「ええ」

「そのとき、由洋さんは役員を務めておられる会社の会合に出席されていました。場所は市内の料亭で、出席者は社長以下五名。全員が、由洋さんが同席されていたと証言しています。他にも、部屋を担当した仲居からも、やはり同様の証言を得ています」

「………」

辻岡は絶句した。

何かぐらりと足元が揺れたような感覚に襲われていた。

（そんな馬鹿な……）

何かの間違いか、それとも、沢本家が工作したのか。

疑心暗鬼に駆られて黙り込んだ辻岡に代わって、

「その会社の方々と、料亭の連絡先は分かりますか？」

と水原が尋ねた。

「ええ。こちらです」

斉藤は用意してあったリストを差し出した。

「念のため、この方々に確認を取っても構いませんね？」

「もちろんです。どうぞ、納得がいくまで調べて下さい」

水原はさっとリストに目を通した後、

「それで、先ほどのお話では、過去の事件についても由洋さんのアリバイが成立しているとか？」

「はい。六年前の事件は……そう、六月四日の午後六時から八時の間にかけてが、被害者の死亡推定時刻でしたね？　当時、由洋さんは大学院に在籍しておりまして、その日はちょうど午後六時から開かれていた研究室の飲み会に参加しておりました。この点については、研究室の責任者だった教授から確かな証言をいただいております」

斉藤の言葉は、辻岡の頭にうつろに響いた。

（過去の事件にもアリバイがある……）

それが事実なら、由洋は完全にシロということになる。

水原が教授の連絡先を聞き、補足質問するのを、辻岡はぼんやりと眺めた。

「さて、そうなりますと、由洋さんへの事情聴取は意味を失ったように思えますが、いかがなさいますか？」

斉藤が挑戦的な目つきで水原を見た。

「そうですね、確かにその通りだと思います……辻岡さんはいかがです？」

「私は……」

このままでは引き下がれないという気持ちと、もうどうにもならないという諦めが、胸の内でせめぎ合ったが、結局、

「ええ、現時点では、これ以上由洋さんに伺うことはないかと思います」

「よかった。それでは、由洋さん、ここはもう結構ですよ」

斉藤が言うと、由洋は小さく頭を下げてから、席を立った。最初から最後まで、一度も由洋の声を聞くことがないままだった。

斉藤に見送られて母屋を出た辻岡たちは、門に向かった。

途中で足を止め、辻岡は呼びかけた。

「水原さん、ちょっといいですか」

アリバイの話を聞いた直後は、すっかり動揺してしまったが、今はどうにか平常心を取り戻していた。

「何です?」

「先ほどの話、上に報告するのは少し待ってもらえませんか?」

「というと、アリバイの件ですか? しかし、事情聴取が終わればすぐに報告するよう、命じられているんですが」

「そこを何とか。アリバイ証言は事実なのかどうか、我々で裏取りをしてから報告し

た方が、無駄がないと思いませんか?」

辻岡は懸命だった。

もしここで水原が上層部に報告してしまえば、由洋がシロであると認定された上で、事態が動き出しかねない。ここまで積み上げてきた警視庁と岐阜県警との約束事は、前提条件を失って根底から覆ることになるだろう。そうなればもう捜査の継続は不可能だ。

「辻岡さんは、由洋のアリバイを疑っているんですか?」

水原は薄く笑みを浮かべて言った。

「ええ。裏取りをするまでは信じられませんね。東京の事件についてアリバイがあると言っても、証言しているのは沢本家が所有する会社の役員たちです。本家から命じられて偽証している可能性はあります。料亭の仲居にしても、長年の贔屓客から頼まれれば、深く事情を知らないままつい頼みを引き受けた、ということもあるでしょう」

「では、六年前の事件の証人である教授はどうですか? 大学の教員という地位にあり、さらに沢本家とは無縁の人間が、偽証を引き受けるとは思えませんがね」

「それは……確かに意図して嘘の証言をするとは思えません。しかし、たとえば、何らかの工作を施してアリバイの日時を勘違いさせた、というようなことがあったのかもしれません」

「工作、ですか……」

水原は面白そうに言う。

（くそ、こいつめ……）

もし水原が、捜査を潰せ、という指示を上から受けて動いているのなら、辻岡がどれだけ懇願しようが無駄だろう。

水原はしばらく思案していたが、やがて、

「……ま、無駄な足掻きになるかもしれませんが、一応、報告の前に裏取りをしてみますか」

と言った。

辻岡はほっと安堵した。これで逆転の目は残ったことになる。

「それで、事情聴取をするなら、まずは教授の方からということになりますか」

「ええ、そのつもりです」

辻岡は頷いた。

屋敷を出て待機していた車に乗り込むと、さっそく教授に連絡を取った。

教授の名は小野寺といった。殺人事件に関連して話を伺いたい、と申し出ると、すぐに了承してくれた。

（よし、かならずアリバイ証言の裏をあばいてやる）

大学は名古屋方面にあり、辻岡たちは高速道路を使って急いで向かった。

午後一時過ぎに大学へ到着し、小野寺に連絡すると、研究室まで来るように指示された。

「お話というのは、沢本由洋くんのアリバイに関することでしょうね？」

整然と片付いた部屋で待っていたのは、五十代半ばくらいの太った男だった。セーターにジーンズというラフな格好で、一見するととても大学教授には思えない。

「そうです。六年前に岐阜県M市で起きた殺人事件に、沢本さんが関与しているのではないかと見て捜査を進めているのですが、彼には事件当日のアリバイがあるとか？」

「ええ、あります」

小野寺はきっぱりと答え、

「すでに耳に入れられていると思いますが、その日、彼は僕の研究室のメンバーで開いた飲み会に参加していました」

「かなり以前の話ですし、日時に関して何か記憶違いしている可能性はありませんか？」

「それはあり得ないでしょうね。ここにはっきりとした証拠がありますから」

小野寺はテーブルの上でノートパソコンを開き、画面を辻岡たちに向けた。

「ほら、このとおり、学生が撮影した飲み会の写真が残っているんです。ここところに沢本くんも写っていますが、画像の情報を見れば、六月四日の午後七時頃に撮影されたことが分かります」

「……その画像情報が改ざんされたという可能性はないでしょうか？」

辻岡はすがるような思いで尋ねたが、小野寺は失笑して、

「ないでしょうねえ。この画像は自宅にあったＨＤＤの中から見つけ出してきたものなんです。そこに画像が入っていたことを知っていたのは僕だけですから」

「そうですか……」

もはや辻岡は落胆の色を隠す気力もなかった。

「刑事さんにとって残念なお話かもしれませんが、ともかく、沢本くんが犯人でないことは、僕だけでなく当時の飲み会に参加した全員が証言すると思いますよ」

小野寺は気の毒そうに言った。

（由洋は五十嵐沙耶殺しの犯人ではなかった）

もはやその事実を受け入れるしかないようだった。そうなれば、小池聡美の事件についても、会社の役員たちに裏取り捜査をするまでもなくシロということになるだろう。

どうやって小野寺の研究室を辞去し、駐車場に停めた車まで戻ったのか、辻岡はあ

まり覚えていなかった。M市に引き返す車の中でも、辻岡はまだ茫然自失の状態が続いていた。

「……済みません、ちょっと停めてもらえますか」

大きな川の土手道を走っているとき、辻岡は運転手の刑事に声をかけた。急に気分が悪くなったからだ。

車が停まると、辻岡は外へ出て土手の斜面を半ばまで降り、嘔吐した。苦い胃液しか出なかった。

二、三度、空嘔吐きを繰り返した後、辻岡は斜面に腰を落とした。

(由洋は、完全にシロだった)

ぼんやりと川面を眺めながら、胸の内でそう繰り返した。

この後、山森に報告の電話を入れるのが恐ろしかった。

警視総監を動かすほどの事態を招いておきながら、それが捜査ミスという結果で終わることになれば、どれだけの人間が責任を問われ、処分されるのか、想像もつかなかった。自分が辞職願を出したくらいでは、とても収まる話ではない。

警察の世界では、年に数件は、職責の重圧に耐えかねて自ら命を絶つ者が出る。これまで、辻岡はそうした話を他人事のように聞いていた。しかし、今となれば彼らの心境が痛いほど理解できた。

「大丈夫ですか？」

声をかけられ、振り向くと、すぐ後ろに水原が立っていた。

「……気を付けて下さい。そこにゲロを吐きましたから」

「おっと」

水原は回り込むようにして辻岡の隣まで来ると、腰を下ろした。

「煙草（たばこ）、吸ってもいいですか？」

「どうぞ」

「辻岡さんも一本どうです？」

「いや、私はやらないもので」

水原は煙草をくわえて火を点（つ）けると、美味（うま）そうに煙を吐いた。

「……もう、上に報告していただいて構いませんよ」

辻岡はぼそりと言った。

「それはつまり、辻岡さんは沢本由洋は犯人でなかったと認めたわけですか？」

「ええ」

「そうなると、捜査を仕切り直して新たに犯人を捜す、というわけにはいきませんよ。恐らくこのヤマは完全に潰れることになる」

「そんなこと、充分に承知していますよ。あなた方だって、そうなることを望んでいたんじゃないですか？」

辻岡は噛みつくように言った。

その怒りをさらりと受け流すように、水原は微笑して、

「あなた方、と一括りに言われても困りますが、確かに県警の中には事件解決を望まない人々がいるのは事実です。警視庁に手柄を取られた上に、過去の捜査ミスをまたほじくり返されてはたまらない、というわけです。ですが、少なくとも刑事部の人間の大半は、できることなら六年前の事件の犯人を挙げたいと願っているはずです。もちろん、私もそうした人々の意向を受けて、今回の捜査に参加しています。その点は信用していただきたい」

「……済みません、失礼なことを申し上げて」

「いえ、あなたが我々に不信感を抱くのはもっともなことです。私でさえ、誰が敵で、誰が味方なのか、見極めながら動いているくらいですからね」

水原はそう言って、煙草を携帯灰皿に放り込むと、

「これまで、なかなか辻岡さんと腹を割って話す機会もありませんでしたが、こういう状況を迎えた以上、ここからは駆け引き抜きで率直に意見を交換するというのはどうでしょう」

「ええ、私としても望むところです」

水原からの思いがけない申し出に、辻岡はやっと気持ちを立て直した。

「水原さんとしては、由洋のアリバイを突き崩すことが出来るとお思いですか？」

「いえ、それは難しいでしょう。ああまで完璧な証拠が揃っていては」

「では、どうやっても今の状況をひっくり返すことはできないんじゃ……」

「さあ、どうでしょう。ともかく、私が一つ確信を持って言えるのは、ここまでの辻岡さんの捜査は決して見当違いなものではなかった、ということです。東京で捜査資料をいただいてから、これまでの五日間で、私はあなたの捜査過程をトレースしてみました。被害者の家族を始めとして、事件の関係者から話を聞いて回りましたよ。その結果、由洋こそが犯人であるというあなたの結論に同意しました」

そこで水原はふと苦笑を浮かべ、

「ちなみに、先日の会議で山森さんに一杯食わされていたことにも気付きました。まだ上には報告していませんが」

「ああ、あの件につきましては……」

「いえ、それはもう終わったことです。あの場で山森さんの嘘を見抜けなかった時点で、勝負有りですよ。それに、あのとき同席していたうちの小山田さんは、なかなか難しい立場にある人で、証人の名前を彼の耳に入れなかったのは、結果的に正解だったかもしれません」

つまり、小山田は事件解決を望まない一派の意向を汲んでいるということだろう。

「ともかく、私からしても由洋にアリバイが存在するのは驚きでした。まるで途中の数式は合っているのに答えだけが違っていたような違和感を覚えましたよ」

「しかし、答えが違うということは、やはり途中の計算が間違っていたと考えるしかないんじゃないでしょうか」

「そうでしょうか？　だったら、どうして沢本家は家政婦の藤岡を解雇したんでしょう。由洋が事件と無関係なら、そんな真似をする必要はないのでは？」

「……確かに」

「小池聡美が死の二ヶ月前に沢本の屋敷を訪れた、という事実は動きません。由洋は必ず事件に関係していて、何か重要な秘密を隠しているはずです。それが何なのか突き止めることで、今度こそ事件の真相を暴くことができると思います」

その水原の言葉で、まだ半信半疑だった辻岡もようやく希望を抱き始めた。

「水原さんは、何かその秘密に心当たりはありますか？」

「いいえ、残念ながら何も。私は事件についてひととおり捜査したと言っても、実際のところ、辻岡さんが苦労して敷いてくれたレールの上を歩いただけにすぎません。事件のあらましが知識として頭に入っていても、現場の空気を肌で感じるところまではいっていないんです。ですから、事実の裏に隠されたものを嗅ぎ取るのは難しいでしょう」

「そうですか……」

「しかし、辻岡さんなら、きっと探り当てることができるはずです。どうでしょう、事件全体を振り返ってみて、何か違和感を覚えるようなことはありませんか？」

そう言われても、急には何も思い付かなかった。

水原は立ち上がると、尻に付いた草を払った。

「ともかく、車に乗ってじっくり考えてみて下さい。私は遅くとも午後七時までには本部へ戻って報告するように言われています。それまでに、どうにか事件解決の糸口を見つけないと」

もし見つからなければ、今度こそ終わりというわけだ。

M市へ引き返す道中で、辻岡は懸命に記憶を探った。それこそ脂汗を流して頭痛が起きるまで頭を働かせた。

だが、事件の真相について、思い当たることは何もなかった。

M市に到着したときには午後五時になっていた。

「すぐに本部へ行かなくていいよ。どこかその辺を適当に走ってくれるかな」

水原は運転手に命じた。

県警の捜査本部はM署に設けられている。幹部たちは様々な思惑を胸に、水原の報告を待っているに違いない。

「……どうです、何か思い浮かびませんか？」

残り時間が三十分を切ったところで、水原が尋ねてきた。

「いえ、何も」

「そうですか……よし、そろそろ車を署へやってくれ」

車が署の駐車場に停まっても、辻岡たちはすぐには降りなかった。無駄と分かっていても、最後の最後まで粘るしかなかった。

と、そのとき、辻岡の携帯が鳴り始めた。今平からの電話だった。

「今平、どうかしたのか？」

「あ、どうも。私、今、滋賀県に来てるんですけど、こっちでの聞き込みがひととおり終わったところなんです」

「ああ、例の失踪した少女の裏付け捜査か。お前が任されたんだな」

「はい。それで、係長に連絡をしたら、もし辻岡さんの方で手が足りないようならそのまま応援に行けと言われたんですが、どうでしょう、何か私にやれることがありますか？」

「いや、せっかくだけど……」

断ろうとしたとき、ふいに辻岡の頭に閃き（ひらめ）が起きた。

「そうだ、お前に一つ頼みがある！」

「な、何でしょう」

「こっちに来るのにどれくらいかかりそうだ？」

「そうですね……今、駅にいて、ちょうど次の電車が来そうなんで、二時間半くらいあれば」

「よし、それじゃあ……」

辻岡は求めるものを伝えた。

「分かりました、任せて下さい」

今平との電話を終えると、辻岡は水原の方へ向き直った。

「一つ思い付いた仮説があるんです。荒唐無稽（こうとうむけい）に思われるかもしれませんが、聞いてもらえますか？」

そう言いながら、辻岡の脳裏に浮かんでいるのはある女の顔だった。

「ええ、ぜひ聞かせて下さい」

水原は鋭い眼差（まなざ）しを向けながら言った。

## 3

「やあ、どうもお待たせしました」

鹿島が店に入ってきた。その後に、四十代くらいの角刈り頭の男が続く。

小さな喫茶店で、辻岡たちの他に客の姿はない。喫茶店の主人が鹿島の古馴染みで、今夜一杯貸し切りにしてくれているのだ。

「どうも、お手数をかけます」

辻岡は頭を下げて、二人を奥のテーブル席へ案内した。

席で待っていた水原と今平も、立ち上がって挨拶する。

「それで、こちらが石川くんです」

鹿島に紹介され、男はぎこちなく頭を下げた。これから何が起きるのかと、かなり緊張している様子だった。

「ま、どうぞ座って下さい」

辻岡が石川に席を勧め、一同は腰を下ろした。

まとめて注文した飲み物が運ばれてくるのを待ってから、辻岡は話を切り出す。

「石川さんは、六年前に女子中学生殺人事件が発生したとき、通報を受けて真っ先に現場に駆けつけたそうですね？」

「はい。当時は付近の交番に勤務していたもので。ただ、現場保全を行った他は、捜査に一切関わっておりませんので、ご期待に沿えるかどうか……」

「あ、いや、その辺りのことは承知の上ですので、どうぞご心配なく」

現場で死体を確認した警察官を探して連れてくるように鹿島へ頼んだのは、秘密裏にことを運びたかったからだ。この件が県警幹部の耳に入ればどんな横やりが入るか分からない。

水原は捜査幹部たちに報告を済ませていたが、由洋が主張するアリバイについてはまだ確認中だ、と言って時間を稼いでいた。ただし、猶予は明日までだ。

「それで、石川さんは死体を発見されたとき、その顔をはっきりと確認しましたか？」

「もちろんです。近所に住む中学生の顔なら大体分かったので、そのうちの誰かではないかと思いながら確認しました。実を言えば、私が他殺体を目にしたのはそのときが初めてで、あまりに強烈な印象だったものですから、今でも瞼（まぶた）に焼き付いている気がするくらいです」

「でしたら、たとえば私が今からあなたに生前の被害者の写真を見せたとして、それが死体と同一人物だと判断できると思いますか？」

「はあ、それは……」

石川は質問の意図が読めずに戸惑う様子を見せた。

「いや、簡単な話ですよ。これからあなたに何枚かの写真を順に見せていきます。その中で、あなたが被害者の写真だと思うものがあれば、そう言って下さるだけで結構です」

「分かりました。ただ、死体は絞殺されたせいで顔が歪んでいましたので、確実に判別できるとは言い切れないんですが……」

「分からなければ分からないで構いませんから」

「はい、それなら」

石川が頷くと、辻岡は手帳を取り出し、挟んでいた写真を一枚テーブルに載せた。

「さあ、この子はどうです？　どうぞ手に取って確認してみて下さい」

内心の緊張を押し隠しながら、さり気なく告げる。

「……いえ、違いますね。この子ではありませんでした」

「では、次の写真です」

差し出された写真を手に取り、石川はじっと見つめてから、

「この子でもない……ような気がします。済みません、はっきりしなくて」

「いえ、気になさらないで下さい。それでは、この写真はいかがでしょうか」

三枚目の写真を目にした途端、石川は声を上げた。

「あ、この子です。間違いありません！」

「そうですか……」

辻岡はそっと息を吐いた。

読みが当たったという安堵の溜め息だった。

「で、それがどうしましたか？」

石川は不思議そうに言った。

「いや、捜査上のちょっとした疑問点を確認しただけです。勤務明けでお疲れのところ、ありがとうございました」

「はあ」

石川は不得要領の顔のまま、鹿島に出口まで見送られて帰っていった。

「あの、これってどういうことなのか、私もまだよく分かっていないんですけど」

今平が遠慮がちに言う。

「だろうな。これから順を追って説明するよ」

辻岡はそう言って、鹿島が席に戻るのを待った。

いよいよ事件に決着をつけるときが迫ってきたことに、辻岡は高揚感を覚えていた。

# 4

「誰に会いたいだと?」

老人は苛立った声で問い返してきた。

深夜の電話がよほど迷惑だったのか、老人は最初から不機嫌さを隠さなかった。

「広瀬悠子さんです。確か、由洋さんの秘書だとか仰ってましたね」

「ああ、あの女か」

「お屋敷の一室に住まわれていると聞きましたが」

「そうだ」

老人は不快そうに言った。

広瀬悠子とは、辻岡たちが最初に沢本の屋敷を訪れたとき、庭先で出くわした若い女のことだった。その名前は、屋敷の住人についてひととおり調べ上げていた水原から教えてもらった。

「あの女に何の用だ」

「事件について少し確認したいことがありましてね」

「由洋坊ちゃんのアリバイについて、警察は納得したものだと思っていたがな」

「そのアリバイを裏付けるための捜査なんです。彼女から証言を得られれば、それで由洋さんは完全に捜査対象から外れることになるでしょう」

「……よし、分かった。当人に伝えておこう」

「ありがとうございます。明日の朝、九時頃に屋敷へお伺いすることにしますので」

電話を終えると、辻岡はほっと息を吐いてから、

「後は向こうの反応を待つだけです」

と車内にいる面々を見回した。

車は屋敷から街へ下っていく道の途中に停めてあった。辻岡、水原、今平の他に、水原の部下が一名乗っている。

今夜の計画には多くの人手が要るということで、水原は自らが率いる県警捜査一課強行犯捜査八係の刑事たちを呼び寄せていた。他の部下たちは、屋敷の周辺に潜んで全ての出入り口を監視している。そして、現地に不案内な彼らのために、鹿島が現場で指揮をとることになっていた。

車の運転は今平に任せることにした。

それを聞いた水原の部下は、

「彼女で大丈夫なんでしょうか」

と不安そうな顔を見せたが、

「今平の運転技術は警視庁でもトップクラスですから」

と辻岡が説明すると、とりあえずは納得したようだった。

三十分ほど経ったとき、鹿島から連絡があった。

「屋敷に動きがありました。今、ガレージが開いています」

それを聞いて、助手席の辻岡は今平の肩をトンと叩いた。

今平は頷き、グローブをはめて車のエンジンをかける。

「……車が出てきました。由洋のジャガーです。助手席に女を乗せています」

鹿島の報告から五分と経たないうちに、車のエンジン音が聞こえてきた。かなり速度を出しているようだ。

やがて、路肩に停めた辻岡たちの車の脇を、ジャガーが走り過ぎていった。

すかさず今平が車を発進させた。一気に加速し、辻岡の体がシートに押しつけられる。

辻岡たちの車は一定の距離を保って、由洋の後を追った。

広瀬悠子への事情聴取と聞いて、由洋が彼女をどこかへ逃がそうとするだろうというのは、辻岡の読み通りだった。先ほどの電話は、まさに広瀬悠子を屋敷から燻り出して捕らえるためのものだったのだ。

坂を下って市街地まで降りても、深夜の路上には他の車はほとんど見られなかった。

「どうします。この交通量だと尾行に気付かれないよう後を追うのは無理です。いっそパトランプを出して、停車を命じますか?」

今平が言った。

「……分かった。そうしよう」

派手なカーチェイスを演じるようなはめにはなりたくないが、この際、仕方がない。

今平は車の速度を上げた。ぐんぐんとジャガーの後尾灯が近付いてくる。

辻岡はパトランプを用意し、窓を開けて屋根に取り付けようとした。

そのとき、辻岡はぞくりと嫌な予感を覚えた。

「……水原さん、妙だと思いませんか?」

辻岡は後部シートを振り返って言った。

「何がです?」

「これだけ急接近してるんです、向こうだって警察に追跡されているととっくに気付いているはずだ。それなのに、スピードを上げて逃げるわけでもなく、諦めて停車するわけでもなく、平然と走り続けている」

よほど腹の据わった人間ならともかく、あの由洋にそんな真似ができるとは思えなかった。

「……確かに妙ですね」

「まさか、あの車は我々を屋敷から引き離すための囮(おとり)ということはないでしょうか。鹿島さんは助手席に女が乗っているとは言っていましたが、顔まではっきり確認できたわけではないはずです。あそこに乗っているのは、身代わりの家政婦か誰かかもしれない」

「我々が罠(わな)に引っかかり、監視が解かれたところで屋敷を抜け出す、というわけですか」

「ええ」

「待って下さい。部下に連絡してみます」

水原は急いで携帯を取りだし、電話をかけた。

相手と短くやり取りした後、水原は辻岡を見る。

「部下たちと鹿島さんは、すでに持ち場を離れ、我々を追うために車を停めた場所へ移動していたそうです。これから急いで屋敷へ引き返すよう命じましたが、十分近くはかかるかもしれません」

(くそ、完全にしてやられたか)

ここで広瀬悠子を取り逃がすようなことにでもなれば、これまでの捜査はすべて水泡に帰すことになる。激しい焦りを覚えながら、どう対処すべきか懸命に考えた。

「辻岡さん、この車で今から引き返せば、鹿島さんたちより早く屋敷に着けるかもしれません」

　今平が前方を見つめたまま言った。

　辻岡は迷った。ほんの数分、いや数十秒の差でも、今は命運を左右するかもしれない。

「しかし、万が一、前の車に広瀬悠子が乗っていた場合はどうします？　屋敷の方は鹿島さんたちに任せるべきじゃありませんか」

　水原が言った。

　どちらが正解か、辻岡には判断がつかなかった。

　しかし、今は即断しなければならないときだ。

「今平、屋敷へ引き返してくれ」

　こうなれば最初の直感を信じるしかない。

「分かりました。みなさん、何かにしっかり摑まって下さい」

　今平は急ブレーキをかけた。

　車は半ばスピンするように百八十度回転した後、猛然と来た道を引き返し始めた。闇に沈んだ道路を百キロ超えの速度で突き進みながら、今平のハンドルさばきは落ち着いていた。急カーブも後輪をスライドさせながら曲がり抜ける。

　やがて前方に屋敷前の橋が見えてきた。鹿島たちはまだ戻ってきていないようだ。

橋を越え、車は屋敷の門の前で急停車した。

辻岡たちは懐中電灯を手に路上へ飛び出した。あちこちを照らしながら周辺を調べて回る。

だが、動く人影などは見当たらなかった。

「手分けしましょう。我々はあちらを捜します」

水原が部下とともに屋敷の裏手に向かう。

辻岡は今平と川沿いの道を捜索することにした。

ときおり河原にライトを向けながら、下流に向かってしばらく進んだ。だが、辺りに人の気配は感じられなかった。

五十メートルほど下ったところで、辻岡は足を止めた。これ以上先を調べても無駄だろう。

「どうします。引き返して上流の方も捜してみますか?」

今平が言った。

「そうだな……」

街へ逃れるなら下流方向に進むしかないが、いったん上流へ遡って身を潜め、頃合いを見て丘を降りようとしている可能性はある。

だが、それよりも、

（やっぱり、あの女は由洋の車に乗っていたのかもしれない）

という思いの方が強かった。

今からでもM署の捜査本部に掛け合って、市内に緊急配備してもらうべきだろうか。たとえ要請をはねつけられたとしても、こうやって無駄な捜索に時間を費やすよりはましだ。

そのとき、辻岡の耳に何か水が跳ねるような音が届いた。

はっとして川にライトを向ける。しかし、動く影はない。

（魚でも跳ねたか）

先日、少年たちが川釣りしていたときの光景が脳裏に蘇る。

そこでふと、この近くに対岸へ渡れるだけの浅瀬があることを思い出した。

「辻岡さん？」

訝しげに声をかけてきた今平に、しっ、と応じて黙らせた。

手振りで「そこにいろ」と命じてから、ライトを消して慎重に土手を下った。

河原に降り立つと、雲間から漏れるわずかな月明かりを頼りに進んだ。

しばらくして、また水音が聞こえた。辻岡はとっさに地面に這う。

耳を澄ますうち、明らかに川を渡っている物音が聞こえてきた。水深は腰が浸かるくらいだろう。一気に駆け渡るわけにはいかないはずだ。

辻岡は跳ね起き、ライトを点けて川を照らした。
川の中央に、若い女の姿が浮かび上がった。
その驚愕と恐れに歪んだ顔は、間違いなく先日見かけた広瀬悠子のものだった。
「待て、そこを動くな！」
叫びながら辻岡は駆け寄った。
悠子は慌ててざぶざぶと水を掻き分けながら対岸へ渡ろうとする。
「今平！　反対側から回り込め！」
そう指示してから、辻岡も川へ飛び込んだ。
冷え切った川の水にたちまち下半身が痺れる。
身長が高い分、辻岡が進む方が速かった。二人の距離が縮まる。
だが、手が届く距離になる前に、悠子は対岸に着いてしまう。
悠子は河原へ這い上がり、土手に向かって走った。
「待て！」
叫びながら懸命に水を掻いたが、思うようには進めない。
悠子はあっという間に河原を抜け、土手を上り始めた。
（くそ、ここまできて）
この場で悠子を取り逃がせば、捜索はかなり困難となるだろう。ついには逃げ切られることもあり得る。

一気に斜面を駆け上がった悠子だったが、土手道に立ったところでふいに動きを止めた。

土手の向こう側から物音が聞こえてくる。慌ただしい足音と、男たちの殺気立った声。鹿島たちがやっと戻ってきたようだった。

「鹿島さん！　その土手道だ！」

辻岡が大声で呼びかけると、わずかな間を置いてから、悠子の姿がライトで照らし出された。

「おーい、いたぞ！」

鹿島が仲間たちに呼びかけるのが聞こえる。

悠子が逃げ道を探すようにきょろきょろするのが見えた。もうそのときには辻岡も対岸へ渡りきっていた。

悠子はとっさに上流へ向かって駆け始めた。

だが、十メートルと進まないうちに、橋を渡って回り込んできた今平が立ち塞がる。

土手に上った辻岡が、悠子の逃げ道を断った。

それでも、悠子に観念する様子はなかった。ぎらついた眼差しを左右に向け、この期に及んでもまだ逃げ道を探しているようだった。

辻岡は今平に目で合図を送った。今平が微かに頷く。

「そこを動くな！　お前を殺人の容疑で逮捕する！」

辻岡が怒鳴ると、悠子はぎくりとしたように振り向いた。

次の瞬間、今平が背後から飛びかかった。

悠子は死に物狂いで抵抗したが、今平は巧みに腕をひねり上げ、地面に組み伏せてしまう。それでもなお、悠子は野獣のように喚きながら暴れるのを止めなかった。

辻岡も手を貸してどうにか手錠をはめたところで、鹿島たちが到着した。

「後は任せて下さい」
四、五人がかりで暴れる悠子を担ぎ上げ、車へ運んでいった。
ほっと息を吐いたところで、今平の唇が裂けて血が垂れているのに気付いた。悠子の肘でも当たったらしい。

「今平、大丈夫か？」

「えっ……ああ、これくらい平気です」

「俺のハンカチを……っと、悪い。ポケットの中身は全部びしょ濡れだ」

「いいんです、自分のがありますから」

今平はちょっと笑って、ポケットからハンカチを取り出し傷口に当てた。

そこへ水原がやってきた。

「とうとうやりましたね。こうなればもう上層部にも沢本家にも遠慮することはない。ただちに由洋の身柄を押さえるよう手配します」

「ありがとうございます。水原さんのお陰で色々と助かりました」

「いえ、私など、辻岡さんを手伝ったのか、足を引っ張ったのか分かりませんよ」

水原は微かに苦笑して言ってから、真顔に戻り、

「それで、どうでした？　やはり彼女の正体は辻岡さんが推測したとおりでしたか？」

「ええ、間違いありません」

辻岡は頷いた。

改めて間近で見れば、彼女の顔には卒業アルバムに掲載された少女の面影がはっきりと残っていた。

「……あの広瀬悠子を称する女の正体は、五十嵐沙耶でした」

5

「それで、一体どういうことだったんです？　五十嵐沙耶が生きてたってのは」

課長へ帰庁の挨拶を済ませて部屋を出たところで、辻岡は源野に捕まった。

「まあそう慌てるなよ。ちゃんと説明してやるから、まずはコーヒーでも飲ませてく

れ」

二人は庁舎内のカフェに向かった。

五十嵐沙耶を逮捕してから三日が経っていた。現在、沙耶は岐阜県警で取り調べを受けているが、明日にも東京へ護送されることになっている。

「まったく、あれだけ一緒に苦労したのに、肝心の逮捕のときに僕だけ除け者だなんて……」

「仕方ないだろ。まさか俺だってあんな展開になるとは思ってもいなかったんだ。とにかく、説明を聞きたいならいつまでもぶつくさ言うのは止めろ」

「分かりましたよ。で、五十嵐沙耶が生きていると気付いたきっかけは何だったんです？」

「今平からの連絡だよ。あれで、五十嵐沙耶の事件と藤村美桜の失踪が、頭の中で結びついたんだ。それが馬鹿げた妄想でないことを証明してくれたのは、現場で沙耶の死体を確認した石川さんだった」

あのとき石川に三枚の写真を確認してもらったが、そのうち最初の一枚は認識力を試すための、いわばダミーで、事件とは全く関係のないものだった。

そして、二枚目の写真こそが、五十嵐沙耶のものだった。だが、石川はそれが死体とは別人だと判断した。

最後の一枚は、今平に用意させた藤村美桜の写真だった。

それが被害者の少女で間違いないと石川が断言したことで、六年前の事件で殺されたのは五十嵐沙耶ではなく藤村美桜だった、という辻岡の仮説が裏付けられたのだった。

「ははあ、なるほど、そういうことでしたか」

「藤村美桜が失踪後、一年ほど名古屋で過ごし、その後どこかへ姿を消したことは確認されていた。各地を転々としながらM市までやってきていたとしても不思議じゃない。そして、中学時代の五十嵐沙耶は、そうした家出人の少女たちとつるんでグループを作っていた。その仲間たちの中に、藤村美桜がいたということだな」

「それにしても、どうして死体が五十嵐沙耶でないことに、誰も気付かなかったんですかね」

「一つには、絞殺されたことで死体の形相が変わっていたからだろう。捜査関係者がぱっと見たくらいじゃ、その顔立ちははっきり分からなかったはずだ。ただ一人、石川さんなら、途中で違和感を覚えたかもしれないが、残念ながらあの人は捜査には参加していなかったんだ。さらに、何より大きかったのは、死体発見から半日と経たないうちに、母親が身元を確認したことだった。それによって被害者が五十嵐沙耶だと確定し、もう死体の顔立ちに注意を払う者などいなくなったのさ」

「もちろん母親は、死体が別人だと分かった上で証言したわけですね？」

「ああ、そうだ。母親の由梨は、当の沙耶から全ての事情を聞いていたはずだ。捜索願を出したのも、死体を確認して娘だと証言したのも、沙耶から頼まれてのことだったに違いない。由梨が警察から遺体を受け取った後、早々に火葬にして葬儀も行わなかったのは、それが娘でないことを友人知人に知られないようにするためだった」

「ああ、なるほど」

「沙耶の代わりに殺されたのが他の少女だったなら、娘が行方不明になって親が騒いだかもしれない。しかし、藤村美桜は滋賀の実家から姿を消して二年が経っていて、両親もすでに娘は死んだものと考えていただろう。岐阜で女子中学生の死体が発見された、という報道を聞いても、それを我が子と結びつけて考えることはなかったはずさ」

「そうなると、藤村美桜を殺害した犯人は……」

「五十嵐沙耶だったんだ」

それを聞いても、源野はまだ信じがたいという顔をしていた。

これまで被害者と思われてた少女が、実は犯人であったという事実は、辻岡と共に事件を追ってきた源野からしても衝撃的だったに違いない。

「……なぜ五十嵐沙耶は藤村美桜を殺害するに至ったんですか？」

「鍵となるのは、例の脅迫に使われたビデオだった。あのビデオを坂崎敦子が盗み出して井上に預けたところまでは、以前推測した通りだったんだ。ただし、そのビデオを取り返すために家に忍び込んだのは沙耶じゃなかったのさ。きっと、侵入中に井上に見つかったときのリスクを考え、沙耶は他の誰かにその危険な役目を押しつけようとして、藤村美桜を選んだんだろう。同じグループの仲間とはいっても、沙耶は金に不自由しないリーダー的な存在であり、一方で寄る辺のない美桜は弱い立場にあったから、無理強いされれば断れなかったに違いない。井上宅の居間で発見された指紋と、死体から採取されたものが一致していたことは、この説の裏付けになるだろう」

「そして、ビデオを見つけ出した美桜は、それを素直に沙耶に渡すことを拒んだ、といったところですか」

「美桜からすれば、沢本を脅して金を手に入れるチャンスに思えたんだろうな。二人はビデオを巡って激しく争い、ついには沙耶は美桜を殺害してしまった。それは何の計画性もない衝動的な犯行で、どうやって逮捕を免れるか懸命に考えた末に、沙耶は死者と入れ替わるという離れ業を思い付いた。協力を頼まれた母親が素直に応じたのは、娘可愛さのあまりというよりも、殺人犯の母親として世間から糾弾されるのを恐れたからだと思う」

由梨が事情聴取を受けたときに見せた不自然な態度は、内縁の夫の性的虐待を隠すためだと思っていた。だが、実際に由梨が恐れていたのは、事件の真相が暴かれて娘と共に逮捕されることだったのだ。

由梨が余裕のある暮らしをできていたのは、内縁の夫と別れたからだけでなく、沙耶が由洋から引き出した金で援助していたからだろう。

「母親の協力もあって、沙耶は警察の目を誤魔化すことに成功したが、そこでまた新たな問題が発生する。それは、厳しく口止めしていたにもかかわらず、敦子が井上を助けるために新聞記者に真相の一部を語ったことだ。恐らく、それまでは沙耶も小学校時代からの唯一の友人である敦子まで殺す気はなかったんだろう。しかし、一度口止めの約束を破ったからには、次は警察に全てを打ち明けてしまうかもしれない、という恐れを抱いたに違いない。そこで、沙耶は機会を見計らって、自殺に見せかけて敦子を殺害した。そのとき、由洋も車を出すなどして協力したらしい。もちろん、それ以降、沙耶の暮らしの一切を世話したのも由洋だったそうだ」

「そして、沙耶は六年もの間、世間の目を欺き続けたわけですか。もし小池聡美が過去の事件の真相を突き止めようという気を起こさなければ、秘密はずっと保たれたままだったかもしれませんね」

「聡美の行動は、沙耶に強い危機感を抱かせた。聡美が沢本の屋敷へ乗り込んで由洋を問い詰めたのは、過去の事件を探るためにどうしても必要な手段だったとはいえ、それが命取りになったんだ。沙耶は聡美を放ってはおけないと考え、口封じのために殺すことにした。それだけでなく、いずれ警察の捜査の手が迫ってくる可能性も考えて、重要な関係者の一人である井上も先手を打って殺害したんだ」

「そうか、僕たちが井上の家を訪問したときには、すでに殺された後だったんですね……」

「こうして沙耶は、四人もの人間を手にかけてきた。もしかしたら、さらに津川真莉奈を殺すことも計画していたのかもしれない。彼女さえ始末してしまえば、もう過去の因縁について知っている者はこの世にいなくなるわけだから。しかし、幸か不幸か、真莉奈は心を病んで実家に引き籠もって暮らしていた。さすがに沙耶も殺害する機会を見つけられなかったんだろう。もっとも、俺たちの捜査がもっと遅れていたら、それもどうなっていたか分からないけどな」

「僕たちが気付いていなかっただけで、わりとぎりぎりの捜査だったんですね」

「そうさ。俺たちが沢本の屋敷で偶然沙耶と出くわしたのだってそうだ。屋敷を訪れるのがもう少し遅かったら、身の危険を感じた沙耶がどこかへ姿を消した後だった、なんてこともあり得たんだ。俺が沙耶の生存説を思い付いたのも、あそこで本人を目にしていたからこそだろう。あの時点では、以前どこかで見たような気がしただけで、それが沙耶だなんて夢にも思わなかった。だけど、その記憶が意識の底に残っていたお陰で、閃きが起きたんだと思う。もしあのとき沙耶に会っていなかったら、今でも真相は闇の中だったかもしれない」

それで事件の全体像のあらましを語り終えた形になったが、未だに辻岡の推測によるところが多いのは、逮捕された沙耶が完全黙秘を続けていたからだった。沢本家が用意した弁護士が何を説こうと、沙耶が態度を変えることはなかった。それは、沙耶が自分以外の何者も信じていないことを示しているように思えた。

一方で、殺人幇助及び未成年者への強制性交の疑いで逮捕された由洋は、取り調べでは終始取り乱し、自己弁護を繰り返していた。都合良く事実を作り替えていると思われる箇所も多かったが、その供述内容は、これまでの捜査で判明した事実を裏付けるものとなった。

その日の午後、沙耶の護送に先立って、岐阜県警から鹿島が派遣されてきた。

「いやあ、久々に娑婆に戻ったような気分です」

謹慎処分を解かれ、職務に復帰した鹿島は晴れやかな顔をしていた。

「島井はどんな顔をしてました？」

源野が尋ねると、鹿島はにやりと笑って、

「すっかり萎れきってますよ。これからたっぷり冷や飯を食わされることになるのは、当人にも分かってますからね」

「そうですかそうですか」

源野は嬉しそうに頷いて、

「とにかく、再会を祝して飲みに行きましょう。いい店を見つけてありますから、今度は僕たちがご馳走しますよ」

と言った。

ちなみに、水原はすでにこの一件を離れ、次の事件に取りかかっているそうだった。県警のエースとして、すでに決着のついた事件などにかかずらっていられない、というところか。あの河原で別れて以来、挨拶する暇もなかったが、いずれまた顔を合わせる機会はくるだろうか。

合同捜査本部詰めとなった辻岡たちに代わって、岐阜での捜査には金井と外橋が派遣された。

「こっちは朝からスコップ握ってずっと穴掘りだよ。まるで工事現場に派遣されたみたいだぜ」

井上家の裏庭を捜索する作業に立ち会った外橋が、連絡の電話でそんな愚痴を聞かせてきた。

しかし、その甲斐あって、三日目にはついに井上の死体を発見することになった。凶器と思われる鉄パイプは、一緒に埋められており、沙耶の指紋が検出された。

金井は小池聡美の実家を訪れ、犯人逮捕を報告した。

「ご家族は涙を流して喜んでいたよ」

とのことで、辻岡も肩の荷が下りたような気分だった。

起訴に向けて証拠固めが進む一方で、勾留されていたジャーナリストの佐藤公章は、起訴猶予処分となって釈放されていた。

「もっと我々に対して恨み事でも聞かせるのかと思いましたが、ずっと神妙な顔つきでしたよ。逮捕されたことよりも、坂崎敦子が殺される原因を作ったのがやっぱり自分だったと分かって、かなりショックを受けていたみたいですね」

釈放の場に立ち会った亀村が、そんな感想を口にした。

佐藤が逮捕された件は、マスコミでかなり取り上げられていた。目立つ存在だっただけに敵も多く、バッシングに近い扱われ方だったようだ。釈放されたからといって、もう以前と同じ地位には戻れないだろう。

佐藤がこのまま転落していくのか、それとも踏みとどまってジャーナリストとして再起するのか、辻岡としても気になるところだった。

「そういえば、辻岡くんが岐阜へ出張している間に、児童相談所から連絡があったわよ」

と、教えてくれたのは秋本だった。

「辻岡くんが保護した男の子、ケンタくんだっけ？　あの子の引取先が決まったんだそうよ。北海道に住んでいる親戚が見つかって、事情を説明すると、ぜひうちへ迎え入れたい、って返事だったみたい」

それを聞いて、辻岡は心からほっとした。

母親の行方は分からないままで、このままでは児童養護施設へ送られることになるのでは、という話だったが、温かく受け入れてくれる親戚が見つかったのなら、まだ救いがある。それでも、ケンタの心を深く抉った傷がどこまで癒されるのかは分からないが。

ケンタの将来を思うとき、辻岡はつい沙耶の姿を連想してしまい、暗澹とした気分になる。

沙耶がこれまでに犯した罪は、どれも自己中心的で身勝手な動機によるものだ。だが、その歪んだ性質はどこから生まれたのか。

本人の口から真意や釈明を聞くことはできなかったが、代わりに由洋が語ったエピソードが、ある意味ではこの事件の本質を突いていたような気がする。

「お前は人を殺すときに罪の意識を持ったことはないのか、って沙耶に聞いたことがあるんです」

すると、沙耶はこう答えたという。

「正直言って、私だって気分がいいもんじゃないよ。楽しんで殺してるわけじゃない。でも、そういう嫌な気持ちも、ぐっと喉の奥に押し込むようにすれば、すっと消えて無くなるの。こういう感覚、たぶん分かってもらえないだろうけど、私は小さい頃からそうやって嫌なことを我慢してきたから、慣れてるんだ」

それは、幼い頃から虐待を受けてきた沙耶が、壊れそうになる心を守るために生み出した、防衛反応のようなものだったのではないだろうか。

だとすれば、幼少期に精神を歪められたことが、今回の犯罪を引き起こした本当の原因だったとも言える。

犯行後も、沙耶と母親は絶縁することなく連絡を取り続けていた。だが、それは利害関係が一致したからであって、親子の愛情が通っていたとはとても思えない。

現に、警察から取り調べを受けた沙耶の母親は、

「あたしは何も知らない。娘とは関係ない」

と頑(かたく)なに責任を認めようとしなかったという。

沙耶にしても、逮捕された後、母親に会いたいという言葉は一度も口にしていなかった。

もちろん、刑事である辻岡は、法に基づいて犯罪に対処するしかない。犯罪者の心の奥に潜むものを分析するのは、別の人間の仕事だ。

だが、もしケンタが二十歳を過ぎた後に何か凶悪犯罪を引き起こしたとして、もう大人なのだから責任は全て当人にある、と断罪できるだろうか。幼い頃に彼を虐待し、捨てた大人たちも、等しく罪に問われるべきだと思うかもしれない。

しかし、辻岡がどれだけ思い悩んだところで、沙耶が起訴されてしまえば、捜査本部は役目を終えて解散することになる。そして、辻岡は沙耶やケンタたちの身に起きたことは忘れ、また別の犯罪に向き合うことになるのだ。

「辻岡さん、なんだかすっきりしない顔をしてますね」

沙耶の起訴も間近になったある日、今平にそう言われた。

「辻岡さんはいつもそうなのさ。事件が無事に片付いた後の方が憂鬱になるらしい」

増木が笑って言う。

「いや、憂鬱というわけじゃないんですけどね」

辻岡は苦笑した。胸のうちにある悩みや疑問は、人に言えばナイーブすぎるとからかわれるような気がして、これまで誰にも明かしたことはなかった。

「まあ、今回の事件については、僕も色々と思うところがありましたからね。辻岡さんの気持ち、分かるような気がします」

源野がいつになく真面目な顔で言う。

「そうか……」

少女たちの深淵(しんえん)を覗(のぞ)いてきたのは自分だけではないことを思い出す。犯罪によって浮き彫りになった人間の醜さ、残酷さを、自分一人で抱え込んでいるのではないと思えば、幾らか気も楽になった。

「とにかく、今回の捜査じゃお前にも色々助けられたよ。これからは、一人前の刑事として扱ってやらないとな」

「いやあ、辻岡さんにそう言われると、なんだか照れますね」

「あの……」

と遠慮がちに言ったのは今平で、

「私も、ちょっとはお役に立てたでしょうか?」

「もちろんさ。お前がいなきゃ、事件の解決もなかったよ」

辻岡はそう答えてから、

「そういえば、唇の傷、もう大丈夫なのか?」

「あ、はい、もう腫れも引きましたし」

「あのときは怪我(けが)させて悪かったな。おわびに、帳場の始末がついて落ち着いたら、何かご馳走してやるよ」

「いえ、あれは私の不注意のせいですから。でも……どこかへ連れていってくれるなら、嬉しいです」

今平はちょっと気恥ずかしそうに、目を伏せて言った。

「あ、ずるいなあ。僕だって、ねぎらってもらう資格はあると思うんですけど」

「分かった分かった。お前も一緒に連れていってやるから」

「本当ですか、やった……って、今平さん、どうして僕のこと睨むんです？」

「別に睨んでないけど」

「さあ、お喋り（しゃべ）はこれくらいにして、仕事に戻ろう。まだまだ書類仕事は山のように残ってるんだ」

辻岡はそう声をかけて、自分の机に戻った。

―――本書のプロフィール―――

本書は、小学館文庫のために書き下ろされた作品です。

小学館文庫

警視庁殺人犯捜査第五係
# 少女たちの戒律

著者　穂高和季

二〇二一年七月十一日　初版第一刷発行

発行人　飯田昌宏
発行所　株式会社　小学館
〒一〇一-八〇〇一
東京都千代田区一ツ橋二-三-一
電話　編集〇三-三二三〇-五九五九
販売〇三-五二八一-三五五五
印刷所――――凸版印刷株式会社


ISBN978-4-09-407039-2